唐代詩選・大唐文化的奇葩

賴芳伶・編撰

中國歷代經典寶庫

4

出版的話

時報文化出版的《中國歷代經典寶庫》已經陪大家走過三十多個年頭。無論是早期的紅底燙金精裝「典藏版」，還是50開大的「袖珍版」口袋書，或是25開的平裝「普及版」，都深得各層級讀者的喜愛，多年來不斷再版、複印、流傳。寶庫裡的典籍，也在時代的巨變洪流之中，擎著明燈，屹立不搖，引領莘莘學子走進經典殿堂。

這套經典寶庫能夠誕生，必須感謝許多幕後英雄。尤其是推手之一的高信疆先生，他秉持為中華文化傳承，為古代經典賦予新時代精神的使命，邀請五、六十位專家學者共同完成這套鉅作。二〇〇九年，高先生不幸辭世，今日重讀他的論述，仍讓人深深感受到他對中華文化的熱愛，以及他殷殷切切，不殫編務繁瑣而規劃的宏偉藍圖。他特別強調：

中國文化的基調，是傾向於人間的；是關心人生，參與人生，反映人生的。我們的聖賢才智，歷代著述，大多圍繞著一個主題：治亂興廢與世道人心。無論是春秋戰國的諸子哲學，漢魏各家的傳經事業，韓柳歐蘇的道德文章，程朱陸王的心性義理；無論是貴族屈原的憂患獨歎，樵夫惠能的頓悟眾生；無論是先民傳唱的詩歌、戲曲，村里講談的平話、小說……等等種種，隨時都洋溢著那樣強烈的平民性格、鄉土芬芳，以及它那無所不備的人倫大愛；一種對平凡事物的尊敬，對社會家國的情懷，對蒼生萬有的期待，激盪交融，相互輝耀，繽紛燦爛的造成了中國。平易近人、博大久遠的中國。

可是，生為這一個文化傳承者的現代中國人，對於這樣一個親民愛人、胸懷天下的文明，這樣一個塑造了我們、呵護了我們幾千年的文化母體，可有多少認識？多少理解？又有多少接觸的機會，把握的可能呢？

參與這套書的編撰者多達五、六十位專家學者，大家當年都是滿懷理想與抱負的有志之士，他們努力將經典活潑化、趣味化、生活化、平民化，為的就是讓更多的青年能夠了解繽紛燦爛的中國文化。過去三十多年的歲月裡，大多數的參與者都還在文化界或學術領域發光發熱，許多學者更是當今獨當一面的俊彥。

三十年後，《中國歷代經典寶庫》也進入數位化的時代。我們重新掃描原著，針對時代需求與讀者喜好進行大幅度修訂與編排。在張水金先生的協助之下，我們就原來的六十多冊書種，精挑出最具代表性的四十種，並增編《大學中庸》和《易經》，使寶庫的體系更加完整。這四十二種經典涵蓋經史子集，並以文學與經史兩大類別和朝代為經緯編綴而成，進一步貫穿我國歷史文化發展的脈絡。在出版順序上，首先推出文學類的典籍，依序有詩詞、奇幻、小說、傳奇、戲曲等。這類文學作品相對簡單，有趣易讀，適合做為一般讀者（特別是青少年）的入門書；接著推出四書五經、諸子百家、史書、佛學等等，引導讀者進入經典殿堂。

在體例上也力求統整，尤其針對詩詞類做全新的整編。古詩詞裡有許多古代用語，需用現代語言翻譯，我們特別將原詩詞和語譯排列成上下欄，便於迅速掌握全詩的意旨；並在生難字詞旁邊加上國語注音，讓讀者在朗讀中體會古詩詞之美。目前全世界風行華語學習，為了讓經典寶庫躍上國際舞台，我們更在國語注音下面加入漢語拼音，希望有華語處，就有經典寶庫的蹤影。

《中國歷代經典寶庫》從一個構想開始，已然開花、結果。在傳承的同時，我們也順應時代潮流做了修訂與創新，讓現代與傳統永遠相互輝映。

時報出版編輯部

【導讀】

繽紛飄落的詩語

賴芳伶

唐詩給人的直覺總是那麼斑斕而繽紛，廣闊而深遠。也難怪它在中國古典文學的天地裡，占著那麼大的一個位子，它常常刺痛著、喜悅著、慰撫著無數顆被現實啃囓得滿是創痕的心靈。它不僅表現了唐人智慧的結晶，更跨越了無可計數的時空距離，展露出人類普遍存在的內在掙扎問題，吟詠出對生命的熱望與憂傷、對愛情的迷戀與哀愁、以及對國事家事天下事的關注與投赴，它所成就的不只是唐朝歷史與文化的精神浮雕。

唐詩的作者眾多，內容豐富，風格多采多姿。清朝康熙年間敕編的《全唐詩》，共九百卷，其中包括作者二千二百餘位，作品有四萬八千九百首。如果唐代不能算是中國古典詩歌的黃金時代，什麼才算呢？由於唐詩的繁富，歷來的選本很多，它們各有各的精華所在，不過，最為大家所熟悉的（也是最通俗化的），就是清人蘅塘退士所選的《唐詩三百首》了。他的眼光很不錯，能夠入選的幾乎全屬傑作，然而，也有出色的作品而未能蒙他青睞的，比方李賀的作品就是。

而我們這本書所做的工作，第一步（上篇）是給唐代的詩歌來一個整體的介紹，也等於是濃縮了唐代詩歌史的淵源、發展和式微。這當中我們提到許多較突出的詩人，配合唐詩的起落興衰作概略的說明。第二步（下篇）就是各家名作賞析的部分，也是這本書的重心所在。先是交代作者的生平與時代環境，接著才找出代表性的作品，附上「語譯」及「賞析」。

我們必需說明的是，「代表作」事實上很難有確切的定義。大體上還是重視它的「通俗性」，換句話說，我們盡量選擇大家比較熟知的作品，必要時再在文末附錄參考的資料。語譯方面也盡量維護詩的原意，容有不足的地方就留到賞析裡再補充。——所以，有大多數的名作跟《唐詩三百首》所選的一樣，另有小部分則是從這些詩人的專集裡找出來的，難字也加上注音（另有漢語拼音）。

這裡所選的詩人共二十九家，詩作共六十九首（另有附錄的詩選），遺珠之憾是一定有的。我們很希望這本書能成為您欣賞唐詩時，一盞引路的小小明燈，沒有燈的路上，或燈光不及的地方，就請您以有燈時的經驗和感受，再繼續去尋索唐詩廣浩幽深的世界吧！

唐代詩選◆大唐文化的奇葩

目次

上篇
唐詩總論

錦繡繽紛話唐詩

唐代的詩歌，以非凡的靈姿異采，在中國古典文學的園地裡，綻放出最耐人尋味的芳醇與雋永，凝固成中國人永恆的文化心聲。它不僅僅是唐人的血淚與驕傲，也是全中國人的血淚與驕傲。

唐詩的興起並不是偶然的文學奇蹟，它猶如百川匯海、水到渠成，又像是早有的無數種子埋進泥土，經過長時間的醞釀，只等待一個最合適的時刻到來，便要紛紛突破地殼，以無比的璀璨繽紛迎向暖陽。我們現在就先來談談，到底是怎樣的日光、空氣和水，使得泥土裡一顆顆的種子，能成為一朵朵華采可人的奇葩呢？

東漢末年有黃巾之亂，天下陷入分崩離析的狀態，接著曹丕篡漢、三國鼎立，而後進入兩晉南北朝，一直到隋代的統一，這當中的三百年（西元二二〇—五八九）可以說是胡漢紛爭與融合的歷史。後來天下大權落入李世民的手中，才建立了自秦、漢以來最強盛的唐帝國，大約持續了三百年的王朝歲月（西元六一八—九一二）。

這個融合著胡漢血統的新興帝國，在最初的四十年裡，國勢真是強大，政治的穩定與經濟的繁榮，促進了精神與物質文化的高度發展。不過，這幾乎是所有藝術創造的共同基礎，而我們要講的唐詩，除了這個基本的條件以外，還有下面的幾個因素：

第一個就是科舉制度，由於它才使得許多出身貧寒的讀書人，有躍身政治活動的機會，也才有可能實現儒家傳統「學而優則仕」的入世理想。唐室本身是雜有胡人血統的統治階級，取得天下後極想拉攏寒士階層，以鞏固自己新得的權位，進而打擊六朝以來，在社會政治上盤根已久的舊貴族勢力。寒士們經過長期的努力奮鬥，也已經成為社會上一股不可忽視的力量，他們可圈可點的實際作為，使唐皇室不得不刮目相看。基於此種情勢，統治者順水推舟，以考試制度拔擢新的人才晉用，多少可以平衡一向被豪門世族所壟斷的政治權勢。而「詩賦」，就是當時考試的主要科目之一，天下的才俊既多以此作為晉身的途徑，當然就會很賣力去研習，文學裡的詩歌受到功名的引誘，也就特別活躍起來了。

第二個就是帝王們的愛好與提倡。唐代的帝王，大部分文學細胞都很豐富，從高祖到太宗都在各地廣設學校，更於京城設置規範宏大的「弘文館」、「崇文館」，儼然是一處國際性的文化學術重心。許多當時的友邦，像日本、高麗、百濟、新羅、高昌、吐蕃都相繼派遣大批留學生到中國來學習。這種文化學術（兼及貿易）的交流，使得大家的眼界與心胸都為之拓展，吸收融會的能力加強了，創造力也增進了，這必然促進文學藝術的蓬勃發展。

還有，帝王既然喜好文學，就會詔令傑出的文人來為他們歌功頌德、粉飾時代的昇平，好比玄宗曾召李白入宮寫下極有名的〈清平調三章〉、憲宗召白居易為翰林學士、穆宗提拔元稹為祠部郎中……種種的恩寵榮耀無形中給年輕的讀書人一個榜範，總希望努力吟詩作文，有朝一日躍登龍門，可真是備極殊榮了。「上有好者，下必甚焉」豈不是很有道理嗎？

第三個是詩歌本身的發展。我們知道，詩歌經歷了東漢建安時代的創作，五言詩已經宣告成熟，即使七言詩的寫作也不再是陌生的了。像七言古詩、絕句，及律詩，經過六朝長時間的醞釀，一旦步入唐代，那是一定要開花結果的。本來，唐朝以前的詩歌，除一般民間歌謠和古詩十九首等少數作品以外，幾乎全屬於貴族文人的作品，他們多致力於詞藻及聲律美的追求，所吟詠的對象也不出其富貴生活的範圍，所宣抒的也常常是個人去就的情懷而已，很難引起廣大讀者的共鳴。不過，當然也有為數甚少的詩人，像陶淵明、謝靈運、庾信……他們的詩歌是不能以上述的標準率爾否定的。

有唐一代的詩歌，一方面承襲六朝詩人們所創造的格律，汲取了他們作品中的菁華，同時醒覺了六朝詩歌的缺點。雖然初唐的詩歌仍不免於歌功頌德的惡習，但是為時不久，詩歌就逐漸回到平民出身的詩人們手裡（這點要配合前述的第一個因素來了解），像：高適、岑參、王昌齡、李白、杜甫、張籍、元稹、白居易……都是真正從貧寒中掙扎、奮鬥出來的。他們的階層使他們切身體驗到，什麼才是人間真正的疾苦？由於人類同胞愛的激發，他們詩歌的內容也就逐漸突越了個人榮辱的侷限，他們所要表達的就指向普遍大眾的心聲。這麼一來，詩歌的社會基礎不僅擴大，也加深了。作者群的層面廣泛起來，作品的數量也更多；相對的，由於有競爭性，質的要求也就提高。最重要的是，讀者群再也不光是那一批養尊處優的豪門顯要，和少數操生殺大權的王族貴冑了。大部分的人都了解到詩歌並不是某部分人的專利，它可以傳達人類普遍存在的諸般情感，反映時代社會裡民生的興榮與哀苦。詩歌走入唐代後，成了唐朝的時代精神，也成為唐朝文化最豐饒、最細緻的表現。

講到這裡，我們大致上已經明白：唐代的詩歌是六朝詩歌的延續，是前代舊文學的大融匯。但是，不論就它的內容、風格或形式來看，它都有比以前更了不起的卓越成就。論內容，詩歌包括得很廣，有哲理玄思的，有出世渴望的，有控訴戰爭的，有歌頌愛情的，有批評社會風尚的，有諷諭時政的，有吟詠史實寄慨興悲的，有代傳群眾心聲的，有思鄉念國的，有田園山水的……；論風格，有豪宕奔放的筆調，有纖柔宛曲的作風，有雄渾悲壯的特色，有嘔心苦吟的推敲，有天馬行空的爽俐，有奇詭幽麗的經營……；論形式，一方面把以前舊有的五古、七古表現得更完整、更熟練，一方面完成了五絕、七絕、五律、七律的所謂「近體詩」，又有從樂府直接發展變化而來的「歌行」，以及脫離舊樂府而產生的「新樂府」。唐代的詩歌真是多采多姿，令人目不暇接，的確是中國古典文學中的一大瑰寶，它所散射出來的光芒，是足以使其他時代的詩壇黯然失色的。

如果按照唐詩發展的歷史背景，和它本身氣象的變化過程來看，一般人習慣接納元朝楊士弘《唐音》的觀點，把唐詩分為「初唐」（自高祖武德元年至睿宗太極元年，六一八－七一二）、「盛唐」（自玄宗開元元年至代宗永泰元年，七一三－七六五）、「中唐」（自代宗大曆元年至文宗太和九年，七六六－八三五）、「晚唐」（自文宗開成元年至昭宣帝天祐三年，八三六－九〇六）四個時期。這樣的分法的確有它方便的地方，好比一年四季的春、夏、秋、冬一樣，點出了唐詩的興衰起落。不過，如此的劃分只是就大體上而言，因為每一階段之間的界線很難確定是哪一個年代，詩人們的生平也不一定能恰好歸入某個時期，而且，他們的作品，更不能勉強劃定為某一時期內的某一種類型。所以，這樣的劃分，主要的目的是使我們對唐詩的成長過程，有一個比較明晰的概念，而不是因此造成不必要的固執與拘泥。

還有，關於唐代詩人們的風格，大家通常喜歡把他們分為自然詩派、邊塞詩派、社會寫實派、奇險僻苦派、華美豔情派……，這也是大致上的分法，我們只能說某某詩人比較擅長哪類詩歌，不能說別種風味的詩他就寫不來或沒有。所以，詩歌流別的歸類也只能當成附帶的參考，不必把它當成一個模子，非要把某位詩人及作品硬套進去不可。

接下來，我們就依據上述的認識，把唐代的詩歌盡可能深入淺出地加以介紹：

一、初唐——大約從唐高祖武德初，到玄宗開元初的一百年間。這個階段主要的貢獻是，醞釀和形成各種新的詩歌形式——律詩和絕句，但仍屬於試驗的階段，有關詩的理論也還未完備。再者，就是除了像王績、陳子昂等極少數的特出作家，許多詩人仍不免追蹤齊梁以來柔靡、浮豔的宮體詩風。這個時期的代表作家，有所謂的「初唐四傑」、「沈宋」，與「文章四友」。

「初唐四傑」指的是王勃、楊炯、盧照鄰、駱賓王。他們的詩雖仍沾染著六朝遺留下來的靡麗氣習，但已見風骨，並相當致力於詩體的變革，沈佺期、宋之問能夠完成律體，四傑的功勞不小。如王勃的一首名作——〈送杜少府之任蜀州〉：

城闕輔三秦，風煙望五津。與君離別意，同是宦遊人。
海內存知己，天涯若比鄰。無為在歧路，兒女共霑巾。

很明顯地可以看出來，不論是思想、感情的表現，或是技巧聲律的講求，都較以前開拓許多，開始有了唐詩自己本身獨特的雛形。再拿與武則天堅決對立的亡命詩人駱賓王的〈在獄詠蟬〉為例：

西陸蟬聲唱，南冠客思侵。那堪玄鬢影，來對白頭吟！
露重飛難進，風多響易沉。無人信高潔，誰為表予心？

像這樣的作品，已經能夠使詩人個人現實生活的經驗，融入藝術的創作領域，開始步入宮廷以外的廣闊天地，約略初試盛唐詩的啼聲了。

自號「幽憂子」的盧照鄰，最拿手的是七言歌行，像〈長安古意〉裡頭的名句：「得成比目何辭死，願作鴛鴦不羨仙」，多少還帶有宮體詩的味道。七言歌行雖然早有曹丕、鮑照倡作於前，但經由盧照鄰的承續，更引發往後盛唐詩人大規模的吟作。

至於楊炯，他也有不錯的作品，像〈從軍行〉有一種極活躍的格調。他不太滿意當時「王、楊、盧、駱」的稱呼，曾說：「吾愧在盧前，恥居王後。」想來他真正的意思是下半句。他的作品多半是五古、五律，多少也對近體詩形式的奠定盡了些力氣。

沈佺期和宋之問是武則天時代有名的宮廷詩人，他們的作品在律詩格律的推動上極具分量。沈佺期有兩首描寫戰亂下苦難人民心聲的作品，實開邊塞閨怨詩的先聲，現在引錄於下：

聞道黃龍戍，頻年不解兵。可憐閨裡月，長在漢家營。
少婦今春意，良人昨夜情。誰能將旗鼓？一為取龍城！（〈雜詩〉）

盧家少婦鬱金堂，海燕雙棲玳瑁梁。九月寒砧催木葉，十年征戍憶遼陽。
白狼河北音書斷，丹鳳城南秋夜長。誰謂含愁獨不見，更教明月照流黃。（〈古意呈補闕喬知之〉）

宋之問的〈題大庾嶺北驛〉以五律的格式寫盡思鄉的情愁，也是可圈可點，我們不能隨便就認為它沒什麼文學價值，下面就讓我們來看看它——

陽月南飛雁，傳聞至此迴。我行殊未已，何日復歸來？
江靜潮初落，林昏瘴不開。明朝望鄉處，應見隴頭梅。

「文章四友」與沈、宋同時，是指蘇味道、李嶠、崔融、杜審言。他們一方面承襲六朝華麗詩風，一方面成為沈、宋律詩運動主要的推動人，雖然就藝術的觀點來看，這些人的作品還沒有很圓熟，但我們知道，如果沒有經過這個階段的突破，唐詩就不可能有後來的氣象萬千。四友中的杜審言是杜甫的祖父，杜甫頗以他為榮，顯然以他為學習的對象。像杜審言有「綰霧青條弱，牽風紫蔓長」和「寄語洛城風日道，明年春色倍還人」的詩句，而杜甫則有「桃花著雨臙脂溼，水荇牽風翠帶長」和「傳語春光共流轉，暫時相賞莫相違」的詩句，由小見大，初唐詩其實也是盛唐詩的先驅。杜甫對四傑等人的推進律詩格式，有極推崇的看法，他說：

王楊盧駱當時體，輕薄為文哂未休。爾曹身與名俱滅，不廢江河萬古流。

初唐時還有一位陳子昂，他是這期間極力反對六朝柔靡詩風的第一人，以為詩歌應該直追漢魏，要有凜然的風骨、獨到的興寄。他不僅提出這樣的主張，更以實際的創作來實踐。他那有名的感遇詩三十八首，一洗宮體詩的華豔，充分表現出像建安時代慷慨高歌的情調，擺脫了沈、宋律詩的影響。他的詩歌內容有詠史寄慨的，有評論時事的，可惜為數不多，沒有立即在當時造成影響的力量，不過，倒也成為後來盛唐詩歌的一股伏流。

此外，這段期間值得一提的詩人是王績，他很傾慕陶淵明，又性喜讀《易》、《老》、

《莊》，寫出來的詩頗富田園風味，詩中恬靜的境界似乎也給後來的王維若干啟發。他有一首名為〈野望〉的詩，裡頭的名句「樹樹皆秋色，山山唯落暉」很可以代表他作品的特色。

總之，齊、梁以來的詩歌到了初唐四傑的手上，格式趨向嚴整，完成了五言律詩。接著沈佺期、宋之問等人草創推敲，七律又告完成，而七律可以說是唐人自己的創作，所以當時稱為近體詩。

二、盛唐——自玄宗開元初到代宗永泰初的五十餘年間，是唐詩黃金時代的開始。這段期間經過初唐的奠基，整個國家走入安定、繁榮的局面；但是，一方面也有頻繁的內外戰爭（唐太宗曾經東征高麗，北滅突厥，高宗時吐蕃、回紇相繼為患，玄宗時有石破天驚的安史之亂）、政治上的種種傾軋排擠，以及由於國際貿易的發達所造成的農村破產、人口流向都市，工商經濟取代農村經濟等等問題的產生。所以，盛唐時代的社會表面上看起來是繁榮的，但繁榮的背後，卻也隱藏著多少民生凋敝的悲哀、征夫守戰的疾苦、思婦望夫的情愁。生活在這種時代環境下的詩人，他們無疑得到了最豐富的寫作素材，他們反應出來的情緒更是複雜多面，人生理想目標的詮釋與追求，恐怕也有了極大的變動。他們表現在詩歌裡的精神有的樂觀進取，有的狂放浪漫，有的慷慨悲憤，有的閒適恬淡。就思想而論，有王維代表的佛教思想，有李白代表的道教思想，有杜甫代表的儒家思想，更有三種思想合流的，真是五光十色，風姿競發。

舉凡這時代裡的一切，幾乎都濃縮到詩歌的菁華裡去了。我們現在就大略鳥瞰一番吧──

唐朝隱逸的風氣很盛，一方面是佛道出世精神的影響，一方面是讀書人不想走科舉的途徑去博取功名，有意藉隱遁山林造成清高的名聲，等到有一天名氣大起來了，自然有被舉薦或徵辟的機會。流風所及，自然景致與田園生活也就盡可以成為詩歌吟詠的素材了。從初唐王績奔流而下的自然詩歌，到盛唐時，就由王維與孟浩然來承續。不過，即使被譽為「詩中有畫，畫中有詩」的自然詩人王維，他也有熱中功名、意氣狂放的年少之作哩！後人推崇他的詩為「唐人五絕中神品」，他的名作太多了，名句更是俯拾即是，像「渡頭餘落日，墟里上孤烟」、「荒城臨古渡，落日滿秋山」、「倚杖柴門外，臨風聽暮蟬」、「大漠孤煙直，長河落日圓」……都是。關於他的名作，我們留待本書的下篇再細談。

以五古、五律見長的「鹿門詩人」孟浩然（因他曾隱居於此），在自然詩的天地裡雖然與王維齊名，並稱「王、孟」，但是運氣與才情恐怕都要遜王維一籌。他的名作〈春曉〉和〈過故人莊〉，風靡古今，相信許多人都能琅琅上口。

盛唐詩，與王、孟所代表的自然詩歌，能夠平分秋色的另一種風味的詩歌，就是由高適、岑參擅其場的「邊塞詩」。我們知道，盛唐時玄宗常與吐蕃、突厥、契丹等異族征戰不息，這樣的時代背景，使得一些鎮守邊邑、輔佐戎幕的詩人有極深切的征行離別之情，衷心所感，發為吟詠，自然成為獨樹一幟的邊塞詩了。邊塞詩的特色是風格豪邁浪漫、充滿異國情調，感情則往往粗中有細、壯裡帶柔。詩體多以七言歌行為主，六朝鮑照〈擬行路難〉等作品，到這時已經發展成唐人的新樂府，氣象為之一新。許多豪宕奇傲的詩人，非常喜愛採用這種能夠自由變動的歌行體裁。下面我們就舉一些邊塞詩來參看：

營州少年厭原野，狐裘蒙茸獵城下。虜酒千鍾不醉人，胡兒十歲能騎馬。

——高適〈營州歌〉

……戰士軍前半生死，美人帳下猶歌舞。……鐵衣遠戍辛勤久，玉筯應啼別離後。少婦城南欲斷腸，征人薊北空回首。……君不見沙場征戰苦，至今猶憶李將軍。

——高適〈燕歌行〉

君不聞胡笳聲最悲，紫髯綠眼胡人吹。吹之一曲猶未了，愁煞樓蘭征戍兒。涼秋八月蕭關道，北風吹斷天山草。崑崙山南月欲斜，胡人向月吹胡笳。胡笳怨兮將送君，泰山遙望隴山雲。邊城夜夜多愁夢，向月胡笳誰喜聞！

——岑參〈胡笳歌送顏真卿赴河隴〉

有一點我們不能忽略的是，盛唐邊塞詩人雖以高適、岑參為代表，但其他的詩人也有寫邊塞詩寫得極好的，像崔顥、李頎、王昌齡、王之渙……都是。

被稱為「詩天子」的王昌齡擅長七言絕句，他的邊塞詩多以絕句寫成，像〈出塞〉、〈從軍行〉，比起長篇歌行別有一種風味。除邊塞詩外，王昌齡也能寫宮怨離情，最為大家所熟知的就是〈芙蓉樓送辛漸〉、〈長信秋詞〉。

盛唐的詩人很多，詩作更是豐富。大致上可以分為以上所談過的王、孟自然詩系，高、岑邊塞詩系，以及我們現在要談的，也是最主要的李白和杜甫。

李白的思想基本上屬於道家，反對一切人為力量所加諸於自由的束縛，加上性情奇傲，天才橫溢，入世後又承受太多的坎坷不幸，所以，他的詩篇經常充滿著嘲弄傳統禮教的調調，乍看浪漫樂觀、狂放不羈，其實骨子裡奔騰著悲慨辛酸的生命洪流。如果遠溯李白詩歌的源流，那幾乎是中國古典文學傳統的集大成，他的靈魂太活敏，他的才情太縱橫，他的想像太超絕，他的痛苦太尖銳，他的精神太浪漫，他詩歌的內涵又豐沛，千百年以下，大概很難有人能望其項背。初唐陳子昂獨樹一幟的復古清風，真正能承其餘緒並遠遠超過其成就的，當數李白。他的古詩和絕句最拿手，想是與他志在復古（但不泥古）有關，有名的〈古風〉五十九首，就是這種見解下的具體實踐。他寫的樂府常常沿用六朝舊題，其實是五七言的古詩。至於絕句，更是不讓王維、王昌齡。可是李白好像不喜歡作律詩，尤其是七律，這一點跟被譽為「七言律聖」的杜甫大不相同，大概是討厭對偶聲律的拘束吧？他的名作很多，我們在下篇裡選了一些來欣賞，不過，要真正了解這位絕世的詩仙、曠代的天才，是應該拿他的專集來看才夠的。

與李白並稱為盛唐最出色的另一位詩人是杜甫，他詩歌最大的特色是綜合並且提高、擴大前人寫詩的經驗，創造出最富於寫實色彩，與最富於悲憫情懷、愛國思想的偉大詩篇。如果他詩歌的成就百分之四十是靠天才，那麼剩下的百分之六十該由他超卓的功力，和沉愴的生活歷練來平分。他所以被稱為「詩史」、「詩聖」，完全是以血淚得到的。如果李白是盛唐詩歌中的一團赤陽，光芒四射；那麼，杜甫就是蒼穹裡的一圈皓月，清輝千里。——常常有人喜歡比較他們，可是比來比去，到頭來你都不得不承認他們不是人間凡品，而且，久而久之，浸潤進去了，會發覺李白的浪漫狂熱固然悸動人心，而杜甫的冷凝悲辛更教人情不能已。我們在下篇裡會比較詳盡地討論到他和他的作品。

李白、杜甫的出現給盛唐的詩歌推向一個無可比擬的巔峰，往後中唐的詩壇仍然脫不開李杜的影響，但顯然在詩的現實精神方面是被更注意了，技巧上也不斷往前進步。

三、中唐——是指代宗大曆初到文宗太和九年這七十多年間。有唐一代在開元、天寶盛世之時，其實已經埋下衰落的契機，等到安史之亂爆發，那不過是把先已潛伏著的火種引燃罷了。亂事平息後，許多已經出現的國家危機並沒有因此消失。雖然唐室和異族間的衝突，表面上看去似乎是和緩下來，但是，藩鎮的日益跋扈，宦官的奪攬軍權，士大夫們的沉迷黨爭，以及農村生產力的崩壞、民生無告的哀苦、社會秩序的動盪不安，都使得一度具有蓋世光華的王朝，不得不一步一步走向風雨飄搖之中。因此，中唐的詩歌，有很多是在描寫人民的苦難與社會的不安，與困處於此種情境下知識份子極度苦悶的心聲。

自然詩到了中唐，能夠承王、孟餘風的，應數韋應物和柳宗元。韋應物擅長寫五言古詩，詩的內容意境顯然都向陶淵明看齊，不過總有人以為他及不上陶淵明那種，真正洞悉人事風波後的和寧。超凡入聖與超聖入凡本來就是有距離的，不是嗎？

柳宗元的詩寫景寫得好極了，有極清新飄逸的風致，他的〈江雪〉和〈漁翁〉，簡直不作第二人想，但是，在田園山水怡澹的另一面，他也是充滿投荒逐臣的悲慟的。我們在下篇裡將他兩種風貌的詩都選來賞味。

杜甫以後，中唐的詩壇有所謂的「大曆十才子」，指的是盧綸、吉中孚、韓翃、錢起、司空曙、苗發、崔峒、耿湋、夏侯審、李端；其中以盧綸、韓翃、錢起、李端四人的成就比較大。

自從杜甫開社會寫實的詩風以來，有不少詩人跟著走這條路，這當中最有名的是張籍、元稹和白居易。貧病失意的張籍雖然向韓愈學習作文，但他的詩歌並沒有效法韓愈的險怪作風，反而向杜甫看齊，努力以樂府歌行描寫當時的社會現實，像〈築城詞〉、〈野老歌〉，充分暴露人民在力役和租稅下的悲慘生活，等於是執政者的一面鏡子。難得的是這些寫實詩歌裡頭，有的是站在女子的立場，來寫她們難以言宣的痛苦，像〈離婦詩〉中說的：「有子未必榮，無子坐生悲。為人莫作女，作女實難為。」真令古今苦命女子同聲一哭！再引一首膾炙人口的〈征婦怨〉來看：

九月匈奴殺邊將，漢軍全沒遼水上。萬里無人收白骨，家家城下招魂葬。
婦人依倚子與夫，同居貧賤心亦舒。夫死戰場子在腹，妾身雖存如晝燭。

怎教人不為詩中深致的苦楚，與綿纏的情思放懷一慟呢！

和張籍同時的王建，兩人交情頗深，王建擅長樂府詩，是唐代極有名的宮體作家。

我們前面講到杜甫相當致力於社會寫實詩的創作，但並沒有建立這方面的理論，到了元稹、白居易，則大力提倡「文章合為時而著，歌詩合為事而作」的主張，並且以具體的創作來實踐這種理論，頗造成一股不容忽視的風潮。與當時韓愈、孟郊、賈島等人「為藝術而藝術」的作風，顯然是背道而馳的。元白詩歌寫實運動雖源自杜甫，但到了中唐則較諸以往更大放異彩，中唐的社會環境當然是此類詩歌最佳的溫床。

元稹和白居易是很要好的朋友，他們的詩體，世人稱為「元和體」。元稹的文才很高，可惜為了功名的追求，使他的人格有了若干的瑕疵。我們倒也不必因人廢文廢詩，元積不但有傳奇《鶯鶯傳》的傑作，宮詞和詩都非常出色，〈連昌宮詞〉就是其中之一，當時宮廷裡的嬪妃都很愛誦讀他的詩，稱他為「元才子」。折騰在功名的追求，與自我價值的肯定夾縫中的知識份子，是很痛苦的，元稹自然也不例外。他其實也寫了不少關懷社會民生的詩歌，好比〈田家詞〉、〈織婦詞〉，極力刻繪出政治的敗壞，與官吏魚肉人民的真相，多少盡了點讀書人的道德良心。

白居易的詩歌盡量做到通俗易曉，他對自己所作的諷諭詩（〈新樂府〉五十篇，共九千二百五十二言）非常重視，曾寫自序云：「總而言之，為君，為臣，為民，為物，為事而作，不為文而作也。」從這句話我們可以看出，白居易寫詩的態度是多麼賣力、多麼嚴謹、多麼有目標。唐代的詩人很少人能像他有這麼豐富的產量，也很少詩歌能像他的作品流傳得這麼廣泛，這麼為大眾所樂意接受。他最了不起的地方就是他喜歡站在弱者的一邊，為貧苦的社會大眾發出不平之鳴，用文學來反映生活的真相，斥責權貴的無恥，控訴戰爭的酷慘，以及肯定人性的良善面，在絕望裡重建新的生命秩序。像〈秦中吟〉十首、〈新樂府〉五十篇，篇篇有血有淚，創作素材，完全取諸社會現實，但是這類作品反而不受人賞愛，倒是〈長恨歌〉、〈琵琶行〉，不僅當時的人耳熟能詳，即使千百年以下喜愛吟誦的人還是很多。做為一名詩人，白居易責無旁貸地扛起時代所加給他的使命。雖然他的激昂慷慨，到了晚年也慢慢歸入和平閒適，但是他所刻鏤出的生命軌跡，卻永遠是中國讀書人的一種典範。

除了元稹之外，白居易還有一位好朋友，就是與白居易並稱「劉、白」的劉禹錫。白居易曾經說他一生遇到兩個詩敵，一個是元微之，一個是劉夢得。微之這個詩敵，他自認勝得過；但夢得這個詩敵，他卻沒有勝過。夢得指的就是劉禹錫。

劉禹錫年少得志，恃才傲物，一輩子命途多蹇，大部分的歲月都在貶謫中度過。他對詩歌方面的貢獻不少，曾經改寫湘西土人的歌謠，成為極受喜愛的民歌，〈竹枝詞〉就是其中之一：

楊柳青青江水平，聞郎江上踏歌聲。東邊日出西邊雨，道是無晴卻有晴。

充滿素樸可愛的本色，到今天我們讀起來還忍不住會心地喜歡。他的五言詩很有名，七絕更是唐代的代表作家之一，像〈烏衣巷〉、〈石頭城〉，被白居易這麼了不起的大家讀到，都要自嘆弗如哩！自古才子惜才子，真是不容易呀。

以「文起八代之衰」的盛名，享譽於文學史上的韓愈，他在詩歌方面的作為不同於前述的元、白，他很著重技巧的追求，希望能夠推陳出新，所以他常常拿寫散文的方法來寫

詩，喜歡用僻字、造怪字，甚至押很奇特的韻。像這種作詩的方法，毋寧是杜甫「語不驚人死不休」的精神表現。這樣創作出來的詩，有的詩味蕩然，詰屈聱牙，像〈南山詩〉。但無可否認的，也有一些清順雄放的佳作，像〈山石詩〉就是。

中唐時候走僻古奇險詩風的詩人，還有孟郊和賈島。「苦吟詩人」孟郊是韓愈的好朋友，韓愈的僻險在於用字章法，而孟郊則在於命意造境方面。貧窮無子加上科場失意，也難怪孟郊的詩作滿是愁苦之音了，我們舉一首〈秋懷〉來看：

秋月顏色冰，老客志氣單。冷露滴夢破，峭風梳骨寒。
席上印病文，腸中轉愁盤。疑懷無所憑，虛聽多無端。
梧桐枯崢嶸，聲響如哀彈。

真是寒酸悲悽呵！怪不得金人元好問說他是「高天厚地一詩囚」。

另外一位和孟郊的命運、遭遇極相似的「詩囚」就是賈島，他的作品最有名的該是那首〈尋隱者不遇〉的五絕：

松下問童子，言師採藥去。只在此山中，雲深不知處。

至於其他的作品雖然全篇的佳作不多，可是常有些出人意表的好句子。我們在下篇的賈島部分會作若干的介紹。

中唐詩壇的尾聲裡，暴出一位「鬼才」詩人李賀，他的詩歌要算樂府寫得最好，很擅長比喻、象徵的表現技巧。由於他的身分是沒落的貴族王孫，加上天生多病多感，才情獨特，所以詩歌帶有一種穠麗奇詭的風格。他慣用一些「紅、紫、青、碧、綠、白」的字眼鋪染出穠麗的色澤，又常用「鬼、血、恨、死、哭、夢、淚」經營晦暗陰森的氣氛，使他的詩充滿迷離恍惚的美麗與哀愁。他的名句「桃花亂落紅如雨」可為其詩風的註腳。至於他感諷詩的獨到之處，直可謂前無古人，後無來者。李賀也是位短命詩人，才二十七歲就匆匆告別他主觀裡苦多樂少的人間了。他走後，倒留下了一顆唯美詩的種子，正等待出芽成花呢！

四、晚唐——指文宗開成初到昭宣帝天祐三年這八十餘年間。唐代的國勢到了晚唐，已經走向日薄西山的地步，宦官、藩鎮與黨爭的禍害，終於扼殺這個王朝的命脈，統一的大唐帝國再度陷入動盪不安，社會各階層的衝突高度膨脹，最後爆發了無可避免的紛爭戰亂。這樣的時代形象投影在詩歌裡，一方面是寫實色彩的存續，一方面是避開現實的華美風姿的揚起。盛唐黃金時代的詩壇所綻放的奇花異卉，歷經中唐的燦爛成熟，到這個時期，已經呈現出無可挽回的凋殘，而唐詩，終於在吐盡它最絢麗的華采後，讓後起之秀的樂詞來接替它的位子。

晚唐文學的潮流，慢慢從寫實返回浪漫，典雅綺麗的形式技巧，似乎又成了詩人們追求的寫作目標，吟詠私情的豔體詩，逐漸取代了元、白以來所致力的社會寫實詩。這時期的重要作家有杜牧、李商隱、溫庭筠等人。

杜牧就在這樣的潮流中激盪出他作品的格調來，他雖然曾經批評元稹、白居易的詩「纖豔不逞」，但他自己的豔詩，冶蕩處實甚於元、白，風骨處倒獨樹一格。不過，他多少還保存著從盛唐遺傳下來的優美傳統。杜牧很服膺杜甫，擅長寫七律七絕，七律尤其和杜甫晚年的詩風相似，所以有「小杜」的雅稱。他的傑作像〈泊秦淮〉、〈山行〉、〈遣懷〉、〈題宣州開元寺水閣閣下宛溪夾溪居人〉……真不知傾倒了多少眾生。我們今天讀他的詩，總覺得像他這樣文采絕代的風流才子，有很多過於浪漫的地方應該被寬容、被諒解。隨便舉一首〈贈別〉來看：

多情卻似總無情，惟覺罇前笑不成。蠟燭有心還惜別，替人垂淚到天明。

我們怎能不為其中的情思、韻致低迴再三呢？當然啦，藝術的涵蓋面是既深且廣的，杜甫血淚交迸的詩歌固然引起我們的衷心愀愴，而小杜的豔情之作何嘗不讓人心有戚戚？

至於他的詠史詩篇，往往以華麗為外表，其實是在暴露當時士大夫們耽於逸樂，麻木國事的生活層面，主題耐人尋味。

李商隱是一個夾在黨爭中左右為難，一生落落寡歡的詩人。他的詩細密工麗，長於七律，喜好用典，寄託深微，晚唐的唯美詩到了他的手裡，已經達於化境。他很欣賞李賀的才華，曾為他作傳，受到他的影響是一定的。李商隱寫了許多〈無題〉詩，它的內容多半是纏綿悱惻的戀情，神祕中有太濃太重的哀感。只要是真正愛過的人，都無法抗拒他的詩魂所具的魔力：「紅樓隔雨相望冷，珠箔飄燈獨自歸。遠路應悲春晼晚，殘宵猶得夢依稀」、「相見時難別亦難，東風無力百花殘。春蠶到死絲方盡，蠟炬成灰淚始乾」、「一春夢雨常飄瓦」……是那樣的纏綿、那樣的深入、那樣的婉曲。

李商隱的詩美得令人傷感，令人無可如何。他的詩歌一方面是他內心世界的獨白，一方面也象徵著唐詩的遲暮，「夕陽無限好，只是近黃昏」，李、杜時代的雄渾氣魄，到此幾已銷聲匿跡，只留得一天爛漫的晚霞，猶作最後的依戀。

唐代的詩歌大體上的起落興衰就是這樣了，它已經絢麗了一千多年，我們相信，只要是不自絕於歷史的人，都可以分享到它的榮華和喜悅，當然，也可以同擔它的滄桑和悲苦。在分享和同擔的過程裡，不妨讓我們作一座小小的橋樑，便於您跨越過一千多年的時空距離。

下篇
各家名作賞析

王勃

（西元六五〇—六七六）

以千古名句「落霞與孤鶩齊飛，秋水共長天一色」（〈滕王閣序〉）而不朽於文學史上的王勃，是一位恃才傲物、蹇困失意的短命詩人。

他在十二歲那年，就以神童的身分被舉薦到冠蓋滿京華的環境裡。那不可一世的青春銳氣，配合了早綻的才情，使他不屑屈身於察言觀色、等因奉此的平庸行列中。孤標獨樹和狂傲不羈雖然給他帶來聲名，卻由於一篇遊戲文章——〈檄英王雞文〉而惹來高宗的盛怒，操生殺大權、予取予奪的人主，終於廢了王勃的官職，同時也重重打擊了一名才子的靈心慧識。

既不能干青雲而直上，年輕受挫的王勃只好遠遊江漢。不幸的事情常常是接踵而至的，有一個名叫曹達的官奴犯了罪，王勃起初動了惻隱之心收容了他，馬上又反悔，在懊惱怖懼的前熬下，卻把他殺了！（從這個事件裡，我們多少可以窺見王勃憂疑莽動的矛盾性格。）事情爆發後理當死罪，幸而碰到大赦，但一向以兒子自豪的他的父親，這回卻連累受貶為交趾令（今越南北部）。

跟著父親背井離鄉、奔赴異域的王勃，心緒的失意困阨已經到了極點。第二年，在渡過南海的途中，遇上風浪落水，潛藏心底和即臨眼前的驚悸，終於匯成一股狂流，吞沒了這個燦麗而悲苦的生命——王勃死的時候才二十七歲。

文思捷敏的王勃據說有一個習慣，他在寫文作詩之前，常是磨了許多墨汁，然後跑到床上擁被大睡，也不曉得什麼時候，突然一躍而起，振筆疾書，連一個字都不需要改動哩！那時的人都管這個叫做「腹稿」。

他是初唐時代傑出的年輕詩人，和楊炯、盧照鄰、駱賓王平分當時詩壇的秋色，被人稱為「初唐四傑」。他的作品兼具兩種格調：一種是承襲了六朝時齊梁浮豔風華的，像五律和〈滕王閣序〉這種駢文，很努力在誇示他的才學，難免掩蓋了真性情。另外一種五言四句的小詩（這個時候詩的格律還沒完成），大概有三十多首，倒是很真淳可愛，想是受他的叔祖王績的影響吧！王績不但很喜歡陶淵明，還常常拿他自比，作品也就不免帶上「陶風」了。王勃在這種家學淵源下成長，這類作品中當然也有一份閒澹自然的情致。

送杜少府之任蜀州

【原詩】

城闕輔三秦，風煙望五津。
與君離別意，同是宦遊人。
海內存知己，天涯若比鄰。
無為在歧路，兒女共霑巾。

【語譯】

長安四周的樓觀擁衛著京都，四川省的五個有名的渡口，在遙望中瀰漫著滾滾的煙塵。

現在你要往蜀州去上任，而我也是為作官而漂泊在外的人，和你分離，叫人滿懷別意離情。

其實，只要在我們自己的國土上有著知心的人，即便是海角天涯，也還是像緊鄰一般。

我們當然難分難捨，可是不要像個小兒女一般，在分手的岔路上，相對流淚啊！

【賞析】

三國時代的才子曹植（子建）曾經寫下「丈夫志四海，萬里猶比鄰」的詩句，感情雖然是一千七百多年前的感情，空間雖然是一千七百多年前的空間，但是，即使在今天，我們細敏地去咀嚼它，心裡仍然不免為它所撼動——它講一種男兒所不能不有的豪情，一種天遠地闊的襟懷。

時間距離曹植四百多年後的王勃，也體悟到人間的別緒離愁之不可免。大概只有重利的人才會輕（視）別離呢！像才銳情敏的人怎麼能、怎麼會、怎麼可以呢？可是在現實世界裡，時空的酷冷阻隔，原是那時代的人所不能以具體能力去扭轉的，（就算今天，我們可以對地球另一邊的友人，拍一封電訊、打一通電話，甚或朝飛暮至，可是，感情的事真能這麼乾脆俐落的就了、就平，相思果可以萬能的科技化解嗎？主觀的情愫還是很要緊的。）所以，詩人轉而投向內心深處去尋求慰解：

海內存知己，天涯若比鄰。

人生本來就多漂泊，有因有緣的方得以短暫的相聚，父母與子女、知己與愛人縱然恩重情深，又有多少人能永永遠遠的相聚呢？即使聚到白首，不也橫亙著一個如山似岳、如海似洋的永別嗎？記得《紅樓夢》裡頭有這麼一句話：「誰守誰一輩子呢？」……月換星移，挪山填海——長相廝守既不能完全在我們的掌握裡，那麼就讓天下有義有情的人不要太在意別離。相聚固然值得相惜，在不能時，也可以像曹植、王勃那樣，用一份最最摯熾的情，化萬里天涯成比鄰而居啊！

很困難，但是，何不試試呢？「歧路霑巾」充其量只洩抒了一些離愁，而心、而情、而意，它不僅跋山涉海，經霜歷雪，甚且幽冥路也阻擋不了！

【附錄】

思歸

長江悲已滯，
萬里念將歸。
況復高風晚，
山山黃葉飛。

駱賓王（高宗時代的人）

年輕有才氣的文人似乎常常與「落魄無行」結了不解緣，駱賓王也不例外，他喜歡和賭徒做朋友。高宗末年時，因為貪汙案下獄，後來遇到赦免，被任為臨海丞，憤嫉失志的駱賓王選擇了他人生的另一個方向——棄官而去，換句話說，他採取了與朝廷對立的立場。

他參加徐敬業聲討武則天的戰役，並且寫作軍中書檄。同時仗劍持筆，來表達他對當時政局最激烈的抗拒。其中一篇〈討武曌檄〉最有名，據說武則天讀這篇文章時，起先還嘻笑自若，眼睛掠過「一抔之土未乾，六尺之孤何託」時，再也笑不下去了，突然臉色大變，問左右說：「是誰作的？」旁人告訴她是駱賓王寫的。武則天只說了一句：「做宰相的，怎麼可以失去這樣的人才呢？」後來徐敬業兵敗，根據《舊唐書》的說法，他也被殺了。

不過，晚唐時的孟棨，在他作的《本事詩》裡，說駱賓王事敗後就落髮為僧，遍遊天下名山，曾經路過靈隱寺，寫下千古名句：

樓觀滄海日，門聽浙江潮。

這件事不論附會與否，多少讓我們看出來，當時的人對於敢公然對抗權勢頂熾的武則天，又頗具才情的駱賓王，是有一份憐惜之意的。

駱賓王雖反對上官儀這些人「綺錯婉媚」的文風，對五言詩的建立也有貢獻，但是，他本身所作的宮體詩仍未脫齊梁格調。幸好，他的人生波折比常人深刻迂迴，對時代環境也有慷慨悲壯的體認，故也有極動人的詩作，像〈在獄詠蟬〉就是一首很不錯的作品。

「年少而才高，官小而名大」的駱賓王，竟然確切的生卒年代沒有流傳下來，我們只知道他的一生相當於唐高宗、武后的時代。

在獄詠蟬

【原詩】

西陸蟬聲唱，南冠客思深。
那堪玄鬢影，來對白頭吟！
露重飛難進，風多響易沉。
無人信高潔，誰為表予心？

【語譯】

秋天（「西陸」的意思）到，斷斷續續的蟬叫聲，縈繞在我被囚禁的牢房四周，加深了秋意，也加深了我作客的鄉愁。
墨色輕靈欲飛的蟬兒，放肆地向著蒼蒼白髮的我鳴唱，令我忍不住難受起來。
秋露似水如霜，壓在薄翅上，怎麼飛躍得起呢？風兒呼呼哮吼，微弱的蟬聲怎麼能不沉落消失呢？
大概沒有人會相信，飲露餐風的蟬兒是多麼高潔，想想又有誰願意替我表白這番心情？

【賞析】

「蟬」是這首詩極為凸顯的一個意象。傳說中的蟬又名「知了」，是懶婦的化身，待一切美好的過去難以挽回時，所發出的永不止息的怨悱之音；又有人說蟬餐風飲露、不食人間煙火，是清高的表徵。駱賓王的寓意如何，我們不難揣度得到。

身繫囹圄的詩人，經由眼前客觀景物的觸發，遂使得主觀意識的活動變得更加尖銳、敏感起來，他的「客思深」與常人的自是不盡相同，獄中作客的心情是怨上加愁，想到過去，想到現在，更想到茫茫無可預計的未來，這股愁思就好比一把犀利的螺旋刀，愈旋愈深。

接下來的「玄鬢」和「白頭」，對立而雙關。玄鬢，本指黑鬢，在此用來說蟬翼，象徵年輕美好。「白頭」，可指作者白髮蒼蒼，老之將至；從玄黑與白頭的對比，展現出濃烈的愁苦來。「那堪」兩字強調了心情煎熬的極致：我本已憂思千重萬疊，卻偏聞委屈、單調的蟬聲，更加攪亂我的怨情。

從起首二句的聽覺感受，轉進到次二句的視覺體識，也許都還只偏重於外在形態的刻劃。緊接而來的五、六句，便是一連串心靈的獨白：「露重飛難進，風多響易沉」；詩人先用隱喻來表明自己並非不求上進、不關心國事，他有的是滿腔熱血，無奈外在險惡的現實逼使他冷卻、沉寂下來。以「蟬」自況，一方面是清高，一方面又形容自己的渺小、輕微，以蟬翼之輕，如何抵抗那露重霜寒？以蟬鳴之微，又如何擋得住狂風驟雨？

最後兩句是極露骨、極怨尤的自白，透顯出詩人無告的強烈痛苦。自古以來，我們的詩教講求的是「溫柔敦厚」、「含蓄蘊藉」，無非想有一種「怨而不悱」、「哀而不傷」的彬彬風質。以「初唐四傑」之一名家的駱賓王不會不懂這個，他之所以要在最後來這樣坦白的宣洩，一則鬱怨之情已至爆發的程度，一則有意以突兀直接的吶喊來造成撼動。大部分的詩論家都很推崇他的「露重飛難進，風多響易沉」，以虛實兩寫，而認為末了兩句未免流於露俗。

宋之問

（西元六五〇？—七一二）

他又名少連，字廷清，汾州（現在山西汾陽附近）人，又有人說他是虢州弘農（現在河南靈寶）人，高宗上元二（西元六七五）年，中了進士。

傳說武后（則天）有一回去洛南的龍門遊玩，曾經詔令跟隨的臣子們作詩。其中有一位名叫東方虬的左史，最先作成一首詩，武后很高興，就賜給他一件錦袍。沒多久，宋之問的詩也作好了，武后一看之下，大大讚賞，馬上傳令把錦袍拿回來賜給他。

在張易之、張昌宗兄弟得寵於武后的那段期間，宋之問傾心媚附。他總是攀援權貴來鞏固自己，居官也不怎麼廉潔。權勢傾軋的結果，終於使他貶官、流放，乃至被皇帝賜死。

他的詩寫得綺麗華靡，承襲了齊梁以來的唯美詩風。當時還有一個叫沈佺期的詩人，與他並稱「沈宋」。有一首名為〈有所思〉的詩：

洛陽城東桃李花，飛來飛去落誰家？幽閨女兒惜顏色，坐見落花長嘆息。
今年花落顏色改，明年花開復誰在？已見松柏摧為薪，更聞桑田變成海。
古人無復洛城東，今人還對落花風。年年歲歲花相似，歲歲年年人不同。
寄言全盛紅顏子，須憐半死白髮翁。……

裡面有許多詩句，已經化成今天我們很常用的口語，相傳是宋之問的作品。不過，也有人認為是他的女婿劉希夷所作的。

題大庾嶺北驛

【原詩】

陽月南飛雁，傳聞至此回。

【語譯】

聽說每年十月到南方避寒的鴻雁，飛到這裡就又我行殊未已，何日復歸來？
江靜潮初落，林昏瘴不開。
明朝望鄉處，應見隴頭梅。

轉回去了。

想到我自己坎坷的運途，才剛剛開始，似乎永無終止的樣子，老天啊！要哪一天才能像北歸的鴻雁一般，回到家的懷抱呢？

看那起落漲伏的潮水，慢慢平靜下來了。昏暗的樹林裡，充滿了濃密駭人的瘴氣，我暫且在這個北驛所歇一夜，等天明再上路吧！

想想明天早晨，我孤單地站在大庾嶺上，忍不住一再回頭望向遙不可及的家鄉，眼前的這一片梅花樹海，可是我唯一所能看見的了。

【賞析】

這首詩是中宗年間，宋之問被貶到越州（今廣東省合浦縣東北）作長史，途中路過梅嶺，感觸萬千之餘所寫下的。

陽月是農曆的十月。許多北方的鴻雁為了避寒，大概從九月時分就紛紛往南飛來，牠們飛啊飛的，相傳一直要飛到衡山的七十二峰之一——衡陽南邊的一座「回雁峰」，等冬天過了，溫暖的春天一來，才又揮拍翅膀，飛向北方。

詩人看著南飛的雁，想著牠們不過是季節性的遷徙，總會有北返的一天，再聯想到此時此地的自己：前程未卜，茫茫一片，更別說何日是歸期了！

憂傷的情緒好不容易，慢慢地經由詩人精神力量的超越而平靜下來。所以，接下來的「江靜潮初落」，一方面實寫眼前的景致，另一方面也未嘗不是詩人心境的點染。好比我人平常說的「心湖波濤洶湧」，或說「心如止水」，都是喜歡用「江水」、「湖水」甚或「海水」來比喻情緒意態的起伏。當然，這個地方說「江靜」也可以說是「心靜」；而「潮初落」呢？就又寫出詩人的心情正在往下沉落，沉落……

翠岫山嵐在一個心情愉快的人體會起來，極可能是充滿著幽深恬適的意趣，可是對於一個愁雲慘霧，正在受貶途中，精神、肉體兩皆困頓的詩人而言，那只好是「林昏瘴不開」的景象了——山林裡煙霧瘴氣瀰漫，枝蔓糾纏，哪見天日？內心的「情」與外界的「景」，至此疊合為一，再也化不開。

人生的困境太多，所幸人天生總有一種化解困境的「勁」，姑不論成功與否，人就會這樣地活下去。也因此，詩人在不忍回顧既往的反省下，他終於望向明天，迎接明天，才能有進一步的期望，什麼期望呢？再也不是鮮車麗裘、富貴名利了，而是「家鄉」，好一個冰雪中的火種——還鄉的意願。受了滄桑而疲倦於人生時，「家」原是最最溫暖、最最細致、最最妥貼的慰藉與召喚哪！

大庾嶺（地處江西大庾縣南方，廣東南雄縣北方）由於唐朝的張九齡曾經在嶺上種植梅花，所以又稱「梅嶺」，因為是亞熱帶氣候的關係，這裡的梅花又比別的地方早開。詩人說明朝要「望鄉」，那想起來就叫人心疼的遠遠的家，想必將被眼前一片繽紛的梅花所阻斷吧！詩人的心已經奮力掙出沉落和昏暗，往著嚴冬過後的暖春奔去：

梅花開了，春天還會遠嗎？

「梅花」一詞在這首詩裡，好比仙女的魔棒一般，在愁天恨地裡，驀然點出一片似錦繁花。

【附錄】

新年作　宋之問（或云劉長卿作）

鄉心新歲切，天畔獨潸然。老至居人下，春歸在客先。
嶺猿同旦暮，江柳共風煙。已似長沙傅，從今又幾年？

賀知章（西元六五九—七四四）

賀知章是初、盛唐年間的詩人，他字「季貞」，晚年自號「四明狂客」。生在唐高宗顯慶四年，卒於唐玄宗天寶三年，他的籍貫是會稽（今浙江省紹興市）。

他的個性很曠達，口才不錯又富於幽默感，這大概是他活了八十六歲的一個主要原因吧？年輕的時候就有詩名，跟李白、張旭這些朋友常在一起飲酒賦詩。據說李白初到長安時還沒有什麼人賞識，有一天，賀知章讀到他的〈蜀道難〉，立刻大為嘆賞：「這可是一位天上的謫仙呀！」能夠一眼就看出天才的人，畢竟本身的才氣也不尋常的。

知章這個人想是充滿著諧趣，杜甫的一首〈飲中八仙歌〉，描述他酒醉後的樣子說：「知章騎馬似乘船，眼花落井水底眠。」真是又浪漫又可愛。

三十六歲那年，他進士及第，以後慢慢遷陞，官做到禮部侍郎，兼集賢院的學士。八十六歲時請為道士，告老還鄉，回家後的同年就去世了。

回鄉偶書

【原詩】

少小離家老大回，
鄉音無改鬢毛衰（ㄘㄨㄟ cuī）。
兒童相見不相識，
笑問客從何處來？

【語譯】

我年紀輕輕就離開家鄉去闖天下，一直到年華老大才又重回舊地。在外這麼多年，說也奇怪，一口濃重的鄉音始終沒有改變，倒是兩鬢的鬢髮爭先恐後地花白了。一走進鄉里，一大群孩子見了我卻沒有一個認識我。有的竟然笑嘻嘻地問我：「客人，您是打哪兒來的呢？」

【賞析】

從時代的背景、仕途的遭遇和個人的性情綜合觀察，我們知道賀知章是一位樂天知命、得天獨厚的詩人。這首〈回鄉偶書〉很能代表他雖感傷但仍不失諧趣的情懷。

整首詩給人一種閒話家常的親切感，比方說：「少小」、「老大」、「鄉音」、「鬢毛」、「兒童」、「客」都是我們平常生活中再熟悉不過的；再看看當中所用的動詞：「離家」、「回」、「衰」（兼形容詞）、「相見」、「相識」、「笑」（兼副詞）、「問」、「來」，試問那一個人沒有切身體驗過呢？這些極平凡、極不新鮮的素材，經過詩人情思的巧妙運作，竟然互通了我們的心息，使人一讀陡覺心底亮起一朵溫暖的火花來。

「少小離家老大回」訴出鄉愁是多麼地漫長和遼闊，「少小」與「老大」之間，累積了詩人多少喜樂與悲苦的生活經驗，這一切皆緣於「離家」而起。遠別故鄉和親人，到另外的地方去尋求自己的理想，不管達到與否，詩人很慶幸地發覺到自己戀鄉的情懷，不但沒有被新麗的外界所抹平，反而下意識地粘滯在鄉音的執著上——這是一種多麼傷感的自負？多麼自然的真情！可是，人所能戀執的畢竟也是有限的，就拿日漸似秋霜的兩鬢來說，誰不希望永遠是一頭青絲，或者至少不要花白得那麼急速，叫人好不驚心。但，韶光的流逝是任誰也挽不住的，人間哪有永恆的青春？

一路這麼想著，眼看就快到家門了。李頻的〈渡漢江〉說：「近鄉情更怯，不敢問來人。」為什麼呢？離鄉太久，一切都在熟稔中透著陌生，現在回來了，該怎樣反應自己朝思暮想的情愁——熱淚盈眶，還是默默無言，把奔湧的喜悅和哀傷統統嚥回肚子裡去？而且，物是人非呢，人是物非呢，抑是物非人非呢？唉，真不敢向那最先碰到的鄉人打聽。

沒想到迎面而來的是一大群活蹦活跳的小孩子，定睛一看，這麼昂盛的新生命，盡是一張張新鮮的小臉龐，在極短促的時間裡，孩子們打量著詩人，詩人也凝望著新生的這一代，心裡不禁湧起一股難以抗壓的感傷：歲月如梭呵，有人說過：「去國十年，老盡少年心。」我何止十年的背井離鄉，我的少年心似乎已是雲霧中的青山了……

吱吱喳喳的話聲伴著脆嫩的笑聲，將詩人拉回眼前的現實：「老爺爺，您是打哪兒來的呢？」這一問，不禁使詩人茫然於千頭萬緒中，真不知道該從什麼地方答起。孩子們天真無邪的「笑」，正反襯出詩人老大回鄉的「悲」，原本是「主」的身分竟然被誤置成「客」——人生的矛盾難堪原來俯拾即是呀！

【附錄】

回鄉偶書 另一首

離別家鄉歲月多，
近來人事少消磨。
惟有門前鏡湖水，
春風不改舊時波。

陳子昂（西元六六一—七〇二）

子昂出身豪富之家，喜歡射獵賭博，到十八歲還沒有讀過書，紈袴子弟任性使氣的特點他都具備了。直到有一天，偶然跟朋友到鄉塾去，看見許多年紀相仿的青年努力讀書的情景，心裡突然大受感動，才痛下決心，回家閉門苦讀。

在冠蓋滿京華的地方，陳子昂耍了一招成名術。據說有一個賣胡琴的索價百萬，京城裡的豪貴競相傳看，卻無人敢議價。冷不防陳子昂從人群中揚聲叫道：「我出一千緡！」旁觀的人大吃一驚，問他何故？子昂答說：「胡琴是我的拿手樂器哪！」大家在羨佩之餘，希望能親聞他的演奏。子昂立刻邀請他們，次日到他的寓所去聽琴。到了第二天，當時的名流文士，都聞風趕至，子昂早已設宴款待。等宴會氣氛熱鬧起來時，子昂即當眾宣布：

「我是四川人陳子昂，精心寫下百軸詩文，竟不為人知，彈奏胡琴不過是賤工的技藝，算得了什麼！」於是把高價買來的胡琴，摜碎在地上，而把他的文章遍贈賓客。短短一天之內，陳子昂聲名大噪，轟動了整個京城。

唐睿宗年間，陳子昂二十多歲中了進士，極力發揮他書生論政的言責，對當時的政治曾有過影響。

武則天稱帝的時候，陳子昂作了一篇歌功頌德的〈大周受命頌〉，有人因此覺得這是他才情的一個瑕疵。但是，清人陳沆在他的《詩比興箋》裡，曾不餘遺力為子昂辯解，似較公允。

仕宦的途運有時不是光憑才識和熱忱就能如意的，陳子昂飽經書生與政的困蹙，心懷抑鬱又兼體弱多病。當他登上薊北樓，有感於過去樂毅遇燕昭王的故事，便作了七首覽古詩，寄贈給他的故友盧藏用。詩寫成之後，忍不住滿面淚水，脫口吟出曠古悲情的傑作，那就是〈登幽州臺歌〉。從此罷官歸鄉。

子昂父親去世，當地的縣令段簡貪吝苛殘，就找盡藉口來陷害他，子昂雖然賄賂二十萬緡疏通，但是，段簡仍嫌太少，而押他入獄。誰想到，曾以萬貫家產而任情尚氣，而名動京華的陳子昂，最後也因「錢」的緣故，竟以四十二歲的英年而死在獄中。

陳子昂是初唐第一位反對六朝浮華靡麗詩風的人。理論上，他根本不贊同重形式與聲律的唯美觀念，而主張詩歌應追復漢、魏的風骨和寄興，他為東方虬的〈修竹篇〉所作的序文，正表明他對詩歌復古的態度。創作上，他是位理論的實踐者，他的詩重現建安、正始的風力，像〈感遇詩〉三十八首的造詣，直可媲美阮籍的〈詠懷詩〉。由於音調自然，語言雄渾，情感慷慨悲愴，使得字裡行間洋溢著「骨氣端翔、音情頓挫」的生命力，在唐詩的領域裡，陳子昂成為古雅的開創人物。韓愈推崇他說：「國朝盛文章，子昂始高蹈。」（〈薦士詩〉）應該不是溢美的話。

登幽州臺歌

【原詩】

前不見古人，後不見來者。
念天地之悠悠，獨愴然而涕下。

【語譯】

我站在萬丈高峰般的幽州臺上，往前望去，一片空茫，看不見歷史裡翻騰或汨沒的古人；往後看去，竟也是渺不可知，看不見那些接續的來人。想到天地的悠遠，宇宙的寥廓，我到底在哪裡呢？不由得獨自落下悲愴的淚水。

【賞析】

這首作品是一種歌行體，模仿古樂府的風格，有詞但無音樂，句式長短不齊，可以算是樂府詩。〈登幽州臺歌〉以短短的二十二個字，竟能構築出一片無垠無涯的時空，和全人類共同的愀愴感來！

一開始就力寫詩人絕世獨立的孤寂：「前不見古人，後不見來者」，呈現出廣漠的時空交錯。「前」，指詩人登幽州臺所面對的空間，「後」，則為詩人登幽州臺所背向的空間。但，由於「古人」和「來者」的牽連繫引，使「前」、「後」立即由空間意識加入時間意識。於是，由無垠的時間與空間所組成的浩瀚宇宙，是那樣宏偉峻冷地鋪展開來……

面對這無邊無際、不始不終的時空，詩人始而震撼，繼而孤獨，而終以悲愴。他向宇宙的前端望去，那腦海裡的紅塵奇才，青史春夢，竟是聲影俱息，一下間，彷彿自歷史的臍帶被剪斷了似地，他深重地感到個體生命的獨立和孤單——往後極目，理念上「來者」當爭先恐後，可是，依然迎上來的是一片渺茫的未知。那麼，詩人們所僅能把捉住的該是「現在」了，而現在呢？現在稍縱即逝啊！僅僅屬於現實存在的自己又如何呢？

過去與未來既無以攀緣，而現實界裡的詩人又是抱負不展，理想受挫的。當他在時代和歷史的長流裡找尋不到自己的生命位置，肯定不了奮鬥的價值意義時，以孤絕渺小的自己，去面臨如此悠悠無語的天地，他怎能像哲學家那樣冥坐沉思，宗教家那般拈花微笑，而忍住滿心悽愴的淚水呢？

他原只是一個任性放情的詩人啊！他一方面孤獨莊嚴地去為理想奮鬥，一方面泣淚流血。只要我們有一份對時代和歷史的使命感，加上實際的人生滄桑——誰沒感受過這種蒼天莽地，孤極愴絕的情懷？

【附錄】

喜馬參軍相遇醉

獨幽默以三月兮，深林潛居，時歲忽兮。
孤憤遐吟，誰知我心？孺子孺子，其可與理分。

孟浩然（西元六八九—七四〇）

盛唐自然詩派裡，能夠和王維分庭抗禮的要算是孟浩然了。他早年、晚年都隱居山林，中年時功名之念大動，四十歲才到京師，但沒考上進士。

有一回，他的朋友韓朝宗想把他推薦給朝廷。到了約定的那一天，孟浩然和一些老友們喝得醉醺醺的，根本無法赴約，也因此失去了機會。唐王士源在《孟浩然集》的序裡說：「浩然文不為仕，任興而作，故或遲；行不為飾，動以求真，故似誕；遊不為利，期以放性，故常貧。名不繼於選部，聚不盈於擔石。」很能講出孟浩然的性情。

孟浩然曾經在太學賦詩，在座的人都很欽服他的才華，尤其張九齡、王維更是嘆賞。王維找了個機會想推薦他給唐玄宗，沒想到他的〈歸終南山詩〉，其中有「不才明主棄，多病故人殊」的句子，玄宗讀了很不高興。孟浩然從此再也沒機緣走這條路子了。

後來張九齡鎮守荊州時，浩然曾當他的從事。王維和李白都是他的好朋友，都很同情他的遭遇。王維〈哭孟浩然詩〉說「借問襄陽老，江山空蔡州。」又李白的〈贈孟浩然〉詩說：「吾愛孟夫子，風流天下聞。紅顏棄軒冕，白首臥松雲。」對浩然最後的選擇歸隱，頗有一份相惜和敬服之情。

孟浩然的詩風在中年求仕進的時期，常流露出不甘寂寞、懷才不遇的牢騷，早年、晚年隱居山野田園，風格接近陶淵明，雖然和王維齊名，但作品的情調和境界都還不到陶、王那樣沖澹閒遠的地步。至於他四十歲前後遍遊江南、西北時所描繪的山水詩，又頗具南朝詩人謝靈運的風格。他擅長五言古詩、五言律詩，清遠幽深處頗具古樸的風味。

宿建德江

【原詩】

移舟泊煙渚，日暮客愁新。

【語譯】

我把小船停靠在錢塘江的沙洲邊，四周的煙靄一片迷茫。夜色漸濃，慢慢勾起了我作客他鄉的憂

野曠天低樹，江清月近人。

愁，舊愁加新愁，連綿不斷。眼前一望無際的原野，令人覺得灰沉沉的天空壓下來，比樹還低。月光照在清亮的江水上，彷彿月亮很接近人的樣子。

【賞析】

這首詩寫的是旅愁，充滿了不遇的寂寞和惆悵。外界景致的遷化，通常會使詩人產生移情共感的作用。以「有情」的眼光來觀照宇宙萬象，很容易使得這一切染上或憂或喜的色澤。

緣此，當詩人獨自夜泊在煙霧瀰漫的沙湖邊，白日縱使可以依山而盡，可是他的憂愁卻無法因向晚而減輕，反而，隨者簇湧而至的夜色而滋長得更濃更深。因為，到了夜裡，是個「入門各自媚」的時分啊！此時此際此地，真的是「日暮鄉關何處是？煙波江上使人愁。」四顧茫茫，是何等愀悵的心情。詩人投身在亙古無窮、遼闊蒼茫的時空裡，他所體受的那份孤獨與渺微感，彷彿像蔓生的雜草，肆意地啃噬他的心原。雜草是野火燒不盡，春風吹又生的，——而生之旅的愁苦呢？

在劈頭劈臉而來的蒼涼夜色裡，詩人覺著自己慢慢被吞沒了。眼前遼闊的星野竟俯身向他，那麼空曠，卻也那麼包容；那麼靜默，卻也那麼溫和。連清靈的江月也似乎在慰撫他悽愴的心靈……多愁善感的詩人會不會因為天地的有情，而覺得坦適安怡，還是因此而倍覺人間的淒涼呢？

春曉

【原詩】

春眠不覺曉，處處聞啼鳥。

夜來風雨聲，花落知多少？

【語譯】

春天的早晨輕寒適意，使人一覺醒來，常常不知道到底天亮了沒有，只聽得隨處傳來陣陣清脆的鳥鳴。

想來昨夜似乎是風吹雨淋，園裡的花兒可不知又飄落了多少？

【賞析】

這首詩幾乎人人都能琅琅上口，主要的原因是淺易近人，毫無做作之感。它的雋永處在於愈玩味愈覺得韻致清美，是孟浩然最有名的自然詩作之一。

「春眠」是很怡適的舉動，「不覺曉」則可能蘊意雙重：可以說心無塵慮，故神遊夢境，不知東方之既白；也可以說，或者為了某種人、事、物而一夜魂牽夢縈，未能真正熟睡入眠，等到接近破曉時分，方才昏沉沉睡去，故天曉而不覺，非不欲覺，實不能覺也。

「處處聞啼鳥」屬於動態的、聽覺上的美感。這清脆俏亮的，代表春天訊息的鳥啼，四面八方輕輕掀開了詩人夢境的窗帷，使他重回人間的現實。這是多麼美麗的自然嚮導！

然而，當詩人面對著眼前的良辰美景，卻不禁想起雨疏風驟的昨夜那無可迴避、無能遣除的感傷情懷，或許證明了詩人在春雨綿綿的夜裡，是不曾酣睡著的，他聆聽風聲雨聲，意致闌珊，不欲推窗外望，就算外望，又能望見什麼呢？內心無比的落寞感慢慢疊向高峰。

「夜來風雨聲，花落知多少？」表面上他似乎不願意去關心外界景物的遷移，漫漫長夜，斜風更兼細雨，勢必使早綻的春花，耐不住風雨的摧凌，而辭枝委地，想像中該是一幅滿目狼藉的景象吧？這個春曉的時令，加上一夜風雨後的滿地落紅，也許將勾動他載不起的宿怨新愁吧！他的內心最深處，恐怕很在意著：一夜風兼雨，究竟花落有多少？

不過，歷來大部分的詩話和詩論，都以為這首作品玄遠淳淡，具有禪味，不必也不可泥求，和以上的賞析大異其趣。像唐汝詢就說這首詩：

首句破題，次句即景，下聯有惜春意。昔人謂詩如參禪，如此等語，非妙悟者不能道。

頗以為此詩有萬事不關其心的閒適況味。再像森大來的《唐詩選評釋》說：

浩然此作，就春曉未離褥時，寫其閒中之靜思，真情景，妙不可名，與所謂淨名之默然，達摩之得髓，同一關捩者也。須其自來，不以力構，鈍根之人，常當三復斯言。（卷六）

歲暮歸南山

【原詩】

北闕休上書，南山歸敝廬。
不才明主棄，多病故人疏。
白髮催年老，青陽逼歲除。
永懷愁不寐，松月夜窗虛。

【語譯】

再也不想向北闕上奏書了，想想還是回到我在終南山的破茅屋裡吧！我因為沒有什麼卓越的才幹，才被聖明的皇上所鄙棄，加上百病纏身，一些親朋故舊也一天天地疏遠我了。

眼看著滿頭白髮，即將催人老去，春天快要來臨，又要逼走一年的尾聲。

我滿懷憂愁，無法安然入睡，只見那松林裡的月色，從窗間灑落，讓人覺得一片清靈虛幻。

【賞析】

這首詩寫透了孟浩然求仕不得，意興闌珊的心態。

人之所以心煩意亂，無所適從，有的由於功名難就，有的或是情場失意，總不外乎糾纏在層層的七情六慾中。孟浩然的初隱鹿門山是有所為的，可惜他「以退為進」的作風，並沒有受到皇上的青睞。後來雖然遊學京師，卻應進士不第。眼看不惑之年已過，他只好退隱終南山。這種不是勘破世相的歸隱，是無法澄澈的。一股難以抑止的不平之氣，使他不能走上真正樂天知命的境地。

這首詩的每一句都充滿著「時不我與」的怨悱之音，對於滿心功名熱念的人而言，「不才明主棄」是多麼大的打擊！「多病故人疏」又是何等無可如何的無奈！不少偉大的詩人能夠將這股積忿之情予以轉移，寄情山水，甚或經由感情的昇華，而達到心與境化的淳真境界，如陶淵明者然。可是，對於「看不破，跳不過」的人來說，隨著人生尾聲的到來，使得他更加自憐自傷，所有的人、事、物，都因此變得虛幻縹緲，無所興寄了。句尾的「虛」字正是雙關字眼。

唐汝詢說孟浩然這首詩是：「此不偶于時其棲逸也。襄陽之隱鹿門久矣，其遊京師，蓋有上書北闕意。既而所如不合，則絕仕進之心而歸終南，因極陳失意狀。且言窮老無聞，歲月將盡，感時興懷，至不能安寢，其無聊極矣。然窗間松月，終有出塵之思在。」對於孟浩然心路歷程的轉折剖析合宜。

「文學是苦悶的象徵」，這首充滿著苦悶象徵的詩作，真像一面鏡子，讓許多同孟浩然類似遭遇的人們，照見了共同的悲愁。詩人在松間寒月中，努力要淨化他為俗塵所困泥的心靈，也許，他看到的人生盡頭處是一片清虛吧?!

宿桐廬江寄廣陵舊遊

【原詩】

山暝聽猿愁，滄江急夜流。
風鳴兩岸葉，月照一孤舟。
建德非吾土，維揚憶舊遊。
還將兩行淚，遙寄海西頭。

【語譯】

附近的山色已經慢慢黯淡下來，森林裡傳來陣陣淒厲的猿叫聲，在蒼茫中湧起一片悲愁。水色青寒的江水急急奔流過去。

今夜留宿江邊的我，傾聽著兩岸的樹木被風颳動的聲音，天上的月光靜靜灑落，映照著這條孤清的小船。

建德並不是我的鄉土，只不過是我萍蹤暫寄的地方。想著想著，想起了揚州一帶的親朋故友們。眼看海角天涯無能跨渡，只能將思念的淚水，託付清風明月、水流山色，遙遙寄向大海西頭的揚州。

【賞析】

如果說熱炙的場合，會令情思細敏的人感到不由自己的悲涼，那麼，悽天寒地、孑然一身的味況，恐怕將比前者更孤絕、更難以排遣吧。

時間是薄暮至夜晚，空間是桐廬江（今浙江桐廬縣南，是錢塘江的上游）上。「山暝聽猿愁」以視覺上向晚天色的幽深，來烘托尖銳刺耳的猿聲，猿聲撕裂了時空的靜沉，也勾動詩人內心的愁情。同樣寫猿聲，謝朓說：「山暝孤猿吟」，李白說：「兩岸猿聲啼不住，輕舟已過萬重山」，浩然說：「山暝聽猿愁」——多麼不同。事實上，猿聲的或孤清或輕俏或愁苦，完全經由詩人主觀意識的投射而產生變化，它原只是個引子，由它來引發觸動詩人的內在情境。

詩人一開始就告訴我們：他處在一個天色幽晦，人跡罕至，滿是猿聲的山谷裡。即使客觀上來講，這個初現的場景也是夠悽怖的了。接著，更貼切點出「滄江急夜流」的浩瀚鏡頭：江水蒼寒，急流奔湧。而他就在這個浩蕩的時間與空間之流裡，感到「逝者如斯」，更想見到自己未來的漂泊渺茫。「急夜流」極盡氣勢之磅礡，似乎奔流的不只是江水，不只是夜晚，而是一去不回頭的人生！

眼前的景色更添加聽覺效果，彷彿電影的配樂一般：「風鳴兩岸葉」，風聲呼嘯撲過兩岸蕭索的樹葉，也撲過詩人寂寞的心——這股情懷緊接著由下一句的「月照一孤舟」推向頂峰。明月古今同，只是它此際映照的是在急流洶湧中的孤舟，是在天色陰暗中聽猿聲的旅客。「一」、「孤」同義字連用來形容「舟」，詩人有意強調自己的落寞孤單，在「曾不能以一瞬」的天地中，整個生生不已的動態世界，更襯托出孤舟的渺微不足道。如何從渺微的個我生命中，尋出一個有豐富意義的座標來？也許是所有不甘於純物質存在的人類，所孜矻以赴的生之標的吧！

「獨在異鄉為異客」，自然會止不住他懷念過去生涯裡熟稔的人、事、物，可是，這股思念之情卻被當前的客觀情境所截斷了。能夠橫越時空，亙古以存的力量，莫非情之為物？由是，在悠遠浩渺的天地裡，湧自摯性真情的兩行清淚，也就肩負起「遙寄海西頭」的使命了。

【附錄】

過故人莊

故人具雞黍，邀我至田家。

綠樹村邊合，青山郭外斜ㄒㄧㄚˊ xiá。
開軒面場圃，把酒話桑麻。
待到重陽日，還來就菊花。

王維（西元七〇一—七六一）

自然恬淡原來是要從繁華富麗中凝塑出來的，以田園山水名家的自然詩人王維，他的一生正為這句話作了最貼切的註腳。

少年時候的王維跟常人一樣熱中功名，不過，由於奔放、流燦的才華，追索功名的心志比常人還要迫切熱烈。從二十一歲中進士開始，前前後後做過右拾遺、監察御史、吏部郎中等職位，是他宦途上最得意的時期。

天寶十五年，安祿山的叛亂不僅驚動了歷史的扉頁，對於身處時代鉅變的許多文人士子來說，何嘗不是一回徹骨慘創的生命經歷？王維以五十六歲的年紀躬逢其會，被安祿山俘虜，迎他到洛陽的普施寺，軟硬兼施迫為侍中。祿山在凝碧池大開慶功宴，王維滿懷悽愴，寫下一首〈凝碧詩〉：

萬戶傷心生野煙，百官何日再朝天？秋槐葉落空宮裡，凝碧池頭奏管絃。

亂事平定後，朝廷以附賊罪拿他下獄。幸好有這首詩，得以表達他的忠心，才減輕了他的罪名。

王維中年喪偶，加上此次鉅變，使得他整個生活態度和思想觀念完全改變。《舊唐書》本傳說他「妻亡不再娶，三十年孤居一室，屏絕塵累。」王維「晚年長齋，不衣文綵」，隱居在輞川的別墅中；經常和道友裴迪浮舟往來，他有一篇文章〈與山中裴迪秀才書〉，寫盡了田園生活的恬澹意趣。即使在京師裡，他主要交往的對象也是禪僧，「退朝之後，焚香獨坐，以禪誦為事」。飽經安史之亂滄桑的王維，更加堅定了學佛及皈依大自然的意願，他晚年半官半隱的生活，正是「行到水窮處，坐看雲起時」的實際表露。

王維的詩作，五絕最好，五律其次。他的詩風大致可以中年信佛為劃分的界限，前此的詩作哀傷纏綿，如：〈送元二使安西〉、〈七絕送別〉；此後的作品大部分充滿空觀清冷的氣氛，往往意境幽絕、風格淡遠，如：〈鹿柴〉、〈山中〉、〈終南別業〉、〈歸嵩山作〉、〈竹里館〉等。

王維不僅詩寫得好，對音樂和書畫更是頗有會心，尤其是他的水墨畫，秀麗清淡，天機獨到，開我國南宗畫派的先聲。難怪一代才子蘇東坡激賞他說：

味摩詰之詩，詩中有畫；觀摩詰之畫，畫中有詩。（摩詰是王維的字）

王維自己更有深諳其中三昧的話：

凡畫山水，意在筆先。

下面我們可以舉出幾首王維的名作來細讀，必能使我們更了解，為什麼王維是盛唐自然詩派的泰斗。

【原詩】

颯颯（ㄙㄚˋ sà）秋雨中，淺淺石溜瀉。
跳波自相濺，白鷺驚復下。

【語譯】

一片「颯颯」、「颯颯」的風雨聲中，疾速的水流翻滾過溪裡高高低低、大大小小的石頭。只見那跳躍奔跑的水花彼此濺弄著，偶爾驚動幾隻白鷺鷥，沖天飛起。不一會兒，牠們又緩緩降落下來，在水邊優美地站立著。

【賞析】

這也是一首王維極拿手的自然詩，詩裡展露出天地間片段的自然原姿，幾乎是處處生機，神韻盎然，一片空靈之意。

詩中的主要角色好像全由自然的景物——秋雨、石、跳波、白鷺——所扮演，而「人」，似是不見蹤影的，但是，假使我們更進一層玩味，就會豁然憬悟——人——原來也在其中！唯其透過人的視覺、情感，它才那麼豐盈可喜。

在短短二十個字的五絕裡，詩人用了兩個重疊詞——「颯颯」和「淺淺」。不嫌浪費鬆散嗎？說也奇怪，不僅一點不覺它泄沓散漫，反而覺得聲色俱出，既有聲音，又有姿態哩！秋雨既「颯颯」而響，亦「颯颯」而舞，溪水既「淺淺」嬉語，亦「淺淺」翻滾而過。

這種生生不已的「動態」感，順著第三句的「跳波自相濺」奔向頂點：由「瀉」而「跳」而「濺」，好不熱鬧喲！這時，如詩的畫面上，突然出現了一向給人安詳悠靜之感的白鷺，就在牠們斂翼飛下的剎那，陡地——給相濺相激的頑皮的水珠唬了一跳，冷不防這一著的白鷺，迅速上飛，多美的動感。可是，牠們再看看身子底下前呼後擁、笑嘻嘻、鬧哄哄的水珠子一點不以牠們為意，一點也沒嚇唬牠們的意思。白鷺懂了——因驚而悟，由起復下——誰防誰呢？

牠們於是自由了，解放自己原來是多麼適意的一件事。天地間原是如斯有情，又如斯無情；如斯可親，又如斯不可親。「白鷺驚復下」，真耐人細品，言有盡而意無窮，在我們心靈悟覺的歷程上，這豈不是一個很美麗的象徵？

王維另外的作品，像〈鳥鳴澗〉、〈辛夷塢〉也是寫生生不息的天機，叫人讀來真是塵慮大消，現在把它們附錄於後。

人閑桂花落，夜靜春山空。月出驚山鳥，時鳴春澗中。（〈鳥鳴澗〉）

木末芙蓉花，山中發紅萼。澗戶寂無人，紛紛開且落。（〈辛夷塢〉）

終南別業

【原詩】

中歲頗好道，晚家南山陲。
興來每獨往，勝事空自知。
行到水窮處，坐看雲起時。
偶然值林叟，談笑無還期。

【語譯】

我中年以後，就非常喜愛佛理。晚年時，便隱居在終南山邊的輞川別墅。

興致一來，經常獨來獨往，面對那美好的景物，心中的快意只有自己才能領會。

有時候走啊走的，走到水源的盡頭，便隨興坐下來，眼前馬上又展開一片新景象——雲霧升沉，自在自由。

在來回的路途上，偶然也會碰到住在山林裡的老頭兒，跟他們隨意談談，談到開心處，還常忘了回家哩！

【賞析】

這首詩描寫的是隱居生活的情趣，讓我們讀來，感覺字裡行間充溢著一份和諧的生命情調，與盎然的禪機。

繁華落盡見真淳的王維，很能體受獨處的樂趣。自然詩人王維，「獨」對他而言，只是不拘不礙的生活樣式之一種。他既沒有要刻意去追求孤獨，也沒有用心去迴避孤獨。完全隨興所至，獨來獨往，把自己投入大自然的律動中，尋幽訪勝，悠然自得，適意之至。這種山林行訪的樂趣，似乎並不難尋獲。

接下來的「行到水窮處，坐看雲起時」，也許就不是一般人所能輕易悟受的。對尋幽訪勝的人們來說，「行到水窮處」正是意興闌珊的時刻，因為有形的「水源盡頭」，很可能截斷了「尋幽訪勝」的情趣，換句話說，我們常會執著於視覺上的外形——比方說，爬山是為了登上峰頂，一路上的紛紅駭綠的野趣，不一定引起我們的注意憐愛。可是，王維卻出人意料之外，作了形式上的突破，不粘滯、不執著，從外在的窘境，返回心靈，於是他超越「水源盡頭」的侷限，涵養所至，矜躁盡化。他平心靜氣坐下來，默看雲霧升起，這份「勝事」的個中滋味與喜悅，真的只有自己才能知道！

最後兩句，「偶然值林叟，談笑無還期。」充分表現了詩人胸臆中無所牽掛，逍遙適意的生命情調，也襯托出山野間樸素可愛的人情味來。「偶然」寫出一片隨緣的境界，既不有意邀迎，也不有意排拒，讀書人能夠「忘我」地融入自然，即使與鄉野村叟談笑，也不覺格格不入，甚至談到會心而笑的地方，還能讓人忘了回家的時間。這是一種多麼和諧、多麼活潑的生活契機啊！

送元二使安西（又名〈渭城曲〉、〈陽關曲〉）

【原詩】

渭城朝雨浥輕塵，
客舍青青柳色新。
勸君更進一杯酒，
西出陽關無故人。

【語譯】

渭城的早晨，忽然來了一陣綿綿細雨，潤溼了路上輕揚的沙塵，沁涼的氣味飄浮在空氣中。客舍的屋瓦泛出一片水汪汪的青綠色，參差的柳色叫人有清鮮的感覺。

我在這兒為您餞別，請您盡懷再飲一杯吧！

一旦出了寂天寞地的陽關，就再也碰不到老朋友了。

【賞析】

這首送別好友的詩，真是情深意摯。就算不懂詩意的人讀起來，也要為之動容，也要喜歡也要愛不忍釋的。——為什麼呢？它能那樣跨越時間、空間，它能那樣的亙古常新。

這首又名〈渭城曲〉、〈陽關曲〉的作品，充滿了「詩所以歌」的音樂性，唐人在送別朋友時，最愛唱它了，有「一疊」、「二疊」、「三疊」的唱法，一再的反覆吟唱，很能傳達出那種依依不捨，溫潤如玉的情懷。蘇東坡說：「人生無離別，誰知恩愛重。」離別在人生的境遇裡太普遍了，但是，並不因為它的尋常就能叫人不黯然神傷啊！悲天慟地固然是哀感的極致，潔淨溫涼的哀思何嘗不是呢？前者往往在一陣狂風驟雨似的傾瀉之後，會慢慢平息下來，而後者卻不是，它就好似涓涓細流，綿延無盡。真正可貴、可喜、可親、可愛的「有情」到底是那一樣呢？

王維在這首詩裡給了我們一個答案——眼淚可以愁天慘地，也能溫慰心靈。渭城的朝雨把塵土安定下來，人間的別意離情也須經「淚雨」的洗禮，方能妥貼、潔淨。外界的雨能清新客舍，能美麗柳色，但願我們心裡邊的淚水，也能把世俗所拘執的哀傷輕輕化去。

「勸君更盡一杯酒」的溫厚，跟李白「會須一飲三百杯」的狂放有多大的不同！我勸你再淺酌一杯，不為行令，不為縱情，只為了「西出陽關無故人」，再也難遇知己對飲。為所親所愛的人想這麼細、這麼遠，讓人真正感受到什麼是「珍重再見」：你要為我，我也要為你而愛惜自己。

李白有一句詩說：「桃花潭水深千尺，不及汪倫送我情。」與王維的〈渭城曲〉同樣寫友誼的真厚，一個是那樣活潑奔放，一個是那樣溫婉含蓄。詩的滋味真是夠人玩索不已啊！

王維還有兩首題為〈送別〉的詩，也很受大家的喜愛，現在一併把它們抄錄下來。

送君南浦淚如絲，君向東州使我悲。
為報故人憔悴盡，如今不似洛陽時。（之一）

下馬飲君酒，問君何所之？君言不得意，歸臥南山陲。
但去莫復問，白雲無盡時。（之二）

竹里館

【原詩】

獨坐幽篁裡，彈琴復長嘯。
深林人不知，明月來相照。

【語譯】

我獨自坐在一片幽微清靜的竹林裡，時而冥思、時而彈琴，興致來了，長長地呼嘯幾聲。在這深邃得幾乎與世隔絕的林子裡，恐怕沒有人知道有一個我存在這兒吧？只有那自來自去的明月，靜靜地映照著我。

【賞析】

王維晚年隱居在藍田輞川（今陝西省藍田縣西南二十里）的別墅，裡面有二十景，「竹里館」為其中的一景。這首詩表面上看來，當然是屬於寫景的作品，不過，經由物與我，主觀與客觀的交迸結構，它所呈現出來的，就不僅止於寫景，而是包含了作者思想、情感和經驗的境界。

「獨坐」的「獨」點出詩人面對外在客觀環境時，所醒覺的一種對立、孤獨感。「幽篁」的「幽」形容四圍情境的幽深寂靜。內與外、我與物的雙重沉寂，砌成一片深重的孤絕來。

第二句的「彈琴復長嘯」，撕裂了上一句所築就的沉靜氛圍，猶如千軍萬馬奔騰而出，躍現了詩人內心強烈的苦悶情緒，於是，他只好藉著實際行為——樂理的「琴」和生理的「嘯」——的宣洩，來淨化自己為塵俗所擾的心靈。

六朝時竹林七賢之一的嵇康，在他的〈琴賦序〉裡說：

> 〈音聲〉可以導養神氣，宣和情志，處窮獨而不悶者，莫近於音聲也。

音樂是直接訴諸心靈感性的藝術，它在傳遞、抒洩情意之餘，更能使作者和聽者慢慢滋潤和諧溫厚的心緒。詩人通過美妙的琴音，為的是「感盪心志而發洩幽情」（〈琴賦〉）。可是，彈琴似乎並不能夠完全滌除他心情的躁鬱不安，所以，詩人反求原始本能，徹底地用生理的「長嘯」來提升自我，超脫困境。成公綏的〈嘯賦〉說得好：

> 若乃遊崇崗，陵景山，臨巖側，望流川，坐盤石，漱清泉。藉皋蘭之猗靡，蔭脩竹

之蟬蜎。乃吟咏而發散，聲絡繹而響連，舒蓄思之悱憤，奮久結之纏綿，心滌蕩而無累，志離俗而飄然。

對於一度迷失自我，苦悶焦慮的王維來說，當他本能地長嘯時，四周幽靜竹林的陣陣回響，或許，將使他豁然感知自我存在的事實，進而肯定自己在天地間的價值。

這首詩的時間應該是連續性的，從大約黃昏直到月上東山的時刻；它的空間，則是竹里館裡裡外外所連成的一大片竹林。因為時間的流動移轉，自然會造成視覺上景觀的不同，所以，從「篁」（竹）而到「林」，視域是擴展了，感興也拓深了。——在第一句裡，詩人與外在世界是處於對立狀態的：他醒覺自我的清獨，正置身於孤高幽靜的竹林天地裡。到了第二句的「彈琴復長嘯」，顯現出詩人透經具象的行動來作心靈境況的引渡。而第三句「深林人不知」，正暗示著詩人將要融入外在世界的可能性，他已經逐漸把固粘在「我」的苦悶焦點挪移開去。「深林」一方面描述詩人透視竹林的平面到它的內裡，另一方面也拓展了詩人的心靈境界：深了、廣了。「人不知」三個字的意味已經不是「怨憤」，而是即使「人不知」，即使寂天寞地，只要心境平和、溫潤，空靈自然會洋溢心田。

王維有一位極相知的道友裴迪，他也寫過一首詠〈竹里館〉的詩：

來過竹里館，日與道相親。出入惟山鳥，幽深無世人。

正說明了「無世人」、「人不知」的安詳，是來自於「與道相親」的結果。這個「道」不必一定是什麼了不得的「大道」，不妨看它是一種天地自然的真性，人和它相親了、契合了，就會覺得和諧可親。

王維在〈過盧四員外宅看飯僧共題〉裡寫過：

不須愁日暮，自有一燈然！

我們看得出他所嚮往追求的，是形而上的逍遙自在，而不是人間物象的拘泥執著。〈竹里館〉敘述的是詩人在向道的歷程裡，所悟識到的一份智慧的喜悅啊！

岑參（天寶三年．西元七四四，進士及第，約卒於代宗大曆年間。）

與高適同開盛唐時歌詠邊塞征戰的詩風，被譽為「邊塞詩人」的岑參，很遺憾的，到現在我們還不能確定他的生卒年月。只知道他是河南南陽（今河南鄧縣）人，早年孤貧，很用功讀書，天寶三（西元七四四）年登進士第，當過參軍、評事、監察御史。後來跟封常清的軍隊到西域，出掌安西節度使判官，任過虢州長史、侍御史、關西節度判官。以後雖也曾經回朝廷任職，但是，他一生大半的歲月都在邊塞度過。他離開關西後，當了嘉州刺史，所以，大家又稱他為「岑嘉州」。晚年到蜀地去，依附杜鴻漸，最後就死在他鄉。

由於生活本身的歷練，使得岑參擅長運用樂府歌謠，描寫西域的風沙冰雪，胡笳琵琶，以及沙場征戰的疾苦、壯士懷舊的鄉愁，充滿著豪邁但悲壯的氣格。雖然早在《詩經》時代，已經不乏描述戰爭離亂之苦的作品，但是，由於四言詩的形式限制，以致在表達上趨於含蓄委婉；不像高適、岑參他們大力掙脫詩在格律方面的範囿，採用最活潑奔放的樂府歌行體裁，刻述最雄渾豪放的襟懷，使得盛唐時期的邊塞詩，彷若是中國傳統詩風裡的一聲平地春雷，它袒呈唐時征戰淒苦的一面側影。開此風氣之先的高、岑，在我國的詩歌園地裡，綻放出無比炫目的奇光異彩來。

西過渭州見渭水思秦州

【原詩】

渭水東流去，何時到雍州？
憑添兩行淚，寄向故園流。

【語譯】

異地他鄉的渭水，汩汩地往東邊流去，什麼時候它才會流到雍州呢？在路過渭州的途中，我凝望著渭水，心裡念著長安以東的秦州，不知不覺間兩行清淚沿腮而下，但願寄託渭水，向著我的家園流去。

【賞析】

有人說，思念和距離的平方成反比。當我們由於種種無可抗拒的因素，而必須朝著一個與家園相反的方向奔去時，那是一種何等的心情？

有人家的地方就有水源，有水源的地方就容易讓人聯想家鄉。詩人策馬西行，路過渭州，望見了渭水，偏偏渭水是往東流的，而東方恰是欲歸不能歸的故園的方向。渭水東流，何時到雍州，劃出了一片渺遠的時空之隔。更何況反其道西行的詩人，要何時才到得了雍州？

詩人問「渭水」，渭水以汩汩之聲作答。有很多天地間的事情不一定有答案，即使有，也不見得叫人心滿意足。詩人心裡是極清楚不過的，他的問渭水，其實問的是天地。他也知道，除了看似無情的渭水（天地）能負載他的悲愁之外，在看似有情的人間裡，有誰能夠？所以，他要流淚，哭無情天地？抑或哭有情蒼生？

在流離顛沛的世代裡，在冷暖世情的人間中，能夠流淚的總比枯澀的、忘了淚水的，來得暖和、體貼。岑參是個久征沙場的詩人，塞外的風沙和血腥並沒有僵冷他那副溫熱的心腸，因此，他向渭水寄託兩行清淚，殷殷切切的想流回家去。——把「心」長長遠遠的牽掛在那最喜愛、最眷戀的地方。

水給人的感覺多半是豐情柔婉的，它既化身為自然天地的江流海洋，也貯伏在人類的心理境域中，可以說原是同質共感的。而這首詩，也就是從頭到尾以「水」和「淚」的意象，經由「流」的動作，渲染出一片哀感動人的氛圍。

逢入京使

【原詩】

故園東望路漫漫，
雙袖龍鍾淚不乾。
馬上相逢無紙筆，
憑君傳語報平安。

【語譯】

往東邊極目望去，老家是在山迢水遠的路的盡頭。

想到傷心處，我的淚水就一直滾滾下來，兩隻袖子也好像承載不住這股悲情，顯得悽愴不堪。

沒想到，我卻在他鄉異地跟您碰面了，倉促間也沒有紙筆，只望您回鄉去後，傳報給我的親人我平安的消息。

【賞析】

盛唐的邊塞詩人岑參，他的才華正和他的情感一樣的橫溢，一樣的深遠遼闊。由於職務（或許也是命運吧？）上的需要，他一生大半的歲月都在邊塞度過。

《唐才子傳》說他「累佐戎幕，往來鞍馬風塵間十餘載，極征行離別之情」。這個客觀的現實環境，的確對他在詩作方面的影響極大，陶鑄了他那豪邁雄放的氣格，像〈白雪歌送武判官歸京〉、〈胡笳歌送顏真卿赴河隴〉、〈走馬川行奉送出師西征〉、〈涼州館中與諸判官夜集〉等作品，在我國的詩歌史上都頗具特色和分量，大家也喜歡拿這種渾宕氣勢來論定他的作品，如清朝施補華的《峴傭說詩》就說岑參的七言詩「勁骨奇異，如霜天一鶚」。這種評論就他大部分的詩的格調而論是不錯的；但是，這首〈逢入京使〉，卻好比是在滿眼繁花怒放的紛華中，一枝清芬獨秀的蓓蕾。

很多時候，人的際遇似乎是處在一種冥冥中的被動裡，並不是人不想作順心遂意的自我主宰，而是人間世的多變不見得由得了人。岑參的「累佐戎幕，馳騁風塵」，固然是他「大丈夫當如是」的一種生命力的表現，封侯拜相即使能滿足他的萬丈雄心，但是，如果這輝赫的功名，是建立在遙遠的風沙漫天的西塞，他必須（不管自願或非自願的）為此而長久遠離他的親人、愛人與故園，恐怕，在海市蜃樓，如實似虛的功名背後，將簇擁著詩人多少不足為外人道的悲辛！

這股矛盾的悲情既已先潛伏在詩人的心靈中，那麼，短時間內，無論如何，他是無法衝越這層現實的困境。也因此，詩一開始，他就有無比辛酸、無奈的認定：

故園東望路漫漫

在這個時間、這個地域，故園無疑是不可望的，但是他要望，不僅要望，而且還要執著地去望，望的結果是「路漫漫」，這本是詩人內心早已默識了的，但他仍然甘受煎熬。（雖九死其猶未悔的屈子的情操，豈不是一再地映現在許多崇高的生命裡嗎？）「漫漫」指陳了空間的遼遠，同時也明示出如此遼闊的空間距離，勢必經由長久的時間之旅。這雙重的迫擠，終於使一身傲骨、滿懷熱血的詩人，忍不住地：

雙袖龍鍾淚不乾

英雄是有淚不輕彈的，岑參，是不是英雄呢？最最起碼，他曾有過這樣的自我期許和肯定：

……將軍金甲夜不脫，半夜軍行戈相撥，風頭如刀面如割。馬毛帶血汗氣蒸，五花連錢旋作冰。……虜騎聞之應膽慴，料知短兵不敢接……（〈走馬川行奉送出師西征〉）

勇猛如斯的詩人，當他緊緊面對敵人時是無暇，也不肯落淚的。只有當虜騎散去，班師回營之後，故園之思像一波波怒漲的潮水，強烈地侵蝕著他內心的涯岸時，他再也禁不住了，放情地奔流那久已涸封的淚水，讓它流成溪流成河流成海吧！在這裡，英雄再不跟淚水絕緣，他浸潤在汪洋的淚海中，「剛」與「柔」的質素作了最完美的匯合。

「龍鍾」原指潦倒笨累的樣子，它意味深永地夾處在「雙袖」和「淚不乾」之間。「雙袖」是以部分代全體，指的是詩人，當然包括了他的身和心。猛然我們會聯想到：詩人老邁了嗎？是實質上的，還是心靈上的呢？因為淚水的縱橫不已，使得雙袖左擦右揉的負荷顯得極沉重，詩人看起來亦愈顯其「老態龍鍾」了。而詩人「涕泗橫集」、「老態龍鍾」的情貌，的確強化了「英雄淚」的悲辛氣氛。原來，詩人淚水的潰決，除了遠因外，尚有最大的近因。那就是：

馬上相逢無紙筆

詩人在偏遠的異地遇到了即將回到中原的友人！「他鄉遇故知」本是人生四大樂事之一，詩人卻在瞬間的喜悅之後，立即落入了悲愁的深淵裡。

滂沱的淚水是為了故園的路漫漫，也是為了他鄉偶逢故知的喜悅，更是為了現在無法與友人共回故園而流。迫在眉睫、綿延無盡的未來，畢竟是無可掌握的未知啊！既然沒有充裕的時間來敘舊，彼此又是馬上相逢，即將擦身而過。詩人在這個緊迫的時間夾縫裡，首先閃過腦海的，自然是捎封家書回去，可是，轉念一想，目下沒有紙筆，「無紙筆」三個字的背後，隱含多少造化弄人的傷感，「紙」和「筆」原是舉手可得的日常東西！那思家念家愛家望家的萬千情懷，一時之間，教他從何說起？又如何說得盡？詩人本來被絞纏在劇烈的哀淒裡，但剎那間，他洞識了理性和感情的價值與作用，終於道出一句看起來再平常不過的話：

憑君傳語報平安

我們彷彿看見一張滿是風霜的淚臉，終於堅強地把不能乾的淚水拭了去。與其讓想他盼他的親人為他憂心牽掛，不如把孤獨和苦悶深埋心底，自我咀嚼，而把平安的信息留給他們。因為在他還不能投向家園之前，親人最放心不下的就是這個啊！

唯其能寫「君不見，走馬川行雪海邊，平沙莽莽黃入天。輪台九月風夜吼，一川碎石大如斗，隨風滿地石亂走」的岑參，方能寫「馬上相逢無紙筆，憑君傳語報平安」；也唯有奇峰突起的詩人，方能淺淡自然。飽受滄桑的岑參，在剎那間的定靜裡，終究悟識了「平安」在實際生活中的意義和價值。

【附錄】

磧中作

走馬西來欲到天，離家見月兩回圓。
今夜不知何處宿？平沙萬里絕人煙。

王之渙

（盛唐邊塞詩人）

以〈涼州詞〉（又名〈出塞〉）和〈登鸛鵲樓〉兩首名作享譽千古的王之渙，是盛唐的邊塞詩人之一，他是并州（今山西省太原）人，確切的生卒年不詳。他年輕的時候，喜歡和一些五陵少年交往，把酒論劍、傲嘯狂歌，生命中洋溢著一股豪氣俠情。中年時，才走向科舉功名的路子，遍謁當時的名貴。天寶年間，和王昌齡、鄭臚、崔國輔往來唱和，一時聲名大噪。

很可惜的是，王之渙的詩作大多亡佚，現在流傳下來的只有《全唐詩》收存的六首絕句。但是，王之渙雖不以量見長，他在質的方面，足可使他在中國詩史上占一席之地了。

登鸛鵲樓

【原詩】

白日依山盡，黃河入海流。

欲窮千里目，更上一層樓！

【語譯】

登上鸛鵲樓，可以望見那渾亮飽滿的夕陽，正依戀在山的盡頭，慢慢地沉落消失了。再往下望去，滔滔滾滾的黃河，正頭也不回地奔向大海。如果我們想要看得更高更遠，那就得奮力爬上更高的一層樓去呢！

【賞析】

邊塞詩的風格，大抵雄邁豪放，以氣勢取勝。且有極堅韌的生命活力，鍥而不捨的奮鬥精神。這首〈登鸛鵲樓〉古今傳誦不絕，除了詩的本身涵容了上述的因素外，還加上它以極平淺、極簡單的句子，傳達出一種深遠、遼闊、生生不息的人生情調來。

一開始，整個詩的畫面便向無盡的天地展開。

白日 依山盡
黃河 入海流

詩人透過兩眼，便把夐遼的宇宙天地納入胸中。白日依山而盡是西下，黃河入海而流是東往，一東一西，指向極限，展出永恆。觀照如此浩瀚的天地景象後，是不是會使人在「逝者如斯，不舍晝夜」的詠嘆之餘，生出一種「生也有涯」的個我渺微感呢？

白日再怎麼燦麗，終有依山而盡的時刻，但是它能在止息之後，再度躍升（當黎明到來）；而人的一生，面對永恆的、依舊在的青山，又能歷經幾度的夕陽紅？

然而，生命形式的最終了結即使操諸天命，生命的內容質素卻是可以操諸自我的，人類自我意志的抉擇和實際亢奮的生命行動，正可以使我們在沉愴的「生」裡，迸發出五彩繽紛的光澤，印證出人類的無比尊嚴，刻繪下人性中最高貴的品質來。

所以，詩人用雙關的語意，來達陳他的生命情調之抉擇：

欲窮千里目，
更上一層樓！

除非自甘於褊狹與凡庸，否則，人是必須有一種渴知山之外、海之外，乃至全天地全人生事物的生命衝動。光是衝動的意念還不夠，還得將之化入實際的作為中：挪動雙腳，目極千里。這個生命的動作是持續不已的，從外在的自然現象，到內在識域的提升；由目前的困境超拔出來，進一步提升到另一層境界，而境界，是永無止境的。「欲窮」與「更上」是一種多麼堅定的生活態度，一種多麼可貴的生命情操。

朱熹在〈觀書有感〉裡曾經這麼說：

半畝方塘一鑑開，天光雲影共徘徊。問渠那得清如許？為有源頭活水來。

讓生命在有限的歲月裡，不斷展現出青春的質素，任何一個盡頭何嘗不是另一個起點？生命本身特具的沉愴，又如何吞沒得了創造與超越所帶來的喜悅呢？

涼州詞

【原詩】

黃河遠上白雲間，
一片孤城萬仞山；
羌笛何須怨楊柳？
春風不度玉門關！

【語譯】

遠遠望過去，黃河從山上奔流而下，彷彿縈迴在蒼天雲海之間。孤單的涼州城（今甘肅武威縣）矗立在千萬丈的群山環抱中。羌笛哪，何必一再吹奏那惹人怨的楊柳曲呢？和煦的春風是怎麼也吹不到荒涼的玉門關（今甘肅敦煌縣西）的。

【賞析】

在景象上，從黃河的源頭（崑崙山）寫起，就好比從內心最深最原始的點抒懷起。一開場便是一片浩蕩的蒼天茫河：

黃河遠上白雲間

黃河之水本來不會往上流，「上」其實表示黃河「是在上面」。由於「上」字的靈活運用，使人覺得黃河一直向上流到白雲中間去了。同樣寫黃河的風貌，李白的〈將進酒〉是這樣的：「君不見、黃河之水天上來，奔流到海不復回。」前者取景角度由下而上，後者由上而下，視覺作用不盡相同，一表悠遠無盡，一表澎湃奔騰，但是，它們所產生的文學效果則不分軒輊。

而人呢？面對著蒼天茫地，執守著孤高傲岸的詩人正是處在：

一片孤城萬仞山

置身於鬼斧神工的大自然之前的人類，其渺小與孤絕感，從「一」、「孤」與「萬」的對比下呈現。「城」是人類在地面上的建築，而「山」則是造化無比宏偉的創塑，以萬仞參差的自然山巒圍塞住人為孤單的城落，不僅映射了人與自然在對立下所產生的困獨，甚且象徵著突越不了的萬重鄉愁。「沙」的荒漠性或「河」的悠遠性，和「山」的阻絕性，整個連袂而來，徹底凸顯了人所面臨的客觀情境之困絕。

而詩人內在主觀的情愫又是如何？——

羌笛何須怨楊柳？
春風不度玉門關！

疑問和否定常常傳達出更深切的激情，寫得好的話，就使人能夠透過這層激怨，進一步去體會它內裡的悲曠和豁然。李白〈春夜洛城聞笛〉詩云：「此夜曲中聞折柳，何人不起故園情？」寫的是一種比較坦白正面的思鄉情懷，淒涼裡帶著舒柔。而「羌笛何須怨楊柳？春風不度玉門關！」就是從反面、委曲處落筆，由疑問而堅決的否定，似乎更讓人體味出那一往無悔的情操。

「羌笛」一詞傳達出異地邊關的一派胡人風情，相對的也訴說著自家漢樂的不可聞、不得聞。如果吹奏的是詩人不解的胡兒歌，或許倒還能略免鄉愁直接的侵襲，可是，偏偏充塞在耳內心中的是內地折柳贈別的曲子，叫人感著既親切又傷心。這支曲子好比一隻魔幻的巨掌，將詩人推回過去，推向他出關前的故園。當他沉湎在以往虛幻的時空裡時，也許曲子突然中止了，那隻巨靈之掌又將他攫回眼前活生生的酷寒現實來。於是，在時空交錯的幻覺過後，詩人再度面臨理性的覺醒：關內的春風怎麼度得了那黃沙蔽天的玉門關呢？沒有春風的吹拂，又哪來依依新綠的楊柳？

此處的「楊柳」立意雙關，造境極佳，從聽到〈折楊柳〉贈別的曲子，經由詩人的聯想成為物象的楊柳，以及遍生楊柳的故園——昔我往矣，楊柳依依。——如今呢？

「怨」字將「楊柳」作一無可如何的歸咎，對楊柳的愛憐想望轉而成怨尤、悲愴，是很自然的感情流露。「羌笛何須怨」表面上是理智勝利了，詩人冷靜明智地說明「春風不度玉門關」的事實，提供了羌笛毋須怨的知性態度。在這段感情與理性的對立掙扎下，是否化解了詩人的滿腔愁緒？當然，「春風」也可以看成是君王恩澤的象徵，「春風不度玉門關」是說君恩達不到塞外。戍邊的士卒們等於被遺忘的一群，既然如此，又何必吹奏〈折楊柳〉的曲子，來徒增傷感？

王昌齡（西元六九八－七六五）

唐朝開元、天寶年間，詩壇上才子輩出，除了王維、李白、杜甫外，還有一位七絕詩的代表作家王昌齡，他擁有「詩天子」的美譽。

王昌齡和李白是好朋友，年齡相仿。他曾中進士和博學宏辭科，才學顯然不在當世文人之下，可是他也不幸是「才命兩相妨」的儒生。傳說他由於行為浪漫、不拘細節，曾被貶到湘西邊境去做龍標尉，所以世稱王龍標。李白聽說他受貶，寫了一首詩遙寄給他：

楊花落盡子規啼，聞道龍標過五溪。我寄愁心與明月，隨君直到夜郎西。

從這首詩看來，他們的交情是不錯的。

到底貶謫多久我們不能確定，只曉得大約天寶亂起，王昌齡就輾轉回歸故鄉（一說南京，一說京兆）。在江寧時，他也因吟詩出了名，人家就稱他「王江寧」。江寧的刺史閭丘曉很嫉妒他的才華，想盡辦法把他謀害了。後來閭丘曉也因犯了軍令被處死。

王昌齡七絕的內容以宮情和邊塞詩最為出色，像〈閨怨〉、〈長信秋詞〉、〈出塞〉、〈從軍行〉都是不可多得的傑作。

出塞

【原詩】

秦時明月漢時關，
萬里長征人未還。
但使龍城飛將在，
不教胡馬度陰山。

【語譯】

秦朝時候的明月依然俯照著大地，漢代所築的關塞也仍舊森嚴地矗立著；
可是，卻見不到遠征萬里之外的人回來。
想那龍城的飛將軍李廣啊！要是你還在的話，
怎教那胡兒的馬騎跨過我們陰山的背脊呢？

【賞析】

開元、天寶年間，文治武功備極一時之盛。玄宗甚好邊功，與吐蕃、突厥、契丹等征戰不止。不少當時的詩人文士，或佐戎幕，或鎮邊邑，於是異地景致、戰爭場面、生民疾苦、英雄豪情，盡入吟詠。這首〈出塞〉，屬於鼓吹曲辭（乃古時軍中所用的樂歌），是典型的邊塞詩之一，它傳達出詩人對戰爭的複雜感受，低沉與亢奮的氣調此起彼落，融塑出生命的辛酸與莊嚴。

「秦時明月漢時關」，短短七個字，已經鋪陳出一幅歷史的滄桑圖，這座沉默但堅毅的邊城，曾經秦月漢月的映照，而今又到了唐代，明月仍然撫慰、映照著無數征夫的血淚情懷。明月看來，古今如一，邊城孤聳，蒼涼依舊，可是那一批批長征的人們，卻是「由來征戰地，不見有人還」（李白〈山月詩〉），尤有甚者，竟是「可憐無定河邊骨，猶是深閨夢裡人」（陳陶〈隴西行〉）。而眼看這齣人生離亂的悲劇方興未艾，沉痛的歷史尚且在不斷的重演中，詩人的憤激已經逐漸達到飽和狀態，產生一種極大的張力。

在重重的鬱忿圍堵中，詩人力圖衝越困境，以求宣洩與提升，乃藉著語言文字擬改歷史命運——「但使龍城飛將在，不教胡馬度陰山！」龍城果爾尚存，可是驍勇善戰的飛將軍呢？如果他還在的話，當他看見千里黃沙中，萬馬奔騰越陰山而南下的胡騎，該是多麼的震怒哪！可是現在，他不在了，聽不到「萬里長征人未還」的心聲。飛將軍的不能重生（難覓）加深了現實情況的沉痛，這個與事實人生極度相違的假設，豈不正傾訴了一種最無奈的傷感？可是不止於此，「不教胡馬度陰山」更痛陳出極深刻的戰爭情緒。光讀字面的表層意義，我們可以感受到英雄主義的壯烈色彩，其實，只要我們再細入一層去研索「但使……不教」的虛擬句法，同時別忘了起首兩句的主要含意，我們或許能從壯彩中瞥見陰索，激亢中會出感傷——就算無數的李廣再生，又如何徹底解除人性中好爭、好鬥、好戰的本能？這些習性一日不解，人間將永無寧日呵！

明代的李攀龍曾以此首〈出塞〉為唐人絕句壓卷之作，實際上，它歷來的評價也一直很高。撇開此詩技巧、意境上的成就不說，是否毋寧以為詩人透視歷史與人性的感懷，更讓人低迴不已呢？

閨怨

【原詩】

閨中少婦不知愁，

【語譯】

深閨裡的少婦呵！從來不曉得什麼叫做憂愁。

春日凝妝上翠樓。
忽見陌頭楊柳色，
悔教夫婿覓封侯。

在某一個暖柔的春天裡，她把自己刻意妝扮了一番，趁著明媚的春光登上翠麗的樓閣去遠眺。這麼一細望，陡然瞥見路邊、田壟上，盡是楊柳依依的春色，不覺間想起遠在他鄉追求功名的夫君，一股悔怨之感緩緩爬上心頭。

【賞析】

王昌齡的這首〈閨怨〉，把閨中少婦的情愁，刻摹得極為動人。明明主題是「怨」，是「愁」，可是，詩人偏偏選擇一個截然相反的角度落筆——不知愁，這在詩的技巧上，叫做「反起」。反起往往比明起更易討好，主要是由於它們所造成的突兀感。

沉浸在酣馨的情愛中的少婦，是根本不能理解憂愁之為物的。她的不能「知解」愁，正因為青嫩的歲月裡有所愛所親的人相守。等到丈夫負笈他鄉去博取利祿功名（當初想必也是經由她的首肯，否則不太可能在他走後還有心情「凝妝」的——「豈無膏沐，誰適為容？」），剛開始時，或許對榮華富貴的渴盼追索，會暫時沖淡離情的苦楚。慢慢地，秋去春來，眼看春草年年綠，陌頭的柳色又依依，良辰美景到此刻徒惹人起「奈何天」之感。「楊柳」一向是離別的象徵，由楊柳而想到分別，再聯想到昔日與他共處時的蜜愛濃情……她由不得沉思：他不在，春天也就不成其為春天了！那麼，如此刻意的盛妝又有什麼意義呢？這時，她猛然醒覺：這一切所必須付出的代價竟然是青春的虛度，空閨的獨守。「遙遠」的浮名怎慰藉得了「目下」一顆寂寂的春心？

末了兩句：「忽見陌頭楊柳色，悔教夫婿覓封侯」，在一片爛漫春光中，由於「忽見」的具象行動，加上「悔教」的抽象沉思，不但使整個畫面產生躍動柔麗之感，更且滲入一股淡微的哀愁。

〈閨怨〉一詩，以「不知愁」為始，卻以「解愁」為終。天地四時可以周而復始，古今萬物莫不始卒若環，可是，如果泥於個己之一生時，怎能不為「年年歲歲花相似，歲歲年年人不同」而生無限的唏噓，不盡的悵惘？——女兒家的青春究竟熬得了多少離別的愁悵？即使丈夫（或愛人）功成名就，是否仍恩愛如昔？仍願相伴相守？萬一功名不就，萬事成灰呢？「悔」之一字，道盡多少俗情中人千迴百轉之惆悵！

長信秋詞（一題〈長信怨〉）

【原詩】

奉帚平明金殿開，
且將團扇共徘徊。
玉顏不及寒鴉色，
猶帶昭陽日影來。

【語譯】

天色微明，長信殿華麗的門打開了，我默默地拿著掃把灑掃庭台。一邊想著自己的不如意，不覺拿起長伴身邊的團扇，在孤寂中徘徊著。

冷不防從東邊飛來一隻黑黯的烏鴉，惹痛心底的創痕。忍不住嘆息道：莫非我如玉一般的容顏，比不上那嘎嘎而鳴的寒鴉？否則為何我如團扇被棄，而牠還能自由自在，飛進飛出昭陽殿，尚且帶來一片刺目驚心的日影來呢？

【賞析】

這首〈長信秋詞〉和〈閨怨〉雖異曲，但卻同工，對愛情受挫的女性的心理摹描，細緻宛曲已極。

白居易〈後宮詞〉云：

雨露由來一點恩，爭能遍布及千門。三千宮女臙脂面，幾個春來無淚痕？

說出了許多宮女共有的悲怨淒涼。漢成帝本來很喜歡「美而能文」的班婕妤，可是，堪稱一代尤物的飛燕、合德姊妹一出現，立刻就把班婕妤逼向冷暗的愛情死角。對於漢成帝那樣縱慾的君王，「色」的誘引原本強過「德」的敦化。明慧的班婕妤一定對此有極深的識悟，因而感覺到所有的情愛已恍若雲煙，所以主動要求退居長信宮，奉侍太后。——一個理性而沉痛的抉擇！

我們心靈的境域，超越淨化往往只呈點或線的出現，罕現全面或整體。詩人對這個似是體認知來的，因此，詩中的「她」在遠離成帝的恩寵後，是否就水波不興呢？很難，勢必萬草千花，墜露金風，都會惹起往日的回憶，牽動一發不可止的愁腸。於是，詩人乃設身處地，將這份情感加以捕捉，給予文學化、藝術化，使所有人間的悲愁不僅留下照像，甚且使人因感動而戚戚，由戚戚而宣舒，經宣舒而和緩敦厚。

「團」字本具有圓滿、和悅的象徵，「扇」字則帶有一種悲涼的意味。班婕妤〈怨歌行〉云：

> 新裂齊紈素，皎潔如霜雪。裁為合歡扇，團團似明月。出入君懷袖，動搖微風發。常恐秋節至，涼飆奪炎熱。棄置篋笥中，恩情中道絕。

很清楚地，婕妤以扇自比。而「且將團扇共徘徊」用的就是〈怨歌行〉的辭意，「團扇」的命運正扣合了人的命運；團扇的價值主要是取決於外在因素的，一個必需因男人的恩寵而肯定自己的女人，又何嘗不是？所以，秋扇的見捐，班婕妤的失寵，不只是狹隘的個人悲運而已，可以廣而推之，為所有無法肯定自己生命意義的人之共同悲運！

三、四兩句，不直寫對方的忘情，反而以自傷的口吻，喚出一片無可如何的有情天地來：

玉顏不及寒鴉色，猶帶昭陽日影來！

——是了，一定是我的姿顏太平庸，連來自您那新寵寒鴉都比不上吧？否則，您看看，每當破曉時分，那自由來去的寒鴉啊，哪一隻不是從昭陽殿裡披戴出滿身的輝采？而我這兒，是被陽光遺忘了的黑暗之鄉。「玉顏」勝過「寒鴉」何止千萬倍，將兩者顛倒敘論（其實應該是寒鴉不及玉顏色），給人在突兀中驚覺其悲惋之深沉。不惟道盡兩性間愛情變化時的悽愴，甚而隱喻了人世裡浮沉的萬般滄桑。

芙蓉樓送辛漸

【原詩】

寒雨連江夜入吳，
平明送客楚山孤。

【語譯】

昨晚，我從洛陽來到吳地（江蘇鎮江縣），只是滿江寒雨，動人心魂。天才破曉，我又得在芙蓉樓送別好友辛漸，他一走，令人感到此地的楚山也孤獨起來。

洛陽親友如相問，
一片冰心在玉壺。

他將到洛陽去，如果那兒的親友問起我的消息，麻煩請告訴他們，我此刻的心境清瑩明潔，好像一塊素冰放在玉壺中呢！

【賞析】

「寒雨連江夜入吳」七個字融匯了時間、場景和情緒，詩意酣飽。「寒雨連江」好比畫家的千鈞勁筆，往畫布上傾力一揮，景境全出。詩人是在一個淒寒的雨夜裡，從遙遠的洛陽來到鎮江。他的入吳，正與冷雨連袂而至。「寒」、「雨」、「江」、「夜」烘托出一片陰冷、愁慘的氛圍；其中的動詞連綴甚佳，「連」江的寒雨，「入」夜的吳地，同時暗示著詩人心境的灰暗肅沉。

深更半夜才到異地的詩人，在寒雨淒風中不太容易入夢，好不容易天亮了。「天亮」本應意味著愁慘逐漸離去，可是，接著來的「客中送客」的感受，卻又逼使孤寂重回，黯然再生。所以，詩人用旁筆點出送客之後的心情——楚山「孤」。楚山為什麼給人孤獨感呢？當然是透過滿心蕭索的詩人的觀照才會這樣的。

孤獨感往往也能給人帶來靜持，詩人在檢視自己孤獨之來源——由於不矜細節，從汜水尉被貶為龍標尉——後，他能再度從人事的滄桑中超拔出來。所以，他告訴好友辛漸，要是洛陽親友問起他在江南的情況時，那麼，斷斷地告訴他們吧！我是如同：

一片冰心在玉壺

一方面是請親友們放心，他的心境已經平靜下來；一方面拿「冰」的清、「玉」的潔，來象徵自己不苟合於俗的情操。心態如冰，獨處玉壺，正是孤獨感的最佳泉源，我們彷彿在一片冰清玉潔中，望見了一顆漠視紅塵，踽踽向道而行的堅心！

李白〈過眉州象耳山留題於石壁上〉云：

夜來月下臥醒，花影零亂，滿人襟袖，疑如濯魄於冰壺也。

一樣地呈露出一份超然的意境。可見詩人敏銳的觸鬚，常常會伸展向同一的境域，甚或有極相似的表達外相。

【附錄】

（一）從軍行

青海長雲暗雪山，孤城遙望玉門關。
黃沙百戰穿金甲，不破樓蘭終不還。

（二）西宮秋怨

芙蓉不及美人妝，水殿風來珠翠香。
卻恨含情掩秋扇，空懸明月待君王。

王翰
（唐睿宗時人）

王翰的生卒年現在已無法查考，我們對他的了解很有限。只知道他字子羽，是并州晉陽（今山西省太原縣）人。唐睿宗景雲元（西元七一〇）年曾經考上進士。張說當宰相時，曾召他擔任秘書正字，擢通書舍人，駕部員外郎。

張說一旦下台，王翰也跟著受貶為汝州長史，再徙仙州別駕，後來貶為道州司馬。未至道州而卒於途中。卒年，據今人傅璇琮所考，約在開元中。

涼州詞

【原詩】

葡萄美酒夜光杯，
欲飲琵琶馬上催。
醉臥沙場君莫笑，
古來征戰幾人回？

【語譯】

白玉鑄成的夜光杯呵，盛滿了甜漿似的葡萄美酒。

我多麼想舉杯痛飲哪，卻聽見琵琶聲聲催促，催促我快快上馬去出征。

醉眼迷離中，即使我倒臥在戰火連天的沙場上，請你也別取笑我啊！

想想再想想，長古以來征戰的人兒，有幾個是平安歸來的呢？

【賞析】

這也是一首以戰爭為主題的作品，充滿著既浪漫又傷感的格調，是盛唐邊塞詩傑作之一。

「葡萄美酒」與「夜光杯」均為西域的奇珍異產，酒味香醇，色澤是白玉的晶瑩中透出淺淺的紫，在這麼一片聲光味色的美感世界裡，令人整個心魂似乎慢慢浸入微醺的醉意中，鋪伸出極宛致的氛圍來。

面對如此的一個酒境，愁也罷、喜也罷，暫時以酒力離脫銳厲現實的鞭笞，悠悠徜徉於想像迷離的天地，誰不想呢？可是，正想縱懷豪飲的詩人，卻被聲聲催征的琵琶聲，輾斷了濃濃的鄉怨與情愁，狠狠將他拉回黃沙漫天的現境裡，赤裸裸地再去面臨人類永無休止的征戰場面。

你一定忍不住要笑起來呵？當你看著我在刀光血影裡，蹣跚著我的步履和心情；當你在漫天飛舞的黃沙中，分不清我的靈魂是因酒意醉倒，抑是在劍戟的揮斬、馬蹄的凌踏下，而告別我的肉軀時，請你不要儘笑下去吧！你所不期然而然發出的嘲弄，它將永遠迴盪在血淚的歷史甬道裡哪！

我已經分不清醉和醒，死與生的邊界了；我再也無能於武勇或卑懦，愛慾或惡憎，陷溺或超越了。在逐漸侵襲過來，逐漸取代清明的恍惚迷離之中，我的一雙醉眼，依稀瞥見歷史的巨靈，黯然地吟哦著：

古來征戰幾人回？

……

古來征戰幾人回？

……

是的，我們在那慢慢擴大、也慢慢淡化了的笑紋裡，彷彿聽見，悠悠不絕的愴然之音，凌越時空，劈面而來：

君不見，青海頭，古來白骨無人收？新鬼煩冤舊鬼哭，天陰雨溼聲啾啾。（杜甫〈兵車行〉）

再怎麼壯烈、怎麼理直的戰爭，它所飽含的榮耀還是免不了和血淚一樣多啊！王翰的這首〈涼州詞〉，化感傷入柔麗，融悲涼於笑弄。他所欲達訴的，也許是一將功成的榮貴富傲背後的無限辛酸，以及孤渺的個人在命運安置下的無助感吧？

常建

（唐開元年間人）

才高位卑的文人在歷史的洪流裡，多如過江之鯽。常建也是其中之一，他的生年和卒年，我們現在已經無從確定了。只曉得他在開元年間曾中過進士，大曆年間做過盱眙尉；從此，就再也沒有在俗世的繁華富貴裡露面了。

他的詩篇帶有田園的自然風味，其中往往富於禪機，好比「山光悅鳥性，潭影空人心」（〈題破山寺後禪院〉），很能呈現出他澄明的心志與超逸的性靈。

《全唐詩》小傳說他：「初發通莊，卻尋野徑，百里之外，方歸大道，其旨遠，其興僻，佳句輒來。」應該不是溢美的話。

現在就讓我們感覺的觸鬚，隨著這位旨遠興僻的詩人，伸向另一個清靈的世界，再從那個天地裡迴視我們喧攘華麗的煙火人間吧！

題破山寺後禪院

【原詩】

清晨入古寺，初日照高林。
竹徑通幽處，禪房花木深。
山光悅鳥性，潭影空人心。
萬籟此俱寂，惟餘鐘磬音。

【語譯】

大清早，我走進一座破山寺（即江蘇省常熟縣虞山興福寺），高廣的樹林篩下縷縷的陽光。一路上綠竹夾徑，蜿蜒向一片幽靜的濃花密木中，隱約看見禪房深藏其間。耀眼的山光似乎使得鳥兒們喜悅不已，叫那清澈的潭水映照著，不覺使人心境空明起來。我駐足諦聽，只覺萬籟寂寂，偶爾傳來幾聲鐘磬，把祥靜給輕輕拂開了。

【賞析】

莊子有一回去看梁惠王，身上穿一件帶補綻的破痲衣，腳上著一雙連鞋帶都沒有的草鞋。梁惠王一見，大吃一驚，就說：

「先生，你怎麼這樣潦倒呢？」

莊子聽了，回答道：

「我只聽說人有了道德不去實行，那才是潦倒；衣服舊了、鞋子破了，怎麼叫潦倒呢？」

是了，常建的這首詩題目裡頭，就帶著那麼一股怪味道，俗人眼中的「破」山寺，在常建的眼中看來，心上會著，「破」的意義又該如何？也許，我們從任何破落的表象讀出來的確是滄桑，可是，我們無妨更進一層去想：沒有華麗，哪來的滄桑？——「殘破」從某一個層次而言，何嘗不意味著一種內在的堅執與完美？

正當芸芸眾生一日之「計」在於晨的時刻，詩人卻無所「計」算地去訪古寺，從一座既古又破的寺廟，引發出連續不竭的禪機妙意來。「清」和「初」意味著宇宙萬物始卒若環的新生點，「古」與「高」更烘托出一片廣豁恆遠的氣氛。正因詩人懷著一顆空曠的心，所以，他能立即「入」乎浩廣的天地裡。

接著，詩人把廣袤空寥的場景，逐漸縮小到通引幽處的「竹徑」，和花木陰深的「禪房」。他所賴以導引的，全然不是人間的物事，而是自然生發的綠竹，惟有「真」才能成為「真」的導航。而「禪房」也已經被沒入自然的景致中，成了百草千花的一部分，「禪房」坐落在盎然生意的濃林密花間。

「山光」和「潭影」是無為的自然本色，「鳥性」與「人心」相對之下，不免有為造意，其間的「悅」和「空」溝通了彼此的質性，化解了其間的扞格。鳥性因山光的觸動而歡悅，人心因潭影的澄照而空明。呵，原來萬物萬事莫不相對互存互持，主客也非一成不變之界定呢！

在一片靈光的意境裡，詩人的筆觸慢慢從視覺意象轉向聽覺意象（其實，仍舊屬於一連串的心靈活動）：

> 萬籟此俱寂，
> 惟餘鐘磬音。

萬籟所以俱寂，無妨把它看成詩人的心沉寂平和，七情消弭，六欲不入。在這樣的自我觀照下，整個境界就只餘悠揚迴繞的鐘磬聲，滲入自然的時空，詩人的「我」也逐漸混融其中。

讀到這裡，我們恍如置身在遙遠的彼岸，清冷地諦視著我們一向翻滾其間的、充滿是非對立的煙塵滾滾的人間。

【附錄】

宿王昌齡隱居

清溪深不測，隱處唯孤雲。
松際露微月，清光猶為君。
茅亭宿花影，藥院滋苔紋。
余亦謝時去，西山鸞鶴群。

崔顥（？—西元七五四）

一提起崔顥，就叫人想起他那首與李白詩歌齊名的〈黃鶴樓〉，有了這首作品，崔顥在文學史上就得以不朽了。

他是汴州（今河南省開封市）人，在開元十一（西元七二三）年中過進士，天寶年間擔任尚書司勳員外郎。他也是一個頗有才氣，但不矜細行的人。年輕時寫了不少浮豔輕佻的詩作；上了年紀後，改變極大，作品常有一股悲沉之氣。他擅於寫戎旅之情、塞垣之景，是邊塞詩歌的名家。

相傳他遊武昌，登上黃鶴樓，感觸滿懷，寫成這首絕唱。後來，李白也路過此地，原想題詩，一看到崔顥的作品，嘆了一口氣，說道：「眼前有景道不得，崔顥題詩在上頭。」就此作罷了。

下面我們就來欣賞這首令詩仙也敬佩的〈黃鶴樓〉吧！

黃鶴樓

【原詩】

昔人已乘黃鶴去，
此地空餘黃鶴樓。
黃鶴一去不復返，
白雲千載空悠悠。
晴川歷歷漢陽樹，
芳草萋萋鸚鵡洲。

【語譯】

傳說很久以前，有位仙人（費文禕）曾經乘著黃鶴在這裡休息，後來又飛走了，就只剩下這一座空蕩蕩的黃鶴樓。

飛走了的黃鶴再也沒有回來，幾百年幾千年的悠悠歲月都過去了，只見那變幻不定的白雲依舊在這裡盤桓著。

晴天下的江水清澈極了，亮麗地映照著漢陽一帶的樹林。濃綠芬芳的綠草，鋪滿了長江裡的鸚鵡洲。

日暮鄉關何處是？
煙波江上使人愁。

暮色蒼茫中，我極目四眺，可是老家在哪兒呢？江面上瀰漫的煙波漸漸濃起來，將我捲入一片鄉愁中。

【賞析】

文學作品常以昔、今之對比，來觸動人的情懷。這首作品一開始就斷然割分昔今，剖出想像與現實間的鴻溝：

昔人已乘黃鶴去，此地空餘黃鶴樓。

這兒有一則美麗的神話故事流傳著，可是，它已經湮沒在時間的巨流裡。唯一讓人追念懷想的憑據是「黃鶴樓」，但是「黃鶴樓」已經沒有了「黃鶴」，它的存在豈不是一種尖銳的反諷？「空餘」兩個字真教人不由得觸發滿心的悵然若失。

時間，像是變幻莫測的巨靈，它有時排山倒海，有時卻是聚沙成塔：無論它採取何種姿態來傳訴自己的神威，人類在它的掌心裡永遠只是過客。

神話也好，歷史也好；痴愛也罷，貪嗔也罷；原先的一切不再復返—除了悠悠千載的白雲，誰能是見證者呢？無所不在的天，漠然俯視著所有的不平哀屈、美麗醜陋、公理正義，它們被蹂躪、被扳平，再被蹂躪、再被扳平，……永無休止。

處身在「過去」與「現在」，「現在」與「未來」的夾縫裡，誰能豁免對逍遙自在、縱身永恆——跨鶴而去——的追求與想望？「黃鶴」意象的一再出現，一則流露出詩人內心不能已的那份迫切，一則反襯出理想世界落空後的悵惘。王勃〈秋日登洪府滕王閣餞別詩〉云：

閒雲潭影日悠悠，物換星移幾度秋。閣中帝子今何在？檻外長江空自流！

似乎可以拿來咀嚼品味。

從「過去」的想像世界走出，詩人再度落實即臨的世界，眼前好一片：

晴川歷歷漢陽樹，芳草萋萋鸚鵡洲。

原來「現在」如此美好！可是行色匆匆的生之旅呵，多少人有餘裕來賞惜它？人間世裡頭大概很多人有「良辰美景奈何天，賞心樂事誰家院」的體驗吧？

韓愈被貶潮州，歷經千山萬水的困阨時，曾經寫下極動人的鄉愁：

雲橫秦嶺家何在？雪擁藍關馬不前！

所以，不管外在的景致、人事是美好或艱苦，人在面臨或投身其中時，總會觸動綿纏無盡的鄉愁。崔顥望見一片美景而聯想到家鄉，可是在蒼茫的暮色裡，連鄉關何處都叫人分辨不清，江上的煙波又造成處境上的絕緣，怎能使人不愁?!

再者，末了兩句，在時間上也已經從「現在」導向「未來」，「未來」的不可識知，正如沉沉暮靄中的鄉關，風煙瀰漫裡的江面。

忘記誰這麼說（寫）過的：

「有鄉愁的人還是幸福，因為他們有植根的所在啊！至於，那連鄉愁亦不知為何物的人，從哪兒訴起呢？」

【附錄】

長干行

君家何處住？妾住在橫塘。
停船暫借問，或恐是同鄉。

李頎（唐天寶年間人）

他是東川（今四川省三臺縣）人，確切的生卒年不詳。玄宗開元十三（西元七二五）年中了進士，曾作過新鄉縣尉，但並沒有青雲直上。他的性情放曠，不喜歡周旋酬酢，來往的朋友有王昌齡、劉方平、綦毋潛這些人。

李頎的詩作極富感情，氣格不俗，七言古詩和五、七言律詩都寫得不錯。細細讀來，頗有宛曲之味。

送魏萬之京

【原詩】

朝聞遊子唱離歌，
昨夜微霜初渡河。
鴻雁不堪愁裡聽，
雲山況是客中過。
關城樹色催寒近，
御苑砧聲向晚多。
莫見長安行樂處，
空令歲月易蹉跎。

【語譯】

昨天夜裡下起一層薄薄的秋霜，今天早晨，就聽到將要渡過黃河遠去京城的你，輕輕唱起了驪歌。

在離別的哀愁中，怎叫人忍心諦聽鴻雁的啼聲？何況，你在孤寂的旅途上，又要越過綿亙不盡的雲山。

你行近函谷關時，想那附近的樹木都已披上一層寒色，彷彿催促著嚴冬的腳步快快到來。

傍晚時分，當你進入宏偉的京城，一定會聽到許多趕製冬衣的擣衣聲吧？

好友呵，千萬不要只見長安是尋歡作樂的所在，它是很容易使人虛擲歲月的呀！

【賞析】

這首作品是寫給一個到繁華縟麗的京都去的朋友，有一種寓於平淡的殷殷之情。

朝聞遊子唱離歌，
昨夜微霜初渡河。

以秋天的霜寒，襯托出離別的傷感。在輕緩的節奏裡，我們彷彿感受到一股依依不捨，這股不捨之情化成了設身處地的體貼：

鴻雁不堪愁裡聽，
雲山況是客中過。

所謂相知，也就在於為自己所喜歡的人分憂擔愁。當詩人想像著朋友的客旅之愁時，其實，他自己已深陷其中了。就像王維的〈渭城曲〉：

勸君更進一杯酒，西出陽關無故人。

勸君何嘗不是勸自己？替朋友想其「無故人」的孤單，又何嘗不是說的自己？詩人雖然不是跟朋友比肩同行，可是滿懷的關切卻使得他能超越時間、空間的阻隔，以精神的力量窺見：

關城樹色催寒近，
御苑砧聲向晚多。

形體的隔離怎能阻擋精神的繫連？一步步都是體念，一聲聲都是祝福。詩人想著好友的行程，測度他到長安時該是怎樣的暮色秋寒，不是真正有情，怎能如此深宛細緻？不是真正經驗，怎知關愛為何物？

末了兩句，更見疼顧好友的胸懷，雖然寫得很平常，卻很能勾動我人心中的那個結：

莫見長安行樂處，

空令歲月易蹉跎。

李白說：「桃花潭水深千尺，不及汪倫送我情。」魏萬讀了李頎的這首詩，想必在一天秋寒裡，將湧起滿懷溫馨之情吧？想想，有人這樣關注自己，在崎嶇的人生道上，該是多難得的扶持力量啊！

【附錄】

古從軍行

白日登山望烽火，黃昏飲馬傍交河。
行人刁斗風沙暗，公主琵琶幽怨多。
野雲萬里無城郭，雨雪紛紛連大漠。
胡鴈（ㄧㄢˋ yàn）哀鳴夜夜飛，胡兒眼淚雙雙落。
聞道玉門猶被遮，應將性命逐輕車。
年年戰骨埋荒外，空見葡萄入漢家。

李白（西元七〇一－七六二）

如果把中國古典詩歌的世界比成浩瀚的蒼穹，那麼，李白就是其中最燦麗的一顆明星。他集神仙、劍術、酒客、詩人多種性情於一身，才華橫溢、狂放不群、博學灑逸；也因為這樣，這一位道教徒的詩人，一生在現實裡痛苦不堪，掙扎不已。

關於李白的籍貫令人撲朔迷離，歷來有四種說法：一、隴西成紀，二、金陵，三、山東，四、四川。這當中第一種說法沒有充分的證據，不足為信。第二種說法，是根據他的〈上安州裴長史書〉中所提到的，不過金陵可能是金城（在今甘肅天水附近，也就是隴西成紀）之誤。第三種說法，是根據杜甫「近來海內有長句，汝與山東李白好。」（〈簡薛華醉歌〉），但是山東在唐代是函谷關以東的通稱，此說也不足信。至於第四種說法，李白五歲時，家人搬到四川，定居在綿州，他從五歲到二十五歲這段期間一直住在綿州，過著讀書與學劍的生活，故此說較合情理也較可信。但這也只能說是他的第二故鄉，對於他五歲以前（出生地）的住處，他自己忌諱不提，可能有難言之隱。此外倒也有人推論李白的色目、高鼻是具有胡人血統呢！

開元八（西元七二〇）年，蘇頲為益州刺史，李白曾經在路上投刺拜見。蘇頲常在同僚的面前，大為讚賞年方二十，卻已鋒芒畢露的李白說：

「這位年輕人才情超奇，稍加一些學識的底子，足可比美漢朝的司馬相如。」

李白雖然得到蘇氏的賞識，但並沒有立刻攀權附貴，反而，跟著逸人東巖子隱居在岷山修道，好幾年都不到城市裡去。

大約在二十五歲的時候，李白靜極思動，「仗劍去國，辭親遠遊」，自負「大丈夫必有四方之志」，於是他「遍干諸侯，歷抵卿相」。〈早發白帝城〉一詩，就是這種雄姿英發的寫照。

在安陸時，李白娶了唐高宗時左相許圉師的孫女，一住就是十年的光陰。在魯中，曾和孔巢父、韓準、裴政、張叔明、陶沔這些人隱居在徂徠山竹溪，當時的好事者，稱呼他們為「竹溪六逸」。

天寶元（西元七四二）年，李白四十二歲，雲遊會稽，和道士吳筠一起住在剡中。剛好吳筠奉召赴京城，李白陪著他到長安。才到長安，賀知章讀了他的〈蜀道難〉，大為激賞，讚嘆說：

「這可是天上貶謫下凡的神仙呀！」

時來運轉，唐玄宗也知道了李白，很賞愛他的詩才，詔命他供奉翰林，專掌密命。李白生性嗜酒，給文學史上留下不少浪漫的典故。杜甫的〈飲中八仙〉詩曾經說到：

「李白斗酒詩百篇，長安市上酒家眠。天子呼來不上船，自稱臣是酒中仙。」

更相傳李白醉酒，有「龍巾拭吐，御手調羹，力士脫靴，貴妃捧硯」的種種殊寵，可見在長安這段日子裡，李白的生命充滿了五彩繽紛，極盡人間的綺麗榮寵。

李白因詩才而受寵，竟也因詩才而蹇困。天寶三年，玄宗與貴妃在沉香亭賞花宴飲，下詔李白賦詩，李白傾其才情而成〈清平調〉三章。其中有一句「借問漢宮誰得似？可憐飛燕倚新妝」，李白的意思是說整個漢宮裡的美女，有誰比得上當今的貴妃呢？只有那媚麗可人的趙飛燕新妝剛成，勉強可以一比罷了。可是，由於高力士早已對李白銜隙在心，馬上抓住機會，指摘其中趙飛燕的事來激怒貴妃（飛燕姊妹一向被認為是亡漢的禍水），李白大受排擠，只好黯然離開長安，再度過著浪跡四方的日子。

其實，玄宗召李白入京，也不過是以「倡優蓄之」罷了。他固然欣賞李白在文學方面的才情，但是，他所寄望於李白的只是替他寫些歌功頌德、遊歡助興的詩篇，而不是積極的參與政事。所以，初到長安的李白，原本滿懷入世的熱忱，雖曾得意過，等到真相大白時，他的心情卻是非常痛苦的。想想自己「為君談笑靜胡沙」的遠大抱負，竟淪落為一介「弄臣清客」的下場，怎不教他憤鬱心酸？

離開長安以後，他先去投靠從祖陳留採訪使彥允，又請求北海高天師授道籙於齊州紫極宮。從此，他浮遊四方，像漂泊的浮萍，北邊到過古時的燕、趙舊地，南方羈旅淮水、泗水，西至洛陽，再入會稽，最後隱居在廬山。

天寶十五（西元七五六）年，安祿山亂起，玄宗倉促奔蜀，肅宗即位於靈武。玄宗的第十六個兒子永王璘，以父在蜀城，兄在靈武，便想擁兵自立。於是率領大軍東下。李白在宣州拜見，遂入永王幕府，這是詩人李白人生抉擇的一大轉捩點。後來，永王兵敗，李白差點送命，幸得郭子儀鼎力相救，才得長流夜郎，這年是乾元元（七五八）年，隔年秋天，李白剛到巫山，中途遇赦得釋，又回到潯陽。

寶應元（西元七六二）年，李白往依從叔當塗令李陽冰，大約在十一月，因為飲酒過度而死。歷來有關太白撈月而死的淒美傳說，想是附會於曠世詩仙的浪漫聯想罷了。

杜甫對李白了解得很深刻，他曾經有一首〈贈李白〉的詩這樣寫著：

秋來相顧尚飄蓬，未就丹砂愧葛洪。

痛飲狂歌空度日，飛揚跋扈為誰雄？

把李白的雙重痛苦——想出世追求神仙而落空，想入世博取功名卻失望——給揭開了。我們從李白整個生命的軌跡來看，似乎豪放飄逸、狂傲不羈只是他的外表，很可能他的內在世界是充滿著無告的悲辛和愀愴。

玉階怨

【原詩】

玉階生白露，夜久侵羅襪。
卻下水晶簾，玲瓏望秋月。

【語譯】

玉石般光滑的臺階上沾滿了深秋的白露，夜色已濃，她站在這兒沉思靜待，漸漸地，腳上的羅襪竟給露水滲溼了。後來，她終於放下水晶簾子進房去，心傷失望之餘，忍不住又從簾子的隙縫去窺視那玲瓏的秋月。

【賞析】

這是一首精緻細膩的閨怨詩。

由於意象的巧妙內聚，使這首詩染上幽靜宛柔的氣氛。但它的幽柔卻是從一串連續的動態所烘托出來的：由玉階「生」白露，到白露更深「侵」羅襪，再從放「下」水晶簾，到痴「望」秋月，使得詩思的發展有一種意想不到的細美。

「玉階生白露」雖屬客觀環境的描寫（空間是玉階，時間是生白露），同時也暗示詩中人物期盼的專注與入神，既有迫切之情，復具含蓄之意。

「夜久侵羅襪」，顯然立宵風露中的，是一位陷入情愛深淵的女郎，她羅襪的被「侵」溼，正傳訴出無比痴摯的一往情深。由於羅襪的溼而醒覺到更已深、夜已闌，又猛然認知軀體（足）的寒冷。為什麼寒冷呢？當然是緣於他不在身旁的孤單——情懷上的孤單。

也許，像這樣「玉階生白露，夜久侵羅襪」的情痴體驗，她已經一再經歷，而每回總是讓失望、傷感占滿了心房。所以，無可如何之中，她只好從臺階上踱回室內，輕輕把水晶簾放下以抵擋夜寒的侵襲，似乎也在理性地告訴自己：算了吧！等什麼呢？

所以，下了簾子的她不但無法闔眼入夢，反而，睜起一雙幽柔似水、淒迷如霧的明眸，痴痴地望向那同時映照著自己想望的人的明月。由下而上，由近而遠，由外而裡，由淺而深的「望」字啊！真是寫活了魂牽夢縈，提不起、放不下的愛情俘虜的心聲。

除了以上所談的之外，這首「玉階怨」還有一個極大極好的特點，那就是色澤的空靈優美。「玉」階、「白」露、「羅」襪、「水晶」簾、「明」月都帶著瑩亮皎潔、柔細溫宛、如夢似真的況味。李白把這些精緻的意象，融入深邃的感情，透過最精萃的文字的處理，於是成就了這首令人愛不忍釋的閨怨傑作。

李白還有一首〈怨情〉，感情的基調雖一樣，但是，讀起來就沒有〈玉階怨〉那麼靈秀動人，現在把它附錄於此，以便比較欣賞：

美人捲珠簾，深坐蹙蛾眉。但見淚痕溼，不知心恨誰？

靜夜思

【原詩】

床前明月光，疑是地上霜。

【語譯】

明月的光芒灑滿了我的床前，我不禁懷疑會不會是寒地上的秋霜呢？

舉頭望明月，低頭思故鄉。

這副光景，觸動了內心的情思。抬起頭來，只見明月當空高懸，清幽而亮潔，低下頭來，只覺滿懷的鄉愁浪湧而至。

【賞析】

這首詩達訴了李白為著鄉愁一夜縈懷，躊躇月下的情景。

「床前」指出詩人所處的一個狹小空間，「明月光」藉月光點示時間。第二句，「疑是地上霜」是由於「明月光」而引起的聯想。把床前鋪灑的月光，直覺為秋夜的霜華，這種美妙的移情，正緣於「月光」與「霜」在視、觸感覺上的類似性。夜闌人靜，明月照床，入門各自媚的芸芸眾生正酣遊夢境，而滿懷清冷的詩人竟因此而怵目驚心，直以為：「秋風蕭瑟天氣涼，草木搖落露為霜」，這個看似無心無意的錯誤，何其淒美！

把「明月光」直覺為「秋霜」，只不過是短暫的錯誤而已。詩人本能地循「霜」（光）溯源，原來竟是天上的明月。明月雖迢遙，但可望，家鄉呢？壅隔不能望不可即。從「舉頭」到「低頭」梭織著詩人多少繁複的意緒——由「月亮」的形象而「故鄉」的種種繫念，詩人是浸沉在「剪不斷，理還亂」的無邊鄉愁裡了。

從「床前明月光」到「疑是地上霜」，視覺上由「外在」轉向「內在」；從「舉頭望明月」到「低頭思故鄉」，則是由「外在」轉向「內在」的心理動作。這一連串緊湊、層層逼入的過程，將整首詩的氛圍推向一個飽和點，緣此而悠遠無盡。

當然，李白在這首詩中所表現的是一種普遍的情緒，人，尤其是獨在異鄉為異客的人，突然在月光下醒覺到自己正置身於夐遼無際的空間裡，那種空闊無依的寒冷與徬徨頻頻侵襲，叫人情不自禁地想起了止泊的歸所——故鄉。這種心理上的轉折變化是盡人皆有的；但是，倘若我們回想一下李白的身世，是那樣如謎似霧的不可究知，不僅史書語焉不詳，即使連他本人也避諱不言。因此，「故鄉」對一般人而言，起碼還是可以落實指望的一個目標，然而，對李白來說，卻是充滿著迷惘、可想而不可即的理想罷了！透過這層了解，也許可以讓我們認識到這位詩仙的悲劇心靈吧？

早發白帝城（一作〈下江陵〉）

【原詩】

朝辭白帝彩雲間，

【語譯】

清晨，辭別了彩雲繚繞的白帝城（故址在今四川千里江陵一日還。

奉節縣東白帝山），搭船順流東下，大約一天的功夫，便可到達千里以外的江陵（今湖北省江陵縣）。

兩岸猿聲啼不住，

沿途三峽裡的猿猴不斷啼叫著，儘管牠們叫得那麼哀苦，由於水勢湍急，也挽不住任何行舟。

輕舟已過萬重山。

不知不覺中，順著一瀉千里的水流，輕快的小舟已奔過萬重的山巒。

【賞析】

這首詩大約寫於開元十三（西元七二五）年，是李白二十五歲時的作品。表面上看來，毫無疑問的，是一首旅遊記趣的詩，深入一點去品索，恐怕意境、情懷都別有洞天。

整個詩節奏明快，音響奔放。「朝辭白帝彩雲間」，把白帝城地勢的高峻與江面上的水流和船速，同時托出。早晨離開白帝城，才登船不久，猛一回頭，白帝城已沒入雲霞繚繞之間了。「千里江陵一日還」，透過「千里」與「一日」的對比，著筆船行的快速，充溢著澎湃的熱情。接著「兩岸猿聲啼不住」，景象轉移，剛才的明快變而為一片陰鬱，原來是高山峽谷裡傳來陣陣的猿啼，陡地扭轉了詩人注意的焦點：暢速的船程淒厲的猿啼。此時但感空谷傳響，猿聲、峻嶺與流速，混合凸塑出令人屏息緊張的情境。最後，「輕舟已過萬重山」，筆力千鈞劈開暗沌，重新提起高昂輕快的情調，船像銳箭飛馳一般，瞬息千里，奔越萬重山巒，頓覺豁然開朗，滯澀全消。

「朝辭白帝彩雲間」的「朝」字，不但點出現象界的時間，也意味著雄姿英發的年華，就在這生命中最富豪情俠氣的時光，李白「仗劍去國，辭親遠遊」，開始踏上人生的旅途。故舟中流，回望白帝城，不見故鄉唯見彩雲，「彩雲」把他的故鄉烘染成一片神仙世界，一處自己生長了二十五年的人間勝地。如今，他懷抱著「大丈夫必有四方之志」的雄心，毅然告辭這美麗的地方，向人生的遠景啟程。

「千里江陵一日還」推展出人生遠景的偌大空間，理想的江陵，他的目的地乃在迢迢的千里之外呵！而「古劍夜吟嘯，雄心日千里」的李白，有著浩蕩雄傲的信心，完全肯定自己人生的理想是可期的。看他縱身駭浪驚濤中——千里之外的江陵，似乎意味著人生的某些標的，對他來說，只要願意、只要付得起代價，有什麼是達不到的呢？「一日還」透露出何等超拔的自負感！

「兩岸猿聲啼不住」，描述航程所面臨的憂鬱與淒哀。這種氣氛來自外在景物的感染：視覺上，「兩岸連天，略無闕處，重巖疊嶂，隱天蔽日」（《水經江水注》）予人一種逼迫的陰鬱感；聽覺上，「林寒澗肅，常有高猿長嘯，屬引淒異，空谷傳響，哀轉久絕」（同上）更給人一種綿綿不盡的淒哀感。如此雙重的描述，使沿著三峽的水程浸染出憂鬱滯澀的氛圍。而這個，不也正象徵著人生旅途中不可避免的坎坷嗎？

「輕舟已過萬重山」，流溢出李白狂放不羈的本性來，經歷過萬水千山的曲折，終於得以把障礙的象徵——「萬重山」拋到背後，直奔想望的標的——「江陵」。

人生理想的追索過程，往往充滿著不足為外人道的怵目驚心，酸楚之後的悅愉，以及飽滿後的虛空，大死一番的再活現成。所以，如果我們願意從生命的普遍基調出發，來細讀李白的這首作品，我們該會有另一種人生況味的識悟吧！

敬亭獨坐

【原詩】

眾鳥高飛盡，孤雲獨去閒。

【語譯】

看來所有的鳥兒都已經飛走了，眼前一朵孤單的雲獨來獨往，甚是悠閒。

相看兩不厭，只有敬亭山。

我一個人坐在這裡，也不曉得過了多久的時光，只覺得對面的敬亭山，愈看愈親切，好像彼此有了靈契，一點不覺厭膩呢！

【賞析】

很有趣的是，詩的名句之所以流傳久遠，往往由於具有極素樸親切的面貌。李白的這首〈敬亭獨坐〉正符合這個要求，任何人一旦過目，如同他的那首〈靜夜思〉一樣，便沒有辦法把它忘掉，即使無意縈懷，它就像一朵開在人心深處的小花，沉默地、恆久地綻放在那兒。

眾鳥曾在這裡飛翔、鳴啼，一片盎然生意。雲朵忽東忽西、或聚或散，廣瀚的蒼穹也因而顯得幻化多姿。可是，慢慢的，隨著時光的消逝，景觀改變了：眾鳥已經飛的飛、走的走，扔下滿山遍野的靜寂。而天上原來熙來攘往的雲們，竟也不知何時輕悄悄地散去，只見得天邊殘留一朵獨自飄去的雲，它看起來是悠悠閒閒地離開，正一如它悠悠閒閒地來一般。人間聚散離合與盛衰榮枯的循環來去，豈不類似？詩人一定默坐許久了，而且也一定是孤獨的一個人，沒有人來聒噪他，他才會那麼凝注於鳥的飛、雲的去吧？

望著面前以「山」的形象兀然聳立的龐大靜默，它絕不因外界環境的變動而改變什麼，不為什麼地昂然挺立、默默包容，它是那樣地堅執，又是那樣地謙卑。詩人從敬亭山的形象深入透視，霍然驚覺這一無比強巨之啟示，終於直逼自己的內在世界。敬亭山彷彿拓影在詩人內心的平野，而詩人也似乎在敬亭山的瞳孔裡發現了自己的造象。

深致的精神活動證明了它凌駕語言文字、渾同物我的能力。經由靜坐冥思的自省，李白驚視天地萬物的原相，在孤獨裡品味了精神最高層次的融合和喜悅。所以，我們好比看見會心微笑的李白，自心原的最深最底處，緩緩吟哦道：

相看兩不厭，只有敬亭山。

……

送友人

【原詩】

青山橫北郭，白水繞東城。

【語譯】

永恆的青山綿亙在北郭的外圍，清澈的溪水繞過此地一為別，孤蓬萬里征。

浮雲遊子意，落日故人情。

揮手自茲去，蕭蕭班馬鳴。

東邊的城牆，緩緩流向遠方。

在這麼美麗的景致裡，好友啊，我們即將分別，從此，你就要像那孤單的蓬草，漂泊遠征於千里萬里之外。

遊子的行蹤總像天上的浮雲一般，飄忽不定，當你看到落日，定會想及我們的友情，就像它那樣地依依不捨。

望著你揮手告別，身影漸去漸渺，只聽得離群的馬兒，哀哀地呼叫著。

【賞析】

不論古詩、新詩，其感人處總在於作品的本身蘊含有一份真摯的情感。李白的這首〈送友人〉，滿含著溫婉蘊藉之情。一開始點繪出送別地點的景象：

青山横北郭，白水繞東城。

「山」的長「青」正足以象徵情的堅貞恆久，「水」的清「白」則可以象徵情的純潔深遠。橫亙在北郭外的「青」山，與汩汩繞流過東城邊的「白」水，在色澤方面產生極鮮明的美感。而感覺上「青山」的靜止（詩人靜處據點送別），與「白水」的流動（形容友人的離去），所顯映出來的對比（一靜一動），更加深了離情別緒的深濃。接下來：

此地一為別，孤蓬萬里征。

表露出詩人天真浪漫的心態，設身處地想著友人離去的情景，可以拿李頎的「鴻雁不堪愁裡聽，雲山況是客中過」（〈送魏萬之京〉）來對照，讓我們深深感到，情之為物貴在相知，相知尤重相惜。「孤蓬」比喻友人有如蓬草之飄零不定，「萬里」揭示友人所即臨的遙遠征途——正是「念去去、千里煙波，暮靄沉沉楚天闊」（柳永〈雨霖鈴〉）。「孤蓬」和「萬里」並舉，對比強烈，益顯出個人意志迎向冥冥命運的悲壯蒼涼。詩人從自己內心深處出發去體貼朋友，再回到自己生命感觸的核心來，筆墨間流現著一股愀愴的情調。

浮雲遊子意，落日故人情。

這裡，「浮雲」與「落日」的意象不僅展示了生動的韻味，甚且包含了雙層的象徵意義。「浮雲」是自然界的片斷景象，有可能指讒佞的人，李白曾有詩云：「總為浮雲能蔽日，長安不見使人愁！」（〈登金陵鳳凰臺〉）說的就是君子遭讒難歸，在外流徙的愁慘境況。另者，浮雲蹤跡飄忽，來去莫測，豈不是遊子之意？是以「浮雲」又可象徵「遊子」。

至於「落日」，可能沿用陳後主樂府詩句：「自君之出矣，塵網暗羅帷；思君如落日，無有暫還時。」的意思——朋友之間的別情好比落日西下，接著來的將是漫漫長夜，短期之內不能再重聚。不過，落日將沉，徘徊西山，其戀戀不捨之情態也可用來象徵故人之情。

「浮雲」與「遊子」、「落日」與「故人」的巧妙組合，真達到了所謂「詩情畫意」的飽和點，無怪乎千古傳誦，悠悠不絕。

千里遙送，終須一別：

揮手自茲去，蕭蕭班馬鳴。

如果能像志摩一樣——我揮一揮衣袖，不帶走一片雲彩——這該多好呢？可是揮一揮手，目送好友孤單地踏上征途，怎麼揮斷那不盡的牽掛？他的身影在暮色蒼茫裡是愈來愈小了，講得出來的都已經講過了，那講不了的只好由它去，由它在心底生根、滋長、蔓延吧！故人走後的空間突然顯得無比的空曠、淒蒼，只聽得離群的馬匹蕭蕭地鳴叫著，一聲一聲在周遭空蕩蕩地迴響……

最後，我們還可以再舉李白的另一首作品，來品味詩人如何透過外在的自然景象，來反映自己內心深致的感受，如〈送孟浩然之廣陵〉：

故人西辭黃鶴樓，煙花三月下揚州。孤帆遠影碧空盡，唯見長江天際流。

月下獨酌

【原詩】

花間一壺酒，獨酌無相親。

【語譯】

我在叢花綠草間擺了一壺酒，自個兒酌自個兒舉杯邀明月，對影成三人。
月既不解飲，影徒隨我身。
暫伴月將影，行樂須及春。
我歌月徘徊，我舞影零亂。
醒時同交歡，醉後各分散。
永結無情遊，相期邈雲漢。

飲，沒有任何人來陪伴。
舉起杯子，邀請天上的明月，對著自己攤在月下的影兒，竟也成了三個酒伴。
可是，月兒默默無語，不解酒中真趣，影子也只會緊隨著我，沒有什麼感應。
明月和影子陪伴我的時光也不是恆久的，賞心樂事人生有幾回？應當趁著大好春光率性體受啊！
喝了一會兒酒，興致來了，我忍不住引吭而歌，明月在蒼穹裡緩緩徘徊。醉意中我竟舞動起來，只見自己的影子在月光下綽約零亂。
半醉半醒時，我和明月、影子其樂融融。等我真正醉入酒鄉，他們也各自離我散去了。
我多麼願意和他們結為忘情人間的好友，在渺遠的天河裡相期相會，永遠不要分離啊！

【賞析】

這首〈月下獨酌〉不妨說它是酒後的神來之筆，任情縱性的率真之作。以極鬧炙的筆觸，寫極蕭索的悲情，莫此為甚了。

花間一壺酒，獨酌無相親。

詩人遠離人群，投身花間酒域，原本為了獨自和酒品嘗孤獨。他的「無相親」有兩重含意：一方面沒有人主動來親近他，一方面他也不想主動去親近別人。所以造成他孤獨感的原因就在這裡，世人總是不願親近落魄者，不管他有否才情，更不深究他所以落難的原委，所有人間的俗情關係，彷彿都建立在一些表相的有形基礎上。很少人能真正了解一顆超凡的心靈到底想的是什麼，也很少人能真正體會到聖賢先知的真正痛苦所在——為俗世竭盡心力，反而換來的是不盡的誣蔑、誤解或者冷漠。幾無例外的，具有超俗才情的人，似乎都注定活在一片孤暗的天地裡。集劍俠、詩仙、酒客、道教徒諸種生命情態於一身的李白，在稍稍品味電光石火的俗世華寵之後，不久即揮淚告別人間俗眾的情懷，踽踽行入自我放逐的深淵中。

由於對人間感情的失意，使詩人移情於人間以外的世界，想要化解自己無可如何的孤寂，是以：

舉杯邀明月，對影成三人。

多麼可愛的奇思妙想，又是多麼傷感的「情不情」的舉動！在俗情了無可涉的叢花綠草間，「明月」與「影子」經由詩人多情的觀照，竟成了解慰的良伴。

敏銳而清醒的心靈往往要歷受最大最深的苦，李白好容易邀來了形骸以外的知己，一轉眼，落身現實，又忍心把它推翻掉了。詩人不得不冷酷地喚醒自己：

月既不解飲，影徒隨我身。

為什麼不就把明月當成解飲的酒侶，將影子當成隨身的密友？詩人最難堪的就是迷醉中無可遣除的清醒，醒了，好一片逼人的孤冷，好一團窒心的落寞。明月不解飲也罷，影子徒隨身也罷，詩只要有「伴」，再不苛求靈性的對象了。人間的靈性已經夠難覓，何況無聲無息無意的物象？姑且，一切都是姑且將就啊——

暫伴月將飲，行樂須及春。

所有的一切既然都不過如雲煙之過眼，那麼，在往日的榮耀無能重顯的現在，就暫且掌握眼前這個真真假假的美景良辰吧！明月的沉默與影子的痴靜，比起熙攘的人群也自有它可以憐愛的地方，不是嗎？

酒入愁腸的詩人，在逐漸加深加濃的醉意裡，放歌尚且不足，更繼而翩然起舞：

我歌月徘徊，我舞影零亂。

既沒有俗眾的聽者與觀者，更遑論解語會意的知音了。詩人在一片寂寥的天地間，載歌載舞，彷彿意欲歌盡人間的不平，舞罷滿腔的激鬱。有血有肉有知有感的人類竟渾然不知，花間酒域裡歌舞著一顆滾燙悲愴的心靈？反而是不情的明月，滿懷不忍，跟著在浩翰的蒼穹裡徘徊流連，傾聽這位曠代才子的心聲；無感的影兒，戚戚地在地上戀隨著這位絕世俠客凌亂的步履！

醉態可掬的詩人，緣愁三千丈的李白啊，在醉與醒的邊緣痛苦地掙扎。他的「留連百壺飲」，為的是追索一個「滌蕩千古愁」的醉後天地，可是醉後的醒往往比未醉之前的醒更令人徬徨、難堪。不過，純然的醒與純然的醉之間，尚有一迷離的中間地帶，在酒意將濃未深之際，透過想像移情，人與物之間仍存在著聊勝於無的「交歡」情態，可惜不能持久。等到滑入醉鄉最底層的核心處，那就是全然無可踰越「分散」、全然無所用其情的漠漠寒世了。儘管如此，詩人還是「但願長醉不願醒」。

現實世界的酷冷令詩人寒透了心，緣於有情帶來的痛苦是那樣的無可消滅，所以，透過詩中反反覆覆的生命情態的抉擇，與忽醉忽醒、似幻如真的吟訴裡，我們彷彿聽見「霜天一鶚」般的孤絕之音：

永結無情遊，相期邈雲漢。

從渺遠的時間與空間的那一端，悠悠傳來。一個最入世、最有情的心靈，最後竟悽悽然亟欲奔向一片最出世、最無情的天地。可是，誠如杜甫〈贈李白〉一詩中所說的：「秋來相顧尚飄蓬，未就丹砂愧葛洪」，李白積極入世的所得是寒秋飄蓬的悲辛，轉赴出世的嘗試又是成仙絕望的痛苦。他就在這樣的矛盾裡一點一滴摧折自己生命的意志，從詩裡所流瀉出來的豪曠逸樂，其實就是他內心深處悲鬱愀愴的變調。「痛飲狂歌空度日」的李白啊，你「飛揚跋扈為誰雄」呢？

登金陵鳳凰臺

【原詩】

鳳凰臺上鳳凰遊，
鳳去臺空江自流。
吳宮花草埋幽徑，
晉代衣冠成古丘。
三山半落青天外，

【語譯】

相傳南京市南邊的鳳凰臺，在南朝宋文帝時，有許多鳳凰翔集在這裡嬉戲。

鳳凰一隻隻飛走，整座樓臺變成空蕩蕩的，只有滾滾的長江水，依舊在那兒不停地往東流。

三國時代吳國宮殿裡的奇花異草，如今都已埋沒在幽僻的野徑裡。

東晉時一些顯赫的王、謝世家，而今也成纍纍的古墳。

從這兒望向西南方，有三座山峰昂然聳立，彷彿落在青天之外。

二水中分白鷺洲。

總為浮雲能蔽日，
長安不見使人愁。

長江被橫處其中的白鷺洲，給分成兩道滔滔的水流。

隨處聚散的浮雲總喜歡把明麗的太陽遮掩住，我望呀望的，總望不見想念中的長安，內心不禁湧起一股哀愁來。

【賞析】

傳說崔顥寫了一首〈黃鶴樓〉，後來李白路過武昌登黃鶴樓，原想題詩，看了崔作，大嘆：「眼前有景道不得，崔顥題詩在上頭。」所以沒有以〈黃鶴樓〉為題作詩，倒是觸發他日後寫〈登金陵鳳凰臺〉一詩的靈機。

鳳凰臺上鳳凰遊，
鳳去臺空江自流。

詩人從登臨鳳凰臺而聯想到，曾經有許多鳳凰飛翔集遊在此，那該是又紛鬧又不失祥和的一幕景象啊！詩人的神思由即臨的時空，投入歷史的時空裡，慢慢地，現實的利刃劃開雲遊的想像之域，詩人再度從歷史的深淵游回目前：

鳳去
臺空
江自流

三種景象，三個鏡頭（動靜交融），經由想像的剪接，流映在眼前，引人感觸漸深。美麗的往事也只如武陵的桃源，盡成想念中的過去，從歷史裡走進復走出，惟長江兀自流著，不由驚覺原來長江在歷史裡，自己也在歷史裡。長江流走的是時間，更堆積成永恆不息的意義。江水見證鳳來、鳳去與臺盈、臺空的變化，如今又肅默地見證詩人面臨時空流動所引生的悲感，世事人情的起滅興衰，就這樣永無休止地輪迴上演著。崔顥寫同樣的感觸，共用了四句詩：

昔人已乘黃鶴去，此地空餘黃鶴樓。黃鶴一去不復返，白雲千載空悠悠。

姑且撇開優劣不論，至少，我們得承認，李白在時空的壓縮上極盡心思。詩人很清醒地意識到自己在時空裡的點，就歷史的洪流而言不過一滴小小的水分子而已，透過這樣的認知，他登臨所見的景致，就再也不能只是浮面的物象了：

吳宮花草埋幽徑，晉代衣冠成古丘。

在撫今追昔的感觸下，眼前的花草被賦予吳宮的幻覺，銜接盛麗與衰瑟，統統埋入現在的幽徑裡，不復見其往日的繁華。一切都已然成為過去，原始察終，見衰觀盛，徒增傷感罷了。晉代車馬鼎盛、富貴無匹的王謝衣冠，都已經沉澱在歷史的扉頁間，眼前的古丘荒塚似乎在堅持著某種敗落的輝煌。「吳宮花草」之所以埋「幽徑」，「晉代衣冠」之所以成「古丘」，完完全全、徹徹底底是由於無所不能的時間的作用。昔與今，興與亡，喜與悲，嗔與怒……加以對比，就免不了給人荒蕪悽愴的感受。元馬致遠〈撥不斷〉云：

布衣中，問英雄。王圖霸業成何用？禾黍高低六代宮，楸梧遠近千官塚，一場惡夢。

也在傳訴著千古一同的人生如夢的悲慨，正可以拿來落合李白這兩句詩的涵旨。點點滴滴的過去滙流成現在，絲絲縷縷的現在即將串集成未來。詩人的感傷又濃厚又深重，詩人的惶惑與苦悶，正是許多具有歷史感的心靈所共有的，他很知道歷史充其量也只是一面鏡子，人還是必須落實到當下的情境裡來省察自己。

三山半落青天外，二水中分白鷺洲。

他點醒了自己到底身置何處，在這樣夐遼的空間裡，無可避免的，便有「天高地迥，覺宇宙之無窮」（王勃〈滕王閣序〉）的體受。同是自然界的山水，經由不同人生經驗的觀照，可能感觸就不一樣了。崔顥看到「晴川歷歷漢陽樹，芳草萋萋鸚鵡洲」的黃鶴樓周遭景致，他內心所引生的是「日暮鄉關何處是，煙波江上使人愁」的濃濃鄉情。而李白呢？當他憂傷地望著金陵山勢的嵯峨，水象的秀麗時，自心底浮升而起的念頭，卻是這樣的：

總為浮雲能蔽日，長安不見使人愁。

是不是因為他沒有一個確切的、鮮明的「家」的方向呢？還是渴念長安強過了想家的意念呢？長安的不見本是基於地理遙隔的常理，但是，詩人在這兒把它說成是因為「浮雲蔽日」的結果，看來這就不是單純的「竭盡目力，牢牢遠望，長安不見使我發愁」的意旨了。我們不妨同意「邪臣蔽賢，猶浮雲之障日月」的傳統比喻，那麼浮雲遮蓋了太陽，所以長安才不見，也就使得李白迫切入世的忠君愛國情操整個凸顯出來了。

將進酒

【原詩】

君不見，黃河之水天上來，
奔流到海不復回？
君不見，高堂明鏡悲白髮，
朝如青絲暮成雪？

【語譯】

你難道沒有看見，浩蕩澎湃的黃河，從高高的雲天傾瀉下來，奔流到大海裡，再也不曾回頭過嗎？
你難道沒有看見，比我們老一輩的，從明鏡中望見自己斑白的鬚髮而悲傷，明明早上看來還是滿頭青絲，怎麼薄暮時分都已變成雪般的銀髮呢？

人生得意須盡歡，
莫使金樽空對月。

天生我材必有用，

千金散盡還復來。

烹羊宰牛且為樂，
會須一飲三百杯。
岑夫子，丹丘生，
將進酒，杯莫停。
與君歌一曲，
請君為我傾耳聽：
鐘鼓饌（ㄓㄨㄢˋ zhuàn）玉不足貴，
但願長醉不願醒。
古來聖賢皆寂寞，
惟有飲者留其名。

人生多苦多愁哪，難得快心稱意，得意時就該盡情歡樂，對著皓月良辰，你怎忍心讓金亮的酒杯空著呢？

上天既然賦予我這樣的材質，就必定有讓我一展所長的地方。

成千上萬的金子即使像水一般從我身邊流走了，如果我肯努力去爭取的話，它也一定會再回來。

來呵！烹羊宰牛，暢懷享樂，應該一口氣喝它個三百杯才過癮。

岑夫子，丹丘生，喝呀喝呀，可不要把杯子放下來。

來，來，來，讓我來為大家唱一首歌，諸位可要用心聽哪！

名宴華筵裡的音樂與山珍海味，有啥了不起？

我啊，但願長久醉入夢鄉，再也不要醒來。

古往今來的聖賢們呵，哪一個不寂寞？

看來只有善飲的人才留名。從前陳思王（曹植）

陳王昔時宴平樂，
斗酒十千恣讙（ㄏㄨㄢ huān）謔（ㄋㄩㄝˋ nuè）。
主人何為言少錢？
徑須沽取對君酌。
五花馬，千金裘。
呼兒將出換美酒，
與爾同銷萬古愁。

在平樂寺廣開筵席，大宴賓客，一斗酒價錢高達十千，他們還是了無掛意地縱情嬉謔笑鬧。
今天我做主人的，怎麼能說沒有錢呢？
要就乾脆俐落與你們對酌個痛快啊！
五花色的好馬兒，價值千金的狐皮裘，孩子們統統給我拿去換美酒，喝了美酒，好與諸位吞盡萬古以來不易的悲愁啊！

【賞析】

這首〈將進酒〉，李白把豪放飄逸與悲愴痛苦的性情，表露得淋漓盡致。杜甫曾經說他「痛飲狂歌空度日，飛揚跋扈為誰雄」（〈贈李白〉），是對李白相當深入的察照，正可以作為我們品究這首詩的一個指引。

就詩的型構來看，〈將進酒〉是三五七雜言的古風，屬於可歌唱的樂府詩。整首詩以七言句為主，中間雜以三言和五言。像這樣在規律的詩行（七言）中，夾用短句（三言或五言），由於短音促節（單式句）的靈活運用，一方面使原本平衡勻稱的節奏，頓然騰躍起來，造成很活潑的音韻美；另一方面形式帶動內容，則使得詩中情感極盡變幻縱橫之能事。

首先，我們來看看李白生命裡最敏感的核心部位，他以怎樣的心態來見證生命的起動興衰？為什麼語調是那麼的激越昂亢呢？

> 君不見，黃河之水天上來，奔流到海不復回？
> 君不見，高堂明鏡悲白髮，朝如青絲暮成雪？

這是兩個平行的句子，由極突兀的呼告：「君不見」，喚出極強劇的時間意識來。雖然，從巴顏喀喇山呼嘯而下，涉越九省，奔湧入海的黃河，在這兒只是自然世界的一種動態現象，但是「不復回」三個字緊跟而來，則造成「逝者如斯，不舍晝夜」的時間覺識。

這樣狂烈的呼告，顯然，詩人認為一次是不夠的，所以，他再以人自身形象的變化來戟刺，搖震大部分僵痲了的、鈍冷了的心靈。你仗恃你看似永恆的青春嗎？你錯覺時間的威靈忽略了你嗎？或者，你稚純到時時以為來日方長。那麼，請你看看自己左右的長輩，哪一個不在明鏡之前為白髮的貿然叢生而沉吟悲慨？有一天，突然你比較細意地端詳自己，才怵目驚心：「不知明鏡裡，何處得秋霜？」如霜似雪的的髮絲，曾幾何時沒有招呼，更沒有你的同意，就那樣放肆地取代了你原本油亮的烏絲；星羅棋布般的皺紋就這樣褪盡了你的玉顏。感覺上真是「朝」、「暮」之間的變化啊！

這就是時間的真相，那樣的一種凜然不容抗辯的公平。曹丕的〈典論論文〉說：

日月逝於上，體貌衰於下，忽然與萬物遷化，斯士之大痛也！

這個「痛」是千古如一的，無可遁逃的情境。既然如此，想避免時間的撲襲、吞噬，何不先牢牢地逮住它？把握稍縱即逝的光陰，每個人都可能有不同的、最適合自己的方法，透過這個讓生活閃出火花，使生命呈現意義。在這個同情共感的時刻，長久在愴痛裡翻滾的李白，達訴了他的生命態度：

人生得意須盡歡，莫使金樽空對月。

人生究竟熬不了幾回的秋霜，稱心愜意的人事物，往往只如浮光掠影，大家都有過「得意」的經驗，不是嗎？不持久的東西未必不好，好比「得意」，雖不耐久，只要它來時懂得盡歡，也不枉為人一場了。至於怎麼盡歡，「酒」可是個最體己的伴侶了，遣愁開懷總少不了它，李白說：

窮愁千萬端，美酒三百杯。愁多酒雖少，酒傾愁不來。
所以知酒聖，酒酣心自開。（〈月下獨酌四首之四〉）

又說：

滌蕩千古愁，留連百壺飲。（〈友人會宿〉）

原來「愁」與「酒」是這樣的綿纏糾葛，也許，有時候酒能夠使他自苦痛的深淵超拔出來，到達一個其樂陶陶的彼岸世界吧？像他在一首詩中所說的：

歡言得所憩，美酒聊共揮。

……

我醉君復樂，陶然共忘機。（〈下終南山過斛斯山人宿置酒〉）

但是，酒也有不能克盡厥職，無能為力的時候，君不聞：

抽刀斷水水更流，舉杯澆愁愁更愁。（〈宣州謝朓樓餞別校書叔雲〉）

即使如此，詩人還是不能忘情於酒，所以在〈把酒問月〉一詩中，我們聽見李白如此吟唱著：

今人不見古時月，今月曾經照古人。
古人今人若流水，共看明月皆如此。
唯願當歌對酒時，月光長照金罇裡。

最能感知於「時間」之存在的，往往是敏情銳思的詩人。唯其透過「剎那即永恆，永恆即剎那」的覺知，他們才會那樣迫切企圖掌握稍縱即逝的時間，才會一再的強調「行樂須及春」的生命態度吧？

及時行樂固然不失為掌握人生的途徑之一，但是，李白的心底並不是真正願意如此，他何嘗沒有「大丈夫必有四方之志」的心情，所以，他很努力作一番自我肯定，表現出豪曠激揚的神采來：

天生我材必有用，千金散盡還復來。

人活著的意義之一便是盡量發揮自己的才幹，「用」字的本身即是一種生命的喜悅和滿足，有用而不用，何異於匏瓜空懸，井渫莫食。「必」字傳達了李白何其自負的期許。俗世之人所孜孜矻矻營聚的金銀，在詩人的心目中，卻是自有它的來去之道，「千金散盡還復來」雖然可以現出李白不為物役的豪邁本色，但是，更深細去體味，彷彿依稀有一股落魄的辛酸在裡頭——李白嘗過千金散盡的滋味，他說「還復來」的心情很複雜，它不比「天生我材必有用」那般不容推翻的肯定，它本身含聚著一種命運的因子，而命運不完全是站在人的同一邊來體恤人的。

烹羊宰牛且為樂，會須一飲三百杯。
岑夫子，丹丘生，將進酒，杯莫停。

與君歌一曲，請君為我傾耳聽。

畢竟，李白是位：

馬上相逢揖馬鞭，客中相見客中憐。
欲邀擊筑悲歌飲，正值傾家無酒錢。（〈醉後贈從甥高鎮〉）

窮愁潦倒的詩人，即使心有餘而力不足，當他一有機會與朋友相聚，當然要盡力及時行樂，而且要異乎尋常的享受。「烹羊宰牛」表示宴席的豐盛，「且」字點出此種宴席的難能可貴。姑不要去管它明日囊中羞澀與否，眼前可是有肉有酒，加上好友在座，人生中的賞心樂事也不過如此，所以，他殷勤致意：應該痛飲它三百杯！

「會須」傳達了斬釘截鐵的口氣，「一飲」的「一」字表示一往無悔的執意，「三百」比喻多數，三百杯的酒量無非在展示那莫之與京的豪情。豪飲的李白曾經這樣說過：

鸕鶿杓，鸚鵡盃。
百年三萬六千日，一日須傾三百盃。（〈襄陽歌〉）

「三百」杯的酒量，正如「三千丈」的白髮，只因緣愁似箇多、似箇長啊！那是詩人藉具體有形的物象，來強化、渲染他內心抽象的苦悶情感。儘管文字表面多麼的不合理性思惟，我們讀來還是忍不住的要喜歡，要共感同情，要為之低迴默思不已！詩人之所以為詩人啊，就是他能精確地發動我們心底處最細的那根弦，使古今多少銳敏的心靈超越了時空，在浩瀚的宇宙間交流互濡著。

許是酒逢知己千杯少吧！酒酣耳熱之際，赤心熱情的詩人頻頻呼叫：「岑夫子！丹丘生！喝呀喝呀，可不能停杯喲。」誰能不為詩人的天真摯意所感動？向朋友勸酒的詩人，同時主要的也在向愁腸百結的自己勸酒開懷。酒，終於叩開了詩人平日深鎖的心扉，他要唱歌了，當激越的情感在胸口膨脹至飽和時，歌唱正可以把它宣洩出來：

鐘鼓饌玉不足貴，但願長醉不願醒。

「鐘鼓」是古代宴會所奏的美妙音樂，屬於聽覺上的享受；「饌玉」是珍貴的菜肴，屬於味覺上的品嘗，它們都是耳聞口味的終極追求，亦是人間富貴榮華的表徵。這些俗眾所經之營之、追之索之，死而後已的表相享樂，李白竟不屑一顧到以一句話：「不足貴」，把它徹底給否定了。

那麼詩人內心深處所渴求的是什麼？——但願長醉不願醒——不是才說過「天生有材必有用」那樣豪情萬丈的話，怎麼馬上又悲愴沉鬱成這個樣子呢？自我的期許本屬於理想的範疇，唐代的士子誰不以出將入相為人生最高的指標，劍俠型的詩人李白縱然滿腹用世之意，時不我與又能如何？現實的扞格難協，使得詩人頭破血流，滿心創痕。生活中的清醒只給他帶來永無休止的痛苦煎熬，面對現實令他情何以堪，有些他寫過的詩句，叫人讀來無限悽愴，像：

處世若大夢，胡為勞其生？所以終日醉，頹然臥前楹。（〈春日醉起言志〉）

滌蕩千古愁，留連百壺飲。……醉來臥空山，天地即衾枕。（〈友人會宿〉）

已聞清比聖，復道濁如賢。賢聖既已飲，何必求神仙？

三盃通大道，一斗合自然。但得醉中趣，勿為醒者傳。（〈月下獨酌四首之二〉）

三月咸陽城，千花晝如錦。誰能春獨愁，對此徑須飲。

窮通與修短，造化夙所稟。一樽齊死生，萬事固難審。

醉後失天地，兀然就孤枕。不知有吾身，此樂最為甚。（〈月下獨酌四首之三〉）

原來他的嗜酒乃緣於無可告解的悲愁和孤獨，通過「酒」的牽引扶攜，使他「臥空山」、「枕天地」、「通大道」、「合自然」、「齊生死」，甚而朝著「滌蕩千古愁」的境界游溯。

鐘鼓饌玉的俗眾物質生活既然不放在詩人的眼裡，我們很容易兩極化地想到，那麼，他內心裡一定有希聖冀賢的抱負了，他一定有提升自己為精神崇高人物的價值取向了。可是，沒想到，李白呵，醉意淚影中竟然斬截地咬定：

古來聖賢皆寂寞，唯有飲者留其名。

他原來不是這樣的，是什麼緣故使他「撫長劍，一揚眉」(〈扶風豪士歌〉)、「縱死俠骨香，不慚世上英」的雄姿不見，「願一佐明主」的釣鰲意識①消磨殆盡的？想到這裡，我們固不免為天縱才情、欲濟蒼生的李白感到惋惜，同時更驚覺到人生實境裡，竟有那麼多無可扭轉的不平與坎坷。一般眾生之所以不能有激越的痛苦，是不是因著無法感受人生實相的內裡呢？他們所汲營的鐘鼓饌玉在詩人深邃心靈的洞照下，與鏡花水月沒有絲毫的不同。而能夠感受，甚或挺身以赴人間摧折困境，執守其鍥而不舍之悲劇精神的聖賢，他們給自己留下的，除了寂寞，還有什麼？躋身「真正」聖賢行列的唯一代價就是：

永恆的寂寞。②在「古來聖賢皆寂寞」的吟唱裡，我們觸摸到李白由熾熱而趨於冰冷的一顆心；從「唯有飲者留其名」的翻訴中，我們瞥見李白灼然雙眸永遠閃動著的淚光……

金錢不一定能買到真正的快樂，可是，一旦你對什麼是所謂真正的、持久的快樂產生懷疑時，你就不再會那麼斷然否定金錢的價值與力量了，這與率爾奉金錢為至上的論調是不同的。——或許，對於一方面失意於現實世界（入世），另一方面復絕望於神仙世界（出世），絞纏在雙重痛苦中的李白而言，金錢若能造成表象的快樂，就算再短暫、再虛假，為什麼不呢？所以，他提出了「飲者留其名」的印證：

陳王昔時宴平樂，斗酒十千恣讙謔。

在李白的心目中，很可能把此次的宴席，當成曹植「歸來宴平樂，美酒斗十千」（〈名都篇〉）的歷史重演。然而，這種一擲千金萬金「恣讙謔」的行為，卻深刻地暗示著潛藏在曠逸豪放背後的極大痛苦。曹植曾有這樣的感受：

遊子嘆〈黍離〉，處者歌〈式微〉，慷慨對嘉賓，悽愴內悲傷。（〈情詩〉）

同樣的，痛飲狂歌的李白，他愈是「慷慨」對嘉賓，愈是「恣讙謔」，就愈加強烈地反襯出他內心的悲傷悽愴。李白的心扉上一片淚雨滂沱，但是，他不讓它下到凡生的肉眼之前，他以奔逸豪邁的詩句，築就了心扉上的一道藩籬：

主人何為言少錢？徑須沽取對君酌。

不把金錢放入眼裡的詩人，竟然不得不硬起頭皮迎向它的擺弄。昂貴的酒價讓李白為難不安，可是，「會須一飲三百杯」是他呼喊出來的，「千金散盡還復來」也是他一向的行徑。為了「對君酌」，做主人的「我」怎能「言少錢」呢？無論如何必須沽取來痛飲，李白急於打破當下即臨的困境。

五花馬，千金裘。
呼兒將出換美酒，與爾同銷萬古愁。

「五花馬」，是何等的好馬；「千金裘」又是何等的皮衣。這些代表李白過往華麗的生命軌跡的東西，在他歷盡滄桑之後，已然成為極具嘲諷意味的身外之物了。克服人生現實困境的途徑之一：以牙還牙，以眼還眼。酒是昂價的，五花馬、千金裘也是名貴的，以物易物，以物役物，詩人狂笑起來，喝令一聲：孩子們！統統給我拿去換美酒！

李白的精神，精神的李白，陡然跳出困境的牢籠，奔騰了起來。曾經「黃金逐手快意盡」（〈醉後贈從甥高鎮〉）的詩人，現在重溫舊夢的豪奢，所不同的是：詩人以前擲出去的是簇擁著他的黃金，現在拿走的可是代步的花馬、禦寒的皮裘了。

酒，距離了現實，一切彷彿都不再真得那麼令人難堪。金錢果然在此發揮了它無與倫比的魔力，帶來幻象的鬆弛與喜樂。飛翔起來的詩人的魂靈，俯視著泥醉中的自己的凡軀，他是那樣的冷眼旁觀，又是那樣深沉地悲愴著。因為，他知道散盡的千金、換酒的馬裘，不一定會再來，生命的光華，稍縱即逝，再濃再重的酒意終究會減退，帶你重回人生現境。由偶然或必然的因子所湊致的人生實相、萬古悲愁，又豈是「三百杯」的美酒所能銷解（滌蕩）得了的？

舉杯澆愁就如抽刀斷水一般的枉然，短暫的逃遁之後的醒轉，將牽引更大更深的愁苦。李白深知，只要肉身一日存活於現實世界裡，他的精神、他的魂魄，就無可迴避必須面對悠悠的時空，以及亙古綿延的悲愁，直至形神相離的人生終點。也許，李白凡軀的止息同時也是他魂靈徹底自由的開始，永遠地超越時空的限制，也永遠在宇宙的此端或彼端，與無數具有詩人氣質的愁苦心靈，通過相同或類似的心波，辛酸但溫暖地共振共鳴著。

【註釋】

①宋．趙令時〈侯鯖錄〉云：

李白開元中謁宰相，封一板，上題云：海上釣鰲客李白。相問曰：「先生臨滄海，釣巨鰲，以何物為鉤線？」白曰：「以風浪逸其情，乾坤縱其志，以虹蜺為絲，明月為鉤。」相曰：「何物為餌？」曰：「以天下無義丈夫為餌。」時相悚然。

②手持王者之劍，滿腔淵博學識與才情，意欲奮力掃除人間紛亂不義的李白，在受盡現實的磨折之後，對自己一度嚮往渴慕的聖賢，竟產生極複雜的價值懷疑，我們似乎從他的懷疑和批判裡，可以或多或少窺見他自我嘲弄、揶揄的痛苦心情，下面請看他的〈行路難〉第三首：

有耳莫洗潁川水，有口莫食首陽蕨。含光混世貴無名，何用孤高比雲月？
吾觀自古賢達人，功成不退皆殞身。子胥既棄吳江上，屈原終投湘水濱。
陸機雄才豈自保？李斯稅駕苦不早。華亭鶴唳詎可聞？上蔡蒼鷹何足道。
君不見、吳中張翰稱達生，秋風忽憶江東行。
且樂生前一杯酒，何須身後千載名？

杜甫

（西元七一二—七七〇）

杜甫字子美，號少陵。祖籍本是襄陽（今湖北襄陽），由於他的曾祖杜依藝曾官鞏縣令，所以後來也自稱鞏縣（今河南鞏縣）人。祖父杜審言，是初唐很有名的詩人。

系出書香的杜甫成長在一個貧寒的環境裡，他從小多病羸瘦，可是卻很用功，七歲就會作詩，九歲時會寫一手漂亮的大字，十四五歲就打入當時文士酬唱的圈子。天生豪壯的志氣使他在弱冠之年，便南遊吳、越各地，見識天下的名川異景。

二十四歲那年，杜甫也和當時大多數的士子一樣，遠赴京兆投考進士，但沒有考上。這個刺激遂讓他放蕩齊、趙，也得到和李白、高適一流的詩人往還唱和的機會，所謂「快意八九年，西歸到咸陽。」（〈壯遊詩〉）就是那時的寫照。

天寶四、五年間他回到長安。六（西元七四七）年玄宗詔令天下通一藝者至京候選，杜甫把握時機，赴考尚書省，還是落第，生活開始步入窮困潦倒。天寶九（西元七五〇）年，他前後上了〈三大禮賦〉與〈封西嶽賦〉，雖然頗受玄宗的垂青，但只叫他「待制集賢院，命宰相試文章」，後來授給他一個河西尉的小官。這樣的待遇，對於胸懷「致君堯舜上，再使風俗淳」（〈奉贈韋左丞丈二十二韻〉）、「許身一何愚，竊比稷與契」（〈自京赴奉先縣詠懷五百字〉）的他來說，毋寧是莫大的諷弄。所以，他「不作河西尉，淒涼為折腰」（〈官定後戲贈〉），後來雖改任右衛率府參軍，但生活仍然掙不出貧困的範圍。

由於官小俸薄，杜甫起初暫把家眷安頓在奉先，自己一個人去上任。天寶十四年，他從長安回到奉先，沒想到，迎面劈來的是「入門聞號咷，幼子飢已卒」（〈自京赴奉先縣詠懷五百字〉）的人間慘象，這個變故給杜甫的身心帶來無可言喻的鉅創，彷彿從茫茫無際的宦海中，遭到電掣雷轟一般。於是，他把自己的視域和胸懷向整個酷寒的現實敞開，提起溫熱而犀銳的筆，深刻反映出社會變動的真相。像：「朱門酒肉臭，路有凍死骨」（同上）、「甲第紛紛厭粱肉」（〈醉時歌〉）、「朱門務傾奪，赤族迭罹殃」（〈壯遊〉）這些詩句，就似一支支尖利的刀子劃開了時代的胸膛，現出血淋淋的人間實相。

天寶十五（西元七五六）年安祿山亂起，攻陷潼關，進逼長安。玄宗奔蜀，肅宗在靈武即位。這時杜甫已帶著家眷到了鄜州，就放下妻小奔向靈武，不幸半途被賊兵所俘，解回長安。目睹京城凌亂殘破的景象，他以蘸著血淚的筆寫下〈哀王孫〉、〈哀江頭〉、〈春望〉等詩篇。

由於官卑職小，沒有遭到拘禁，杜甫便直奔鳳翔，謁見肅宗，官授左拾遺，這時是至德二（西元七五七）年。不久，由於對房琯事件的仗義執言，觸怒了肅宗，把他免除官職放還鄜州去省視家眷。這年冬天，亂事平定，長安也告收復，杜甫從鄜州到長安，再任左拾遺。但從〈曲江二首〉來看，他的處境並沒有改善，仍然抑鬱不得志。

乾元元（西元七五八）年，杜甫出為華州司功參軍。在華州時，他曾回過洛陽。後來長安一帶起了大饑荒，他便棄官去秦川，又轉到同谷。由於秦川、同谷也鬧饑荒，於是輾轉入川，在裴冕、高適等人的資助下，他在成都西郊浣花里營建了一座草堂。種竹植樹，詩酒嘯傲，生活上得到暫時的安定。

嚴武鎮守劍南時，請杜甫擔任參謀檢校工部員外郎，所以世稱「杜工部」。等到嚴武去世（代宗永泰元年，西元七六五年），再度給杜甫帶來一個很重大的打擊，生活又失去憑藉，陷入困絕。這時杜甫已經是五十四歲的老翁，帶著一顆受創的心，黯然離開成都去漂泊。他先到夔州住了二年，然後入湘，登衡山，客居耒陽，再北返荊楚，卒於岳陽附近，年五十九。

杜甫屬於純儒家思想、行動積極的詩人，像「安得廣廈千萬間，大庇天下寒士俱歡顏，風雨不動安如山」（〈茅屋為秋風所破歌〉）、「減米散同舟，路難思共濟」（〈解憂〉）即是儒家博愛精神的表現。他胸懷大志，冀望一展抱負經世濟民，但是不受重用，坎坷終一生，無怪乎他有「到處潛悲辛」的體驗了。他的文章詩歌都收在《杜工部集》裡。

八陣圖

【原詩】

功蓋三分國，名成八陣圖。
江流石不轉，遺恨失吞吳。

【語譯】

正當魏、蜀、吳三分天下時，諸葛亮的功業是蓋世的。他曾經在四川奉節縣的南方布置名聞天下的八陣圖，它的遺跡，到今天還存留著。長江水日月不息，經過漫長的歲月，天下的情勢不知變動了幾回，這八陣圖的石壘依然沒有轉動，想要訴說著他的出兵伐吳沒有成功的遺恨吧！

【賞析】

這是杜甫極傑出的一首詠史詩，在短短的二十個字裡，濃縮了一段由輝煌趨向沉寂的史實，投訴著人間功名的無常易逝。

「功蓋三分國，名成八陣圖。」極力讚揚諸葛武侯不可一世的功業與才幹。從對過去歷史的追憶裡，彷彿所有的成敗功過都足以作為衡量人生意義的標準。諸葛亮這位任誰也否定不了的人間英雄，從這十個字裡昂立在歷史永恆的扉頁上。他之所以如此，一個原因是時勢，另一個原因就是他本身卓越的才華。變動不安的時勢，使他有機會突出於芸芸眾生之上，非凡的智慮使他化腐朽為神奇——把一堆無生命的石子排列成充滿玄機的兵陣圖，活用起來豈只是以一當百的作戰效果而已！

然而，再悠長的沉湎也是要醒覺過來的：

江流　石不轉

順著長江的流水，它把時間從三分國的古昔沖向現在，原本雄偉豪壯的八陣圖，也因而轉移到五百年後的一堆石跡！江流正是自然和歷史的化身，它滔滔滾滾，淘盡榮耀、也褪去滄桑，再捲來的風雲幻變已非原來的風華。象徵諸葛亮絕頂智慧的八陣圖，如今靜默地殘留在那裡，陳訴著寂寞與殘破的輝煌，再也沒有昔日旋乾轉坤的力量了。在時空無情的流動過程裡，「功」與「名」的實象全都變得虛渺起來，終致如雲煙過眼，人的征服與被征服，是不是終究只是一種幻覺呢？諸葛亮正當功蓋三國時，長江的景致或許曾為雄壯的八陣圖而改變，但是，一旦與永恆不已的時空相較，人為的一切也不免於彈指的剎那！在浩蕩的江流裡，八陣圖再難堅持它曾有的完整與光榮，絕代的奇才對於歷史與自然的必然性，也難免落入有限的範圍，——何況是凡夫俗子們？

諸葛亮在劉備三顧茅廬時，即已提出「聯吳制魏」的主張，劉備對他的意見一向尊重無異議的，可是，終於忍不住關羽被殺的盛憤，出兵伐吳。孔明至此已無力阻止，也許所謂的「天意」，往往也是假手於「人力」的吧？這一次的劇敗，徹底決定了蜀的命運。而歷史，充滿著金戈鐵馬的歷史呵！就是由許許多多難以喻解的因緣所湊泊而成的。

孔明既然有他未竟的志願，就勢必有永無休止的遺恨。詩人說：

遺恨失吞吳

他遺恨於自己的主要謀略被棄置違反，遺恨於既已決定伐吳又終究未能成功，更遺恨於蓋世英才也有智窮力竭的時候。就三國時代大勢已定的「結果」來看，諸葛孔明「功蓋名成」的既往，豈不成了最徹底的否定？就悠悠的歷史江流來看，「石不轉」豈不詮釋了人力極限的可悲性？透過這些痛苦否定，我們適足以正視人生的悲劇本質。不管英雄或凡人，就人生悲劇的本質而言，並沒有太大的差別。不過，姑不管曾經功蓋三分國，名成八陣圖的輝煌，最終會由於歷史江流的淘沖而有永恆的遺恨存在，有一點我們可以認識到的，那就是：

沒有過八陣圖的智慧創造，也就沒有「石不轉」的遺跡，來訴說人力抗衡天命的努力。我們固然可以著眼於結果的風消雲散而感傷，何嘗不能就殘餘的人力光澤啟悟出新生的奮鬥力量呢？而人是能夠在這樣的範疇內，作一個大痛苦，也是大自由的抉擇的。

以下附〈蜀相〉，寫諸葛武侯的感傷悲憤。

丞相祠堂何處尋？錦官城外柏森森。
映階碧草自春色，隔葉黃鸝空好音。
三顧頻煩天下計，兩朝開濟老臣心。
出師未捷身先死，長使英雄淚滿襟。

贈李白

【原詩】

秋來相顧尚飄蓬，
未就丹砂愧葛洪。
痛飲狂歌空度日，
飛揚跋扈為誰雄？

【語譯】

衰颯的秋天來了，看你的情境，再回想自己的，我們竟同似飄零於秋風中的蓬草。

曾經在求仙煉丹的途徑上費盡心血的你，如今也只能愧對葛洪，飽餐理想的幻滅與挫傷。

為了遣悲懷，你墮入痛飲狂歌的天地，空負了大好時光。

李白啊李白，你這隻絕世的大鵬，是那樣的氣宇軒昂，是那樣的凌越常軌，可是，這一切縱橫高蹈的表現，又是為了向誰稱英雄呢？

【賞析】

只有天才才能真正了解天才的寂寞吧！

小李白十一歲的杜甫，透過自己的敏感銳覺，以及一份惺惺相惜之情，淋漓盡致地寫出太白不羈的天縱之才，與心靈深處的孤獨悲感。我們在杜甫對李白的真摯關懷裡，同時看出杜甫對自己的期許安慰。這首詩雖然只有短短的二十八個字，但它遺貌取神，栩栩如生地刻繪出李白的內在精神。

秋來相顧尚飄蓬

「秋來」兩字，藉寫外在肅瑟的季候，影射內心落拓的悲愁。宋玉〈九辯〉有一段寫活秋之為秋的文字：

悲哉！秋之為氣也，蕭瑟兮草木搖落而變衰。

在韻律、色澤、情調，與氣氛的烘托下，落拓的心境，歷歷目前。杜甫一開始就牢握了這股撼人心弦的搖落氣氛。

李白與杜甫結識於天寶三（西元七四四）年，正是李白自翰林放歸之時。在實際人生裡，李白經歷過玉堂金馬的絢燦歲月，所以杜甫曾稱他：「李侯金閨彥」（五古；〈贈李白〉），但是等到交往有日，相知漸深之後，杜甫發現了李白輝煌的表層下，卻隱含無限的悲抑，他原是飄零在蕭瑟秋風中一株無依的蓬草。

李白的〈朝辭白帝城〉（一名〈下江陵〉）一詩，顯現出他胸懷大志的用世之心，然而生不逢時，雖然被玄宗看出他有過人的才華，但此時的玄宗已無勵精圖治的壯志，只不過希望李白來給他寫一些歌功頌德的詩篇罷了。對李白來說，這未嘗不是件令人深以為憾的事。加上李白一生傲岸的性格，「安能摧眉折腰事權貴」（〈夢遊天姥吟留別〉），於是這段際遇終於以「白玉栖青蠅，君臣忽行路」（〈贈歷陽宗少府涉〉）作結。理想幻滅後，他肯定地表白：「北闕青雲不可期，東山白首還歸去」（〈憶舊遊寄譙郡元參軍〉）。

所以，此詩開頭第一句即準確道出李白的重重心事，「飄蓬」二字上面加了一個「尚」字，指出飄零落拓的持續。對李白的此種情境，杜甫體貼地為他設身處地，不但不加責備，甚且真摯地惺惺相惜，有一份相憐相敬的知己深情存在著。

未就丹砂愧葛洪

本承第一句而來，寫李白追求理想世界——學道求仙——的幻滅落空，寫李白消極出世幻滅的挫傷。李白心靈的痛苦是雙重的：想入世博取功名，不能稱意；想出世追求神仙，也沒成功。

為了排遣這瀰天漫地的濃烈悲愁，滿懷創傷的李白只好墮入酒的天地。「痛飲狂歌空度日」，便是在如此雙重幻滅的絕望痛苦下出現的生命情態。李白曾說：

滌蕩千古愁，留連百壺飲。（〈友人會宿〉）

抽刀斷水水更流，舉杯澆愁愁更愁。（〈宣州謝朓樓餞別校書叔雲〉）

五花馬，千金裘，呼兒將出換美酒，與爾同銷萬古愁。（〈將進酒〉）

這些詩句都很清楚的指出，李白之所以痛飲，正因為這雙重悲愁的逼壓，痛飲之餘，他更狂歌以繼之，來抒發胸中的積鬱。斗酒詩百篇的李白，在現實中飽受摧折後，日子便落入痛飲狂歌的深淵裡。杜甫曾說他：

白也詩無敵，飄然思不群。（〈春日懷李白〉）

筆落驚風雨，詩成泣鬼神。（〈寄李十二白〉）

對李白，他有獨到的賞愛，尤有特殊的期盼，但是，當他面臨李白一再地痛飲狂歌、鞭笞生命的精質時，他沉痛地道出「空度日」三個字。看來，杜甫真不愧是李白的知己。

飛揚跋扈為誰雄？

把李白絕世的寂寞和痛苦和盤托出。李白曾以鵬鳥自比，對鵬鳥的振翼高舉，一飛沖天，充滿嚮往之心。范傳正的〈李公新墓碑〉曾說：

大鵬羽翼張，勢欲摩穹昊，天風不來，海波不起，塌翅別島，空留大名。

也可以看出李白對自己原有極崇高的期許，但是，這隻絕世的大鵬，雖然「常欲一鳴驚人，一飛沖天」（同上），卻終於在一番激烈的騰越掙扎後，斷翼挫傷了。於是，詩人緊擁著莫訴的悲哀，黯然走下雄心萬丈的人生舞臺。

最後，我引錄一首〈夢李白〉，透過杜甫生命的交感，更達訴出李白的內心深處，不僅豪放飄逸，同時也是悲愴痛苦的。

浮雲終日行，遊子久不至。三夜頻夢君，情親見君意。

告歸常局促，苦道來不易。出門搔白首，若負平生志。
江湖多風波，舟楫恐失墜。冠蓋滿京華，斯人獨憔悴。
孰云網恢恢？將老身反累！千秋萬歲名，寂寞身後事。

月夜

【原詩】

今夜鄜（ㄈㄨ fū）州月，閨中只獨看。
遙憐小兒女，未解憶長安。
香霧雲鬟（ㄏㄨㄢˊ huán）溼，清輝玉臂寒。
何時倚虛幌（ㄏㄨㄤˇ huǎng），雙照淚痕乾。

【語譯】

今晚鄜州（今陝西鄜縣）地方的月亮，我想只有我的妻子，獨自在閨房裡痴望著。我在遠地遙念家中的小兒女們實在可憐，他們還不懂得想念流落在長安的父親。她佇立得太久了，夜晚的霧氣大概會把她如雲的秀髮給沾溼了吧？白玉一般的手臂，在清明的月光的照映下，也該覺得寒意襲人。什麼時候，我才能同她雙雙依偎，靠著門帷旁邊，讓月光把我們的淚痕給汲乾呢？

【賞析】

天寶十五（西元七五六）年，杜甫把家人暫時安置在鄜州，聽到肅宗在靈武即位的消息，他便隻身前往。半途被安祿山的軍隊所俘虜，流陷在長安。這年秋天，他獨自對著長安夜月，想到寄寓鄜州的妻兒，加上自己身陷困局，形隔勢禁，在焦愁萬分的心情下寫成了這首詩。

寄月託情在古人的詩文中很常見，但是杜甫卻能從平凡中翻新出奇，一方面是情感的真摯，另一方面則是功力的獨到。我們先看首聯：

今夜鄜州月，閨中只獨看。

「今夜」點出時間是在夜晚；「月」，則是注意力集中的焦點。「鄜州」是妻兒寄寓的地方，不是杜甫目前的處境，由於空間的逆向轉移，而泛起思念的情懷。一夜鄉心五處同，明月千里共嬋娟，全屬人之常情。杜甫身逢兵戈戰亂，陷身長安，與妻兒各處異地，睹月傷情，本來是自我感傷，但他卻反過來設身處地，寫出妻子想念他的情懷。清朝的紀曉嵐評點此詩說：

> 入手便擺落現境，純從對面著筆，蹊徑甚別。

倒真是一雙慧眼！杜甫不從自己的痛苦說起，卻先把它擱在一旁，而去關心妻子的憂傷，想她閨中「只獨看」，想她想念我的孤獨和淒楚，何等的情深意重。以詩人的摯情揣度妻子的摯情，兩地相思，躍然而出矣！

> 遙憐小兒女，未解憶長安。

「遙憐」是對「小兒女」們天真無知的一種體會愛惜。他們還沒有大到識知離愁，解受相思，那麼，對於遠在長安的老父的困境，只得一古腦兒讓媽媽一個人來承擔、來憂慮了。清朝施均甫《峴傭說詩》云：

> 遙憐小兒女，未解憶長安，用旁襯之筆，兒女不解憶，則解憶者，獨其妻矣。

是的，面對一群爭鬧的兒女，想著遙遙無歸期的丈夫，身為人母的該是多麼的酸楚。而這份酸楚、孤獨，是多情多義的杜甫所深知的。

香霧雲鬟溼，清輝玉臂寒。

詩人馳其神思，想像妻子望月念他的情景，把以往具體的經驗加上依依眷戀之情，既美麗又哀愁。夜深了，喧擾的孩子都已進入夢鄉，難眠的她一定想我想到甚且忘了時間的流逝。帶著花香的霧氣漸漸濡溼她的秀髮，慢慢的清冷的月光照著她冰清玉潔的手臂，她一定會感到無比的淒寒吧？這句詩融合了視覺（雲鬟、玉臂）、觸覺（溼、寒）、味覺（香霧）、感覺（清輝）的多重意象，詩意綺麗飽酣，正是所謂的「月愈好而苦愈增，語愈麗而情愈悲。」雖然這種渾然忘我的思念描述，與對妻子主觀的美化，是出自於杜甫的想像，但是，卻可以看出他們平日感情的深厚細緻——絕不會因為外在環境的侵擾，而阻止或減輕對彼此的思念。

何時倚虛幌，雙照淚痕乾。

這時，杜甫想到從今以後自己與妻兒死活難料，在無比悲切的心情下寫出的。如果說，第二句的「獨」是現境的感受；那麼，第八句的「雙」便是對未來的期盼。仇兆鰲說：

> 前說今夜月，為獨看寫意。末說來時月，為雙照慰心。

從當下各在天一隅的「獨處」，連述到未來返鄉的「相聚」，正是此詩的主題所在。但是，它內容的結果乃基於詩人的感情誤置（現實是乖違的困境，未來則是一團渺茫），我們可以在詩人的想像企待裡，感受到生命中許多不容否定的悲辛。

羌村 三首之一

【原詩】

崢嶸赤雲西，日腳下平地。

【語譯】

黃昏時，暈紅的雲霞像高峻的山巒羅列在西天，夕陽的腳步走下了平地。

柴門鳥雀噪，歸客千里至。
妻孥怪我在，驚定還拭淚。
世亂遭飄蕩，生還偶然遂。
鄰人滿牆頭，感嘆亦歔欷。
夜闌更秉燭，相對如夢寐。

只聽得柴門邊有大群的鳥雀聒噪著，原來為的是我這遠從千里外回家的人。

妻兒全都不相信我還能活著回來，等驚疑的情緒慢慢平復，還忍不住拭著不斷墜落的眼淚。

我由於時局的動亂，遭逢流浪他鄉的命運，能在戰火中安然歸來，實在也是偶然。

牆頭爬滿了好奇關懷的鄰居們，一面感慨一面唏噓嘆氣。

等到大夥兒散去時，也已更深夜靜，我再度把燈點上，一家人總算團聚了，面對面竟像是夢中似的，教人不敢相信眼前的情景是真的。

【賞析】

〈羌村〉三首是杜甫深具造詣的作品，雖然表面上看來造語平淡，卻統攝了多種複雜的情緒：悲哀、驚奇、喜悅、疑懼，傳達出劫後餘生的深刻心聲，涵示著時局的命運的動盪與無常。

杜甫於安史之亂期間，安置妻小在鄜州境內的羌村，自己隻身北上奔赴行在，中途被胡兵所俘，而後流陷長安。後來脫身到鳳翔（當時肅宗暫遷的地方），衣衫襤褸拜謁肅宗，授左拾遺，這時杜甫四十六歲。由於鄜州遭到亂兵的洗劫，家小情況不明（他的〈述懷〉詩云：「自寄一封書，今已十月後。」就是寫此時的音訊隔絕），直到是年秋閏八月初，皇帝詔令他自己前往省視，而後再回京師。在這種情況下，杜甫寫出〈羌村〉三首深刻反映時代、宣訴俗民心聲的不朽作品。現在就來談談第一首，它是描寫詩人回家當天的情景，前面四句寫景，後面八句抒情。

「崢嶸赤雲西，日腳下平地。」雖是眼前客觀景物的靜態描繪，但似乎也意味著詩人歷盡悲辛之餘的日薄西山。赤雲再崢嶸也是向西沉落中，夕陽的步履正一步步走近地平線，不久黑夜即將取代白日光榮華燦的尾景，同時帶來夜晚靜肅的慰撫。

可是這一幅沉穆的景致被打破了，原有的秩序起了一陣極不尋常的騷動：

柴門鳥雀噪，歸客千里至。

原先廓落的空間縮小成更具體的景物：柴門、鳥雀噪、歸客室。「噪」和「至」兩個聽覺意象相繼出現，活潑了先前的氛圍，鳥雀之所以「噪」，是為著「千里」歸客的回歸。對於「白頭拾遺徒步歸」（〈徒步歸行〉）的詩人來說，那「千里」的路程豈不象徵著生死血淚？如今，這「千里」的阻絕終被跨越過來，是多麼令人悲喜交加！那聒噪不休的鳥雀聲，有歡迎、有驚異，更有著詩人近鄉情怯的喜悅。

那麼，詩人撥開鄉情的奔湧，急欲謀面的是誰呢？當然是生死邊緣亦念念不能忘的妻孥啊！杜甫沒有先說自己怎樣激盪的情懷，反而掉轉筆頭，先寫妻兒們的反應，好一個石破天驚的轟擊：

妻孥怪我在，驚定還拭淚。
世亂遭飄蕩，生還偶然遂。

杜甫以最最平淺的字眼，竟傳達出最最深刻也最最宛致的感情，沒有人能更動其中的任何一個字眼，最主要的是由於那是詩人最坦赤的生命情姿之展現啊！離家一年多的時間裡，他出生入死，備受兵荒馬亂的艱辛。這期間雖然有〈述懷〉、〈得家書〉兩首詩牽繫他與家人間的訊息，但在一個盜賊縱橫、風雨飄搖的亂世，人命常是朝不保夕的，人的「存活」非等到面對面的具體相聚，往往很難證實。詩人藉著最親近的妻兒的感受——

全家人都不能相信我活著回來是件事實，在極度的驚詫、疑懼而漸趨於肯定後，還不斷抹著眼淚——來襯托自己或然率極小的「生還」真實，逼真中漲滿了人生極悲極喜的情緒。「淚」之為物，正所以傳真妻兒的無上欣悅，一如他在〈喜達行在所〉三首之二裡說的：「喜心翻倒極，嗚咽淚沾巾」，從大悲哀中掙扎出來的喜極而泣，大不同於平常的「高興得掉出眼淚來」。杜甫用沾著淚水的筆來寫喜悅，應該是一種矛盾的情緒表現，這也正是詩人內心性質不同的情緒湊合奔湧的結果。像他這樣「到處潛悲辛」的詩人，一哭一笑，乃至一舉手一投足，豈能只是單純的情緒發洩而已？

最後：

鄰人滿牆頭，感嘆亦歔欷。
夜闌更秉燭，相對如夢寐。

上句寫村落的景象充滿樸實的人情味，「鄰人」所以「滿牆頭」，是基於對遠從千里外來的「歸客」的最本色的關懷，「滿」字使「關懷」的心電交流達到飽和點，也流露村民聞風而至的一份人之為人的默契。通過眼前的情景和鄰人一再的感嘆歔欷，使詩人與眾人的感情產生了相互慰解的效果，滿牆鄰人的不斷感嘆，該是最具人情味、最具關懷的心靈慰撫吧？

「夜闌更秉燭，相對如夢寐。」把情景的焦點轉移到杜甫與家人的相聚上頭。當他千里歸來，如夢似真，教妻兒疑人疑鬼，忍不住「驚定還拭淚」。接著是鄰人溫情的圍擁，等夢幻被肯定為事實之後，大夥兒漸漸散去，不覺夜已深人已靜，只剩下最貼近的妻兒簇聚在斗室內，真「有說不盡的辛苦，訴不盡的思量」。於是姑且奢侈一下，把燈拿來再點上，由人間實物的「燈光」來加強證明他的歸來確實是真的，不是平日想念到極點的「幻由心生」。相對坐著，互望彼此活生生的臉容，似乎又覺得這一切恍如夢中的情景一般，怎麼教人輕易相信團聚是真的？司空曙〈雲陽館與韓紳宿別〉云：

乍見翻疑夢，相悲各問年。

是的，為了打破相見的疑竇不妨互問年齡好幾，人世的起落興衰，只有時間是徹底見證了的。晏幾道〈鷓鴣天〉亦云：

今宵賸把銀釭照，猶恐相逢是夢中。

是不是人類已被命運的「無常」捉弄得時時如驚弓之鳥呢？對於落在手中的福緣，原本該好好地擁抱住它，可是，在入懷貼心之前，總禁不住那股受盡劫創之餘的怯怯疑惑，總要向自己肉眼心靈以外的東西去求得印證。想到這裡，怎不令人低迴冥思呢？

曲江 二首之一

【原詩】

一片花飛減卻春，
風飄萬點不愁人。
且看欲盡花經眼，
莫厭傷多酒入脣。
江上小堂巢翡翠，
苑邊高塚臥麒麟。
細推物理須行樂，
何用浮名絆此身。

【語譯】

曲江（池名，今陝西省長安縣東南）邊一片花飛花舞，瘦損了不少的春光。一陣陣風吹來，只見落英繽紛，轉眼即將凋零殆盡，這景象正催人年老多愁。可別厭煩那會醉傷人的酒，儘管對脣痛飲吧！昔日繁華勝地的江上小堂，如今只剩一些翡翠鳥兒在這裡結巢，物華人煙皆已消逝。過去坐鎮在苑邊公卿巨墓前的石麒麟，如今也一一傾圮倒落。我細細思量那人間的事理，覺得應該及時行樂，何苦讓浮聲浪名羈絆了自由身呢？

【賞析】

經過一番大動亂了，杜甫在四十六歲那年官授左拾遺。起初他還真以為時來運轉，得以將他平日滿腔忠君愛國的赤忱傾懷而出，從他：「明朝有封事，數問夜如何？」（〈春宿左省〉）、「避地焚諫草，騎馬欲雞棲」（〈晚出左掖〉）、「致君堯舜上，再使風俗淳」（〈奉贈韋左丞丈二十二韻〉）這一類詩句的致意達情來看，我們感受到一名富於時代責任與歷史使命感的知識份子，是如何期許用世的時機，是何等充滿忠君愛國的情操！

但是，現實像一面銳亮的鏡子，照現出沉湎在理想迷霧中的自己，雖然在狂飈般的時代裡稱得上是一株勁草，但總歸是無能為力的小草而已。杜甫很清楚壯志難伸，希望落空的打擊，他就把這些愁緒化入了詩歌的血脈裡，像：「懶朝真與世相違」（〈曲江對酒〉）、「衮職曾無一字補」（〈題省中院壁〉），都是此種心情的映照。至於當詩對心靈的愁苦也愛莫能助的時候，那實在也只好藉酒來引渡自己超越萬丈千尋的愁城了。我們就來談談杜甫在這樣的時代，這樣的心理背景下，所含淚作成的〈曲江〉吧！

一片花飛減卻春，風飄萬點正愁人。

怎麼一開筆就是這麼慘澹的光景？凋殘的春光比冰凍的冬寒更令人難受，冬寒起碼使人奮志想望不遠的暖春即將來臨，可是衰零的晚春卻宣告著：「落花流水春去也」。正因為春色姣嫵，所以才更讓人戀戀難捨，但暖融融的春並不為了人間的想望而多半點的駐息，她一樣「看似有情卻無情」地行色匆匆啊！她笑吟吟來也笑吟吟去，卻把華年易逝的傷春之感，一古腦兒堆向最多愁、最多苦的人，她哪曉得「直須看盡洛城花，始共春風容易別」的傻痴之緣起？

由「一片」花飛而聯想到「春光」殘破的開始，眼前的「一片」將馬上累積成「萬點」，眼前的「萬點」其實也緣於最初的「一片」。白居易曾經這麼吟唱過：

蕭蕭秋林下，一葉忽先萎。
勿言一葉微，搖落從此始。
勿言一莖少，滿頭從此始。

為什麼人們總常常在「白髮三千丈」以後，才猛然震驚「不知明鏡裡，何處得秋霜」呢？好吧！就算第一根白髮潛生出來時，你已經警覺到了；就算第一片落花飄飛時，你已經駭悸到了，你又能怎樣使它回復原狀，或者使它不再繼續那猖狂無比的凋殘？失望沮喪的詩人是完全無計留春住的，那麼他能做的，也就是眼睜睜地，無可如何罷了。

且看欲盡花經眼，莫厭傷多酒入脣。

既然留不下那不能留的，無妨仔細端詳即將過眼的春容花色，把它牢牢地刻埋入心的最底層，是不是痴絕呢？上智與下愚往往與痴絕無緣，這也真奇了。一個人，尤其是像杜甫這樣的一個人類，在魂消意索之餘，想來「酒」該是最解意知情的伴侶了。原來最是傷多、最是入脣難的酒，在一般理性的人的眼裡是有點可厭，可是，詩人卻殷殷叮囑：「莫厭」啊「莫厭」，只為的花欲盡、春將殘、人已老。

亂後的曲江滿目瘡痍，正是所謂歌臺舞榭總被雨打風吹去的光景，繁管急絃一一逝滅，只換得一些翡翠鳥兒結巢聚居；漢武帝時築造的宜春苑邊，原有許多王侯公卿的墓塚，長年累月坐鎮其前的石麒麟，也禁不起歲月的侵蝕而一一傾圮了。荒涼至此，寂寞如斯，怎不令人意興闌珊、衷心愀愴。

「翡翠」的「巢」與「麒麟」的「臥」，托襯了破敗荒幽、渺無人跡的客觀情境，是以詩人一旦置身其中，便不免對興盛衰亡、變幻莫測的史實，作一深沉銳利的思索。在這個思維的轉折過程裡，可能激發詩人一番嚴重的自省，促使他在何去何從的行程裡，作某種的抉擇，於是他作了以下的宣訴：

細推物理須行樂，何用浮名絆此身。

顯然這樣的心聲與他一向的志行是不一致的，我們甚且可以說它帶有自我嘲弄的味道。「細推」什麼呢？正是逆溯「一片花飛減卻春，風飄萬點正愁人」與「江上小堂巢翡翠，苑邊高塚臥麒麟」的淒涼物象，興衰住滅的遷逝似乎不容議論，唯許接受，過去總是遙遠難及，未來的一切又是那樣莫測，細細推究其間的理則，除了肯定現在、掌握當前，還有什麼比這具體的行徑，更能充分證實自己存在的意義和價值？浮名固然使大多數的讀書人著迷、熱中，乃至生死以之，其實也不過是一種身外物，何必孜孜矻矻被它牽著走？吃到浮名的誘餌的也許終其身不得輕閒，吃不到它的又將淪入極端痛苦的自我煎熬中。詩人認知了神（形）為物所役，則永不得超拔。所以，他堅決而肯定地道出掙扎、抉擇後的生命態度：須行樂。這樣的心態不禁使我們聯想到杜甫在〈旅夜書懷〉所說的：

名豈文章著？官應老病休！

當外面的世界無法評估或重視他的價值時，詩人只好由自己來肯定自己，相對的，就會採取看似與世俗反其道而行的價值觀。一向對家事國事天下事事事關心的詩聖，在這麼清醒的覺識下，終於也要走進酒壺的乾坤。不僅我們了解，他更了解，怎麼說這也不過是暫時的愁渡罷了。他胸臆深處的那塊壘，又豈是率性的「及時行樂」所能徹底遣發得了的？

月夜憶舍弟

【原詩】

戍鼓斷人行，邊秋一雁聲。
露從今夜白，月是故鄉明。

【語譯】

從戰士戍守的樓閣上傳來更鼓聲，由於隨時處於備戰狀態，而阻斷了行人的旅程。邊境已經進入深秋，只聽得一聲聲鴻雁悲悽的叫聲。

從今夜開始，露水愈來愈寒白了。看來看去，總是故鄉的月兒最皎潔。

有弟皆分散，無家問死生。
寄書長不達，況乃未休兵！

我的兩個親弟弟，如今都已散落異鄉。殘破的家園，根本無從打聽親人的生死音訊。我不斷寄回家書，可是總像石沉大海，想是沒能送到吧？何況現在戰火依然連綿，更是沒有希望啊！

【賞析】

梁啟超在〈情聖杜甫〉一文裡曾經這麼說過：

我以為工部最少可以當得起情聖的徽號。因為他的情感的內容，是極豐富的，極真實的，極深刻的。他的表情方法又極熟練，能鞭辟到深處，能將他全部反映不走樣子，能像電氣一般，一振一盪的打到別人的心弦上。中國文學界寫情聖手，沒有人比得上他，所以我叫他做情聖。

從這樣的角度來看杜甫，倒令人一新耳目。詩人之所以為詩人，基本上就得比常人多情才是。杜甫的多情不是泛泛的那種，而是極寬極廣、極深極厚的那種，說得確切一點，就是「仁民愛物」的人道精神。不怎麼了解他的，總嫌他過於一板一眼，過於嚕嗦瑣碎，深一點懂他的，才知道他的人道精神是多麼可貴。他經常處於「國事、家事、天下事，事事關心」的狀態，更隨時伸展出敏銳的觸鬚去碰觸宇宙人生的諸般問題。在那樣艱難的時局裡，他很努力於「入乎其內，出乎其外」的生命態度。所以，他的詩篇寫得好的，就「能像電氣一般，一振一盪的打到別人的心弦上」！

杜甫的詩集中有關想念他兄弟和妹妹的詩篇，總共有二十多首，處處流現著深厚的親情，〈月夜憶舍弟〉字字悲涼，句句血淚，說它「淒楚不堪多讀」，似不為過吧！它的主題是「感傷離亂」，寫作的時間是唐肅宗乾元二（西元七五九）年的一個秋夜，地點在秦州（今甘肅省天水縣）。因為華州鬧饑荒，杜甫辭去華州司功參軍，跑去投靠住在秦州的侄兒杜佐，這年他四十八歲。

詩一開始就極寫寂寥索漠的情境：

戍鼓　斷人行

邊秋　一雁聲

「戍鼓」屬於聽覺意象，一聲急似一聲的戰鼓聲，拓創出濃密的戰爭氣氛——當戰鼓敲起，周圍立即陷入戒備森嚴的狀態，路上的人煙頃刻間完全被阻斷了，邊塞頓然落進無邊無涯的、窒人的肅寂裡。緊接著「邊秋」這個複雜的時空意象而來的，是「一」聲淒厲、綿久的孤「雁」叫「聲」。睜著天眼覷紅塵的杜甫，從戍鼓斷人行裡，望見了血跡斑駁的時局，在邊秋一雁聲中，觸動了骨肉如雁分飛的悽苦孤獨。——「阻斷」中的「孤獨」是一種該怎麼去容受的困境？「雁」的意象，在杜甫的感情誤置下，變成他即臨世界的化身。當塞外寂寥的秋空裡，傳來一聲孤雁的哀鳴，我們同時也聽見詩人愁慘悲愴的心聲，與之共鳴共振著。

長久的凝思佇立終於讓詩人驚覺：

露從今夜白

「白露」節氣的降臨，本來不過是四時運轉的自然消息而已，可是，在這兒它不僅僅告訴著時序已至深秋，淒寒日重，尤意味著人心愁苦的日增，暌違的因素仍然在持續累積中。

隨著杜甫遍歷千山萬水，但永遠是故鄉的召喚使者的「明月」，猛然又觸動了他蟄伏心靈深處的鄉愁。王粲〈登樓賦〉道出千古同一的悲慨：「雖信美而非吾土兮，曾何足以少留？」杜甫則以無比肯定的口吻說：

月是故鄉明

表面上看起來像是寫景，其實景只是拿來託情的。杜甫說故鄉的月比什麼地方都來得明亮，我們不難看出這是一種主觀的心理，它主要是顯現詩人皈依故鄉的強烈意願。王國維（〈人間詞話〉）（卷上）說得好：

昔人論詩詞，有景語、情語之別，不知一切景語，皆情語也。

聲東往往是用來擊西的，不是嗎？

寄留甘肅的杜甫，還有兩個漂泊異地的弟弟，一個在河南，一個在山東。前面「邊秋一雁聲」的詩句，其實已經隱含詩人藉孤雁失群的悲哀，感觸自家兄弟離散的情懷。更由於望月思鄉情緒的潑染，使這股悲憤蘊蓄到極點：

有弟　皆分散
無家　問生死

手足之情是最根本的人間情愛之一，可是，它畢竟也拗不過戰亂離難的撲襲，而不得不告「皆分散」。「皆」之一字，反映出詩人內心「悲莫悲兮生別離」的痛切來——杜甫更有詩云：

有弟有弟在遠方，三人各瘦何人強？生別展轉不相見，胡塵暗天道路長。前飛駕鵝後鶖鶬，安得送我置汝旁。嗚呼三歌兮歌三發，汝歸何處收兄骨？（〈乾元中寓居同谷縣作歌〉七首之三）

「家」往往是人們心靈和形體止泊之處，杜甫更是一個極度愛家的人，他的內心幾乎無時無刻不以它為念，愈是這樣，在戰亂中家的破碎給他的刺戟也就更甚。本來，他不僅「有」家，而且是根深柢固的「有」，可是，家的形象和溫暖，統統被漫天的烽火給徹底的否定掉了。家竟而是「無」了，「無」到怎樣的程度呢？——無從問死生——白居易有一首〈望月有感〉也把這種「無家問死生」的情懷寫到極致：

時難年荒世業空，弟兄羈旅各西東。田園寥落干戈後，骨肉流離道路中。

家園的寥落、骨肉的流離，都已是意料中事。但杜甫並不因為這些既定的事實，而減少了對家人的關懷，雖然沒有把握、不能確定，他還是想藉著一紙「家書」來互通訊息，化解鄉愁。這最後、唯一的希望，也不是能如他所願的。

寄書長不達，況乃未休兵。

寄出的家書都如石沉大海，久久不見回音。也許總有一天會到達家人的手上吧？詩人這麼痴心想望，這麼充滿悲酸地鼓勵自己瀕臨破碎邊緣的信心；然而不計其數的想望和鼓勵全都落了空！詩人不禁冥思至理性的藩緣：眼前唯一斬釘截鐵的現象就是「未休兵」啊。「未休兵」與「長不達」對家書的交流而言，無疑造成雙重斬絕的困境。

理性的醒覺反使杜甫陷入更深的悲鬱，情感的沉耽卻多少舒洩他的無助。而人，不光是杜甫，當處在極端困阨的情境下，往往不能只乞靈於理性，似乎屬於情感的冥思慰撫也很難率爾揚棄的。

客至

【原詩】

舍南舍北皆春水，
但見群鷗日日來。
花徑不曾緣客掃，
蓬門今始為君開。
盤飧（ㄙㄨㄣ sūn）市遠無兼味，
樽酒家貧只舊醅。
肯與鄰翁相對飲，
隔籬呼取盡餘杯。

【語譯】

我家前前後後圍繞在一片春光柔媚的溪水間，每天都可以看見成群的鷗鳥在這兒嬉遊流連。長滿繁花綠草的小徑，從來不曾因為接待客人而打掃；今天為著你的來臨，我才把蘆柴編的門打開了。

這兒離市井很遠，沒有大魚大肉好招呼你。由於家裡貧寒，只有拿出舊釀的薄酒來款待。

如果你願意跟隔壁那位老翁對飲的話，那麼待會兒我會隔著籬笆，喊他過來跟我們一起乾幾杯。

【賞析】

我們在〈月夜憶舍弟〉這首詩的賞析中，曾提過杜甫往秦州投依侄兒杜佐的事。不久，由於秦州、同谷也鬧饑荒，杜甫只好輾轉到四川，幸好他的兩位好友裴冕、高適熱心幫助，他才能在成都西郊浣花里，營建一座暫時寓居的草堂。這首〈客至〉就是杜甫五十歲那年鄉居於此的作品。

這段期間，杜甫完成了不少充滿恬靜情調的詩，彷彿從極悲的大死中，悠悠醒活過來。當然，草堂環境的清麗樸質，在喚甦他的雅性這方面功不可沒；再加上杜甫大半生顛沛流離的人生體驗，使他培養了透視宇宙人間的胸懷。這首〈客至〉表現的就是那種坦摯平淡的感情樣態，跟他其他詩作的精凝細鍊（外）、悲憤沉鬱（內）的風格迴異，由是，我們也可以了解到一位偉大詩人的創作，往往是兼備多種格調的。

成都草堂坐落於風光明媚的浣花溪頭。水，總給人一種柔宛清秀之感，尤其是「春水」。杜甫摹寫草堂附近的春水有好幾處：

一徑野花落，孤村春水生。（〈遣意〉）

二月六夜春水生，門前小灘渾欲平。（〈春水生〉）
接縷垂芳餌，連筒灌小園。（〈春水〉）
細雨魚兒出，微風燕子斜。（〈水檻遣心〉）

正寫也好，側寫也好，都那麼地曲盡其致。我們再來看看〈客至〉怎樣寫春水的柔逸：

舍南舍北皆春水，但見群鷗日日來。

「春水」靜中有動，「群鷗」則動中有靜，詩人透過最精萃的文字，把造化天工的美涵攝其中。試想在春水迂繞的草堂邊，日日看群鷗自來自去，何等的閒情野趣。「鷗」鳥在杜甫的詩裡象徵超逸自由的精神，春水則呈現清亮明麗的景象，詩人一旦身處其間，慢慢的也就有心與物化的和諧感。

微波不興的日子裡，突然有朋友造訪，彷彿無端攪動一汪如鏡的湖水。到底給詩人帶來了怎樣的驚動呢？他說：

花徑不曾緣客掃，蓬門今始為君開。

從「花徑不曾緣客掃」到「蓬門今始為君開」兩種情境的對比，可以看出詩人幽居的無比閒情和款客的情殷意摯。陸游的〈閑意〉詩曾寫道：

柴門雖設不曾開，為怕行人損綠苔。

寫幽情是寫絕了，只是人間味太淡。而杜甫雖然也逃避紛沓無謂的俗世應酬，但他對於至親好友的來臨可是樂意歡迎的。從這點，我們可以看出杜甫至情至性的一斑。他喜愛閒居，卻還不至於太忘情，他確實有儒者的溫厚襟懷。

草堂的「蓬門」已經暗示著詩人現實生活的清苦，第五、六句更把這種物質的匱乏坦告客人：

盤飧市遠無兼味，樽酒家貧只舊醅。

詩人擔心客人誤會他待客不周到，故說明是因為「市遠」和「家貧」的原因，其實，主要的還是「家貧」使然啊！杜甫的情真意摯有如是者。

在欠缺物質款客的歉意，杜甫努力轉求精神上的彌補：

肯與鄰翁相對飲，隔籬呼取盡餘杯。

他是這樣殷切的為對方設想，不禁讓人在一片心酸中深受感動。他希望以「情」的豐饒來慰藉「物」的匱乏。換言之，即是想以超拔的心境來面對困阨的人生。末了兩句詩，彷彿映現了杜甫憔悴枯槁，但卻充滿溫厚氣質的面貌，他總是那樣細心地為別人設身處地，總是拿所有的生命力，對人間作一種永不翻悔的投注與努力。

這首〈客至〉所流示的閒情野意，在杜甫斑駁的生命過程裡不過如曇花之一現，在它清麗的表層背後，仍隱含著滄桑的心聲，以及對人生悲劇本質的一份悟識。但是，從這份難得的閒致裡，我們不也能會意到杜甫另一面的質樸淡靈嗎？

聞官軍收河南河北

【原詩】

劍外忽傳收薊北，
初聞涕淚滿衣裳。
卻看妻子愁何在？
漫卷詩書喜欲狂。
白日放歌須縱酒，
青春作伴好還鄉。
即從巴峽穿巫峽，
便下襄陽向洛陽。

【語譯】

我在劍門以南（四川省北部），忽然傳聞官兵收復薊北（今河北省北部）的消息，剛一聽到真使我涕淚縱橫，沾滿了衣裳。

回頭看看妻兒們，可有什麼還要憂愁的呢？我心裡高興得快發狂，匆匆忙忙把書籍收拾好。

在這樣大好的時光裡，應該縱酒高歌。趁著春日明媚，大家結伴回去長久想念的故鄉。

快快動身啊！我們就從巴峽（指重慶附近的長江峽谷）穿過巫峽（四川省巫山縣東），一出了巫峽，便可直達襄陽（湖北省襄陽縣），然後奔向靠近故鄉（鞏縣）的洛陽城了。

【賞析】

這首詩是杜甫作品中少見的抒寫歡情的作品，不用仔細品析，光是一口氣讀下來，都會立刻被它撼動得神授魂與，既傷心又喜悅，簡直分不清詩人與我們之間還有界線的存在了。

從天寶十五（西元七五六）年安史之亂起，經過八年漫長的烽火歲月，塗炭的生靈終於瞥見一道曙光——官軍先後收復叛軍主要的盤據地河北、河南，傳出了亂事平定的消息。長久以來不斷憂國憂民的杜甫，這時正在梓州（四川省），忽然聽到這個天大的好消息，忍不住喜極而泣，手舞足蹈起來。

透過詩句，我們看見五十二歲的杜甫，幾幾乎要承載不住這麼巨大的家國之喜，他奪眶而出的熱淚起先是為全民而流的，接著又滙合了天性中慈厚的愛家情懷，使他躍躍然回視備嘗艱困的妻兒，也許，為了生活的窘迫，妻兒的愁容依舊存在，但看在杜甫奔放熱情的眼裡，時局好轉了，有什麼還要憂愁的呢？有什麼字眼能比「狂」字更能真切地刻繪他此際的心境呢？詩人的天真和熱情似乎天生來就是要融化現實的冰山，他們總有這樣的一股精神力，從生命的核心處不斷簇湧出來。

浸潤在亦哭亦笑的狂喜中的杜甫，馬上想著那最原始、最親切的召喚——家，那個不論天涯海角、不論窮達悲喜，都讓人為之魂牽夢縈的家呵！正伸出長長的雙手，攤開厚厚的胸脯，等待漂泊異鄉的遊子的歸來。回去當然是鐵定的，可是怎麼回去才是最暢懷的呢？

白日放歌須縱酒，青春作伴好還鄉。

挑一個大好白日，酒囊貯滿著酒，痛痛快快的且飲且歌。更何況，明媚的春光是我們最解意的伴侶，以這樣的還鄉陣容，當然可以縮地萬里；以這樣的喜樂的心情，當然可以轉瞬間凌山越水。我們望見詩人的眼裡閃閃發光，我們聽見詩人的文字躍動成最輕俏的音符，像陽光下的小溪，嘩啦嘩啦地吟唱著：

即從巴峽穿巫峽，便下襄陽向洛陽。

攜家帶眷的杜甫要上路並不輕鬆，可是，他的魂魄是不容許片刻的拖泥帶水，已經化成一隻青鳥，翩翩然朝故鄉的方向振翅飛去了。

詩的內容常常會影響到它的形式表現，反過來亦然。這首〈聞官軍收河南河北〉原是傳述極歡悅的感情，因此，它在形式方面就配合了這個實質——節奏明快，聲調高揚（它用的是「七陽韻」）。從流暢如水、迅疾似風的節奏裡，我們無法找到任何停頓的小空隙；從情真語摯的詩句中，我們無法不為杜甫做人的可愛而心動。那種高興的忙亂、那種心酸的喜悅，——沒有活到生命核心處的人，怎麼寫得出來？又怎麼感受得到？

江南逢李龜年

【原詩】

岐王宅（ㄓㄜˋ zhè）裡尋常見，
崔九堂前幾度聞。
正是江南好風景，
落花時節又逢君。

【語譯】

從前我在岐王（玄宗之弟）府裡常常見到你，又在崔九（玄宗寵任的一位秘書監）家的廳堂裡，聆聽過你出色的歌唱。

如今西北幾無淨土，江南倒還有一片好風景。

在這花落繽紛的暮春時節，我又在這兒碰見了你。

【賞析】

一向拿「為人性僻耽佳句，語不驚人死不休」來自我期許的詩聖杜甫，於這首〈江南逢李龜年〉的七絕裡，似乎一洗他那「精工」的風格，直尋「簡淡」的本色。

岐王是睿宗的第四個兒子，溫文敦厚，無分貴賤，喜愛接近讀書人。崔九是當時的豪門巨戶，和玄宗很親密，擔任秘書監時經常進出內廷。在這首詩中，他們都成了權貴與恩寵的象徵。根據歷史的記載，他們都死在開元十四年，那時還沒有所謂的「梨園弟子」，杜甫看到李龜年想必已在天寶十年以後。所以，詩中的岐王宅已不是原來的岐王宅，崔九堂也不是原先的崔九堂，而是易了主的岐王宅和崔九堂了。

自天寶十年起，時局已經現出不穩的徵兆，開始醞釀著安史之亂。因此，配合史實來看，「岐王宅」和「崔九堂」本身即含寓了很濃厚的由繁盛而式微的意味。杜甫將這歷史性的時代大變動，濃縮到一名樂工的人生際遇裡。表面上看，詩人好像只是一名冷肅的旁觀者；其實，他是作了相當主觀也相當深刻的投入。下面就讓我們仔細來讀讀它：

岐王宅裡尋常見

崔九堂前幾度聞

撇開形式上工整的對仗不談，詩人如此敘述時，已經點出過往繁華榮盛的不可再：我熟悉你（李龜年）以前是極受恩寵的，我甚且覺得你進出王侯之家是再尋常不過的事，也正因為它是那樣尋常，尋常得像我們每天呼吸著的空氣一樣，所以很難令人想像它有一天會消失。可是，鮮活但酷慘的現實卻在這兩句看似無關痛癢的寒暄裡，張牙舞爪地躍現出來——再怎麼無與倫比的輝煌得意，都不免被時間的巨流沖走，都不免被人事、環境，啃嚙得枯乾而暗淡。唯一執存的，就是滿含嘲弄意味的現實罷了。

李龜年從光華中走過，杜甫一樣也有過（他曾作過河西尉和右衛率府參軍，官不大收入也不甚豐，但起碼帶給他安定的生活）。而今，當時聲名鼎盛，身價高昂的樂師，卻已落魄潦倒，浪跡江南；曾經安定過的詩人，也再度面臨困頓窮愁。除了運數的不偶、人事的詭變外，當然時代的動盪和社會的不安也是重要因素。在這裡，疊合了他們雙重的悲苦，逐漸聚集而拓延成全人類的感傷。

第一、二句所釀塑成的極度感傷，到了第三句突然截斷，看起來似乎連愁鬱也可以飄然而逝的樣子；事實上戰亂仍在，離愁正濃，同樣滄桑閱盡的詩人和老樂師現在正偶逢在江南。江南，這一向多花、多雨復多情的江南，如今又活現在眼前了。依然是落花如雨的節令，依然是春光柔媚的時分，眼前的美景將滿腔的悲情暫時推開了。但是，不久，即又慢慢地粘融在一起。「情」任意奔流在過往和現今的時光之河裡，而「景」呢，當然也不再單純是順心遂意時所體觸到的「景」了。它看來美麗，但悽傷。

這首七絕是杜甫最晚寫的一首，已經沒有「朱門酒肉臭，路有凍死骨。榮枯咫尺異，惆悵難再述」（〈自京赴奉先縣詠懷五百字〉）的忿怨，也沒有「新鬼煩冤舊鬼哭，天陰雨溼聲啾啾」（〈兵車行〉）的慘烈了。血淚交迸的寫實作品使杜甫贏得千載不朽的盛名，像這首具有「絢爛歸於平淡」意味的作品，許多選本是不見的。也許杜甫在寫作這樣簡淡的詩時，他的心境也是極繁複的——痛切的抗訴之後，總會給人一些平和的餘緒，暴風雨過後的寧靜，不是嗎？

清朝蘅塘退士評論這首詩說：

世運之治亂，年華之盛衰，彼此之淒涼流落，俱在其中。少陵七絕，此為壓卷。

登樓

【原詩】

花近高樓傷客心，
萬方多難此登臨。
錦江春色來天地，
玉壘浮雲變古今。
北極朝廷終不改，
西方寇盜莫相侵。
可憐後主還祠廟，

【語譯】

從高樓望下去，一片似錦繁花逼近眼前，刺痛了作客外地的遊子心。

我獨自登臨此地，正是安祿山和吐蕃擾攘天下，國家面臨多難的時刻。

那錦江柔麗的春色，竟使得天地都躍動起來；

那玉壘山上的浮雲，古往今來不知變化了多少回。

長安的朝廷就像那蒼天中的北極星，「居其所而眾星拱之」恆是不會改變的。

西山邊區的盜寇，你們別存妄想，千萬不要來侵犯呵！

可憐的蜀漢後主，尚能守住宗廟社稷三十多年，到現在還有祠廟供奉著。

日暮聊為梁甫吟。

在這暮薄時分，我姑且吟唱一曲〈梁甫吟〉吧！不禁想起諸葛亮這樣的人才來，如果今天他還在，哪怕頑強的敵人入侵中國呢？

【賞析】

杜甫五十三歲那年曾遊成都的先主廟，這首詩就是在感慨時局的心境下完成的。一般來說，詩句的倒裝常為了造成豪邁的筆力，進而產生豐饒的意趣或曲折感。杜甫的詩作極善於運用倒裝的技巧，來增強奇突撼人的效果，這首〈登樓〉一開始：

花近高樓　傷客心
萬方多難　此登臨

這兩句，就把情景的因果關係作了倒置，改變了平鋪直敘的結構。「傷客心」的基本緣由是「萬方多難」，詩人將筆勢掉轉，改寫成近因的「花近高樓」，增加了詩的曲意。

本來登樓的是詩人，望見繁花似錦，春光一片；現在一下子反主為賓，客觀存在的「花」以「近」為動詞，竟成了主宰客心的主體，詩人倒反成為受挫的客體了。這一處情景因果的倒置，和主客體的互易，凸顯出詩人對外在時勢的無奈感來。

錦江春色來天地，玉壘浮雲變古今。

錦江綿柔的春色，原本化生自天地；而玉壘山上的浮雲，在不斷的變化中又見證了多少的古往今來。前者將空間，後者將時間的界域拓展至極限。看來似乎第三句承第一句，第四句承第二句的情和景。不過，我們不妨認為是詩人胸臆間極渾融、極悲壯的感喟，一如東坡〈赤壁賦〉所云：

自其變者而觀之，則天地曾不能以一瞬；自其不變者而觀之，則物與我皆無盡也。

杜甫以一己的靈心睿思，識照人類所處的亙古無垠的時空，從這份超越凡俗的洞察裡，騰湧出最可貴的至性至情，也就是「愛天地、憐萬物」的悲憫胸懷。

當他面臨外患內亂的時代鉅變，復無能為力於天下的澄清，便只有將滿腔的熱血以激奮的詩句噴薄出來：

北極朝廷終不改，西北寇盜莫相侵。

從這兩句詩裡，我們讀到杜甫凜然高昂的氣概。他以宇宙天地的永恆存在——北極——來象徵漢家天下，尤可見其固執的愛國情操。「終不改」、「莫相侵」都是斬釘截鐵的語氣，詩人以主觀想像的堅持，欲粉碎眼前實際的困境，充滿著悲壯的情境，呈示了對整個大我（家國）的無垠關懷之情，也徹底映照了時局的艱辛——此時，唐室已由盛而衰，詩人沉重、激亢的吶喊，正代表了當時有志之士力挽狂瀾的心聲。

末了兩句：

可憐後主還祠廟，日暮聊為梁甫吟。

從大我而想及小我。杜甫登臨的是蜀先生的祠廟，後主雖亡國而廟食不廢，最偉大的功臣當數諸葛亮。詩人從此聯想到時局的衰頹和良才的不易求，自己呢？徒有登車攬轡之志，如今也已日暮途窮，時不我與，只得在無比的感傷中聊歌一曲〈梁甫吟〉罷了。這兩句將整首詩原先悲曠磅礴的氣氛，再度扭旋入低沉已極的哀感中。

旅夜書懷

【原詩】

細草微風岸，危檣獨夜舟。

星垂平野闊，月湧大江流。

名豈文章著？官應老病休。

飄飄何所似？天地一沙鷗。

【語譯】

江岸邊長滿了綠綠的細草，微風輕輕吹拂過來。高高的桅杆矗立夜空中，坐在小舟中的我，覺得孤獨一陣陣襲來。

星光垂照下，平野看起來遼闊極了。江水翻滾著、奔流著，彷彿要把水裡的月兒推湧上來一般。

回想自己大半生辛苦經營文章，難道聲名是因為這個才顯著嗎？而現在，年華老大，體弱多病，該是辭官退休的時候了。

我一直四處漂泊、居無定所，到底像什麼呢？大概像那翱翔天地間的一隻沙鷗吧！

【賞析】

在成都的浣花草堂住過五年還算清幽日子的杜甫，再度告別短暫的安定，於代宗永泰元（西元七六五）年五月，帶著家人乘舟東下，路過常州（在今四川省）時小住一段時間。不久，再到雲安（今四川雲陽縣）暫且住下。這首詩便是在經過重慶、忠縣往雲安的旅途中，滿懷傷感的情境下寫成的，這時的杜甫已經五十四歲了。

前面四句寫旅夜的景象，後面四句，則敘述身處舟中的感觸。

當夜色深沉，所有身邊的人都已睡進夢鄉，奔波旅途的詩人也有了短暫獨處的機會。他自個兒坐在舟中，望著眼前細草微風的幽柔景致，再看看高立的桅杆在夜空裡顯得那樣的孤獨，從而烘托出自己的落寞。

接著，眼前的空間極度拓展開來：「星垂平野闊，月湧大江流」，繁星垂向無邊的平野，夜月的倒影湧向江河，含蘊著自然界動態的契機。杜甫在平野江流之外，表現出星的「垂」、月的「湧」的精神姿態，有立體空間的味道。像這樣精粹、凝鍊的文字，使得詩句的內涵呈現濃縮後的豐富。面對宇宙如此幽深寬廣的景象，難免使詩人興起「逝者如斯，不舍晝夜」的心靈悸動，而覺識到碌碌風塵的徒然與悲哀。唯一難爭的事實是不再的華年，透過深切的自省，他或許悟識到飄「名」浮「利」的虛空。他在內心深處如此自問自答：

名豈文章著？官應老病休！

讀起來彷彿杜甫並不屑於「文章者，經國之大業，不朽之盛事」的觀點，他真正的心願是「致君堯舜上，再使風俗淳」。可是，人間畢竟事與願違的情況太普遍了，並不是你有熾忱、有才華就能完成理想。杜甫其實經歷的世態冷暖也夠多的，所以他反詰自己：「名豈文章著？」詩人不願意自己名聲之得來，全在於文章寫得好而已，他多麼希望是由於文章以外的具體勳業。問題是，一來他沒有適當的機會實踐這方面的自我期許，二來他大概除了「文章」以外真的沒有別的才幹了。經過深銳的自省給他帶來相當大的挫折感，功名的無緣與「日月逝於上，體貌衰於下」的杜甫對照下，正構成莫大的嘲弄：「官應老病休！」話雖如此說，但我們總覺得既老又病的杜甫，他的內心是不平的、難堪的。

王維有詩云：「行到水窮處，坐看雲起時。」正是在山窮水盡的困境中，以心靈的力量另闢出一片柳暗花明的新天地來。杜甫陷入極端的傷感深淵後，再度產生清明的自覺意識，既然老病應休官，功名復難以把捉，那麼，換個角度來看人生的際遇，豈不正是擺落桎梏性靈的機會嗎？只要願意悟透過去，當下貧病交迫、黯然獨坐孤舟中的，也不過是我這副皮囊罷了！至於那最深最底的一顆心，何嘗不是：

> 飄飄何所似？天地一沙鷗。

沙鷗雖然漂泊四方，雖然孤高寂寞，但是，這樣的代價卻換取了翱翔天地的大自由、大逍遙啊！

登高

【原詩】

風急天高猿嘯哀，

渚（ㄓㄨˇ zhǔ）清沙白鳥飛迴。

【語譯】

勁風從四面八方吹過來，秋天的蒼穹感覺上很高闊，遠處傳來猿猴淒哀的啼叫聲。

江灘冷清清的，只見水鳥們在一片灰白的沙洲上迴旋飛翔著。

無邊落木蕭蕭下，
不盡長江滾滾來。
萬里悲秋常作客，
百年多病獨登臺。
艱難苦恨繁霜鬢，
潦倒新停濁酒杯。

強風掠過，落葉帶著一陣陣「蕭蕭」的聲響，無邊無際地飄舞下來。

那沒有盡頭的長江，滾滾地來又滾滾地去。

我離家萬里，經常作客異地，如今又被蕭瑟的秋天勾起傷感。

人生不滿百年，多病的我在鬱愁裡獨自登上這座高臺。

想到時局的艱難，更想到自己滋生的白髮如同下了繁霜，雖然想借酒銷憂。

但是，貧病（肺疾）潦倒，最近也只好停杯戒酒了。

【賞析】

愈近老境的杜甫，作品也更具深度和廣度的成熟。五十歲這年，杜甫移居夔川（四川奉節縣），雖然駐留了將近兩年的光景，但是在貧病交迫的日子裡，他的心情仍然充滿著漂泊無依的悲辛。這首〈登高〉當是這段期間登高悲秋、抒寫傷懷的作品。

前面四句，寫登高所聞所見的景象；後面四句，寫悲秋所引起的感慨。我們先看首聯：

風急 天高 猿嘯哀
渚清 沙白 鳥飛迴

組合多種繁複的意象，展示出天高氣清、流水澄澈的空間。讀起來音節頓挫，加上豐饒的意涵，使詩的密度幾達飽和。第一句給人聽覺上帶來無比的悲切感，第二句則給人視覺上極遼遙的廓落感。這樣的景象傳達了詩人在孤獨的羈旅途中，所面臨的悲戚窮愁之情境。當他獨自登高、極目天地之際，愁緒一如秋聲萬種，排空雜遝而來：

無邊落木蕭蕭下，不盡長江滾滾來。

如此無邊無際的蕭蕭落葉，如此無窮無盡的滾滾長江，是由不得人去招架的。當然，詩人的感受也就間接觸動了我們。處於無邊的落木（空間）和不盡的長江（時間）的夾縫中的詩人，除了自感渺小無能與孤獨無助之外，很難從這種悽惻的漩渦裡掙游出來的了；所以，接下來他構築了一座幾乎難以踰越的愁城：

萬里悲秋常作客，百年多病獨登臺。

這兩句詩所梭織的愁鬱程度，簡直密不透風，沉重無比。宋人羅大經《鶴林玉露》曾云：

萬里，地之遠也；秋，時之悽慘也；作客，羈旅也；常作客，久旅也；百年，暮齒也；多病，衰疾也；臺，高迥處也；獨登臺，無親朋也；十四字之間含八意，而對偶又精確。（卷十一）

真是層層剝筍，直逼詩心的內裡處。處於羸弱病體和悲苦心境的雙重煎迫下的詩人，回首前塵，盡是蕭索；瞻望未來，也已日薄西山。他所以登高，或是為了遠眺，而遠眺或是為了銷憂於萬一，可是，事實證明了這一切遣悲懷的行動全屬枉然！詩人為了游離自我的悲愁，也曾轉移情感到對大我（時局）的關注上，也曾傾全部的生命力於淑世的理想中；然而，所有的「曾經」都已成蕭蕭落葉、滾滾長江，唯一實存的現象是：

艱難苦恨繁霜鬢，潦倒新停濁酒杯。

白髮蒼蒼、體貌衰頹的詩人，在飽嘗人世的艱辛苦難之餘，是那樣無可掙脫地掉進了「苦恨」的深淵。窮愁加上肺病纏身的詩人，本來還想借酒澆愁一番的；可是，他一定悲痛地想到依靠他存活的妻兒。如果，他就這樣地喝下去、醉下去，對個人而言，也許是短暫的麻木，甚或是永遠的解脫，——但對嗷嗷待哺的妻兒親人來說呢？他怎麼忍心！

所以，杜甫把舉起的酒杯頹然放下，在極度的潦倒落魄中，他為了憐惜親人而愛護自己。對於一個擁有廣大同情心的人，不管環境如何惡劣、前程何等黯淡，要他向命運徹底低頭、徹底自暴自棄是永遠做不到的。

而杜甫，就是這樣的一個人。

清人施均甫《峴傭說詩》推譽這首詩是古今七言律詩第一，想是不僅讀出了詩意的美好，更感受到它所以為美為好的精神素質吧！

【附錄】

一、羌村　三首之二

晚歲迫偷生，還家少歡趣。
嬌兒不離膝，畏我復卻去。
憶昔好追涼，故繞池邊樹。
蕭蕭北風勁，撫事煎百慮。
賴知禾黍收，已覺糟床注。
如今足斟酌，且用慰遲暮。

二、羌村　三首之三

羣雞正亂叫，客至雞鬥爭。
驅雞上樹木，始聞叩柴荊。
父老四五人，問我久遠行。
手中各有攜，傾榼濁復清。
苦辭酒味薄，黍地無人耕。

兵革既未息，兒童盡東征。
請為父老歌，艱難愧深情。
歌罷仰天嘆，四座淚縱橫。

三、曲江 二首之二

朝回日日典春衣，
每向江頭盡醉歸。
酒債尋常行處有，
人生七十古來稀。
穿花蛺蝶深深見，
點水蜻蜓款款飛。
傳語風光共流轉，
暫時相賞莫相違。

四、江村

清江一曲抱村流，

長夏江村事事幽。
自去自來堂上燕，
相親相近水中鷗。
老妻畫紙為碁局，
稚子敲針作釣鉤。
多病所須唯藥物，
微軀此外更何求？

五、登岳陽樓

昔聞洞庭水，今上岳陽樓。
吳楚東南坼，乾坤日夜浮。
親朋無一字，老病有孤舟。
戎馬關山北，憑軒涕泗流。

韋應物（西元七三六—？）

他是盛唐時自然詩派的詩人，約生於玄宗開元二十四（西元七三六）年，卒年大約是德宗貞元初年。

韋應物先後做過洛陽丞、京兆府功曹、鄠縣令、櫟陽令、員外郎、左司郎中，江州、滁州、蘇州等地的刺史，所以世稱「韋江州」或「韋蘇州」。在任期間是位體恤民情的好官吏，罷官後，寓居在永定精舍。

唐李肇《國史補》說他「為性高潔，鮮食寡欲，所居焚香掃地而坐。」是他晚年生活的寫照。

他常和顧況、劉長卿、丘丹、皎然這些詩人在一起酬唱。他的詩以五古見長，作品的內容以描繪山水田園為主，往往看得出刻意學陶淵明的痕跡，如「終罷斯結廬，慕陶真可庶」（〈東郊詩〉），「採菊露未晞，舉頭見秋山」（〈答長安丞裴稅詩〉），「信非吾儕事，且讀古人書」（〈種瓜詩〉）等都是。詩風帶有自然淡泊的情調，和王維極相近。他的〈縣內閑居贈溫公詩〉云：「雖居世網常清淨，夜對高僧無一言。」此種境界相當高逸，尤其像他久處案牘之旁，未嘗隱居避世，即能歌詠自然，實在難能可貴！

滁州西澗

【原詩】

獨憐幽草澗邊生，
上有黃鸝深樹鳴。
春潮帶雨晚來急，

【語譯】

上馬河的岸旁長滿了細密的青草，看來叫人憐愛；
不遠處有茂密的樹叢，常常傳來黃鸝清脆的鳴聲。
從這兒望向河面，由於傍晚時分的一陣雨，使得春天的潮水顯得更激急了。

野渡無人舟自橫。

這時刻，整個荒野的渡口不見人煙，只有一艘孤舟悄悄橫擱在水邊。

【賞析】

韋應物的宦途大致上說來很順利，這首〈滁州西澗〉是他晚年任滁州刺史期間所作的，情致恬澹，意境深遠。下面我們就來欣賞它的閒適之音吧！

獨憐幽草澗邊生，上有黃鸝深樹鳴。

其中意象充滿著宇宙間生生不息的契機。「幽草」的「生」，和「黃鸝」的「鳴」，使人覺察到生命的活潑律動。「澗邊」與「深樹」同時意味著存活空間的遼闊深遠。詩人透過視覺看見幽草之生澗邊，經由聽覺聽取黃鸝之鳴深樹，不期然產生一股會心之情。詩人獨自品味野趣詩意，所以「憐」物，正所以「惜」己。一、二兩句顯示出詩人和外物之間，稍稍有段距離，但並不深，也不是無可迴轉的截然對立。他們彼此間由於「憐」字而有了關聯，也由於詩人情懷的「獨」外於俗世，而產生溝通的兆機。接著三、四句：

春潮帶雨晚來急，野渡無人舟自橫。

表面上看來前句是因，後句是果。由於晚來的一陣急雨兼春潮，才使得野渡無人，孤舟自横。更進一層來看的話——我們不禁聯想到，當春江的潮水被薄暮的雨弄擾得湍騰起來，舟子們紛紛找尋避雨的泊所時，詩人怎樣了呢？噢，他原來那麼靜定地觀照這一切的變化哩！

荒野的渡口原本不太有人煙，這會兒更沉寂了，沉寂到沒有半個人影（那麼，詩人算什麼呢？他已經化入自然，當然見不著自然以外的自己了），可是，卻有一隻小舟兀自横躺在那裡，彷彿為人的曾經存在默默作見證。

這首詩簡直就是一幅絕妙的佳構，有一種清靈的美感在其中召喚著。如果我們有過找不到自己的經驗，那麼，讀了韋應物的這首詩，是不是會讓人覺得：「有人」與「無人」原來就毋須那樣扞格對立？當我們敞開心去憐愛自己以外的人或物時，說也奇怪，我們回過頭來會更憐愛自己呢！

寄全椒山中道士

【原詩】

今朝郡齋冷，忽念山中客。
澗底束荊薪，歸來煮白石。
欲持一瓢酒，遠慰風雨夕。
落葉滿空山，何處尋行跡？

【語譯】

今天早晨，起了一陣風雨，我在郡齋裡頓感清冷起來。忽然想起山裡的一位道士朋友，他大概到澗谷底去撿拾薪柴，回來好烹煮他的白石為糧吧？

我很想打一瓢酒，趁著風雨寒夜到山中去慰問他。轉念一想，空曠的山裡，落葉紛紛，我到那兒去尋訪他的行跡呢？

【賞析】

如果李白的詩充滿悲愴的情調，那麼韋應物的詩就是一片淡素的韻致了。這首〈寄全椒山中道士〉寫的是一份樸摯的方外之情，一口氣讀下，頓覺煙火紅塵遠在萬丈之外。

今朝郡齋冷，忽念山中客。

詩人由於風雨帶來的寒冷淒清，而想念起山中的道士朋友，因為自己的清冷而聯想到友人在山中該比自己還要寒索，可是，想想他該不會像自己一樣困居齋房，那麼，他到底會去哪兒呢？基於相知，詩人為他作了一個假設：

澗底束荊薪，歸來煮白石。

他一定像以前我見過的時候，那樣自個兒打柴，自個兒炊食，過著最簡素、最無煩擾的生活。即使他不在意孤單，或者竟至喜愛孤單，可是，我還是想念他，我也堅信自己的造訪不至於打破他生活的秩序，因為我想帶去的是一份故人之情：

欲持一瓢酒，遠慰風雨夕。

在山中的風雨夜裡，我這多年的老友去看他，不知會多喜慰哩？我也將因他的喜樂而喜樂啊！

詩人懸想至此，整個精神幾乎已經進入風雨的山中，正與故人把酒論道。——或許，周遭的清冷突又喚回他邀遊的意識，再度醒回現境，不禁襲來一陣悵然：

落葉滿空山，何處尋行跡？

是的，像這樣的一位道友，直是「只在此山中，雲深不知處」。我們不曉得韋應物在落葉空山，難覓行跡的現實考慮下是否就打消念頭，即便如此，這股感情的繪述還是極動人的。設若不然，在一番心細思量之餘，他還是持酒披雨入山，想詩人在寂寂空山，落葉紛飛的景致下，該也不會太在意見不見得著這位道友了吧？

人的躊躇在意，往往總是在未付諸行動之前，一旦真正豁出去了，在意的就未必是它的結果了。韋應物這首詩，不也正是我們心路歷程上的一段告白嗎？

【附錄】

秋夜寄邱員外

懷君屬秋夜，散步詠涼天。
空山松子落，幽人應未眠。

張繼

（盛唐時人）

到現在為止，我們還無法確知張繼的生卒年，他字懿孫，是襄州（今湖北省襄陽附近）人。只知道他在天寶十二（西元七五三）年中過進士，在江南做鹽鐵判官。大曆間，入內侍，任檢校祠部郎中。

他以一首〈楓橋夜泊〉流傳千古，不僅寫景幽美，含情蘊藉，尤其以淺淡的字句構築深遠的意境。和一般多產的詩人相較，張繼是毫無愧色的。

楓橋夜泊

【原詩】

月落烏啼霜滿天，
江楓漁火對愁眠。
姑蘇城外寒山寺，
夜半鐘聲到客船。

【語譯】

滿天寒霜的夜裡，只見月兒逐漸西沉，慈烏悲戚地啼叫著。

江邊的楓林與三兩漁火對映著愁苦不眠的我，也不知這樣望著、想著，到底過了多久。

忽然有一陣斷斷續續的鐘聲，從姑蘇城外的寒山寺，

一路劃破深夜的寂靜，緩緩傳到我停泊的客船上來。

【賞析】

詩人的內心深處總是孤寂的，以他們敏銳的觀察力和領悟力去洞照人間，往往在作品

中將原本客觀外在的景致，渲染上極具主觀內省的色澤。

「月落」指的當是夜半更深或凌晨破曉前的時分，「烏啼」一語，不免使人很快聯想到曹操〈短歌行〉裡面的詩句：

月明星稀，烏鵲南飛。繞樹三匝，何枝可依？

那股即便是霸才也難免的「無依」之感；以及白居易〈慈烏夜啼〉一文中的思親情緒。在這樣一個漫天飛霜的更深夜半裡，由一顆多愁善感的詩心聽來，定是另一種悲鬱的況味。我們雖然不能十分肯定，詩人感觸的到底是家國之感、故園之思，或念親之情，抑且兼而有之，但從「烏啼」一詞，的確足以引觸讀者產生極廣泛的想像與同情。

「江楓」和「漁火」原本有浪漫熱情的韻調，可是，經過時序（深秋）和空間（江上）的染襯，遂從極度的絢麗沉向淒清。詩人的因愁而難眠而無眠，正好見證了它；深入一點來看，丹楓的紅是一種蕭瑟肅殺的「殘紅」，漁火的明則是一種寂寞疏落的「殘明」。當詩人面對、凝視由「江楓」與「漁火」所構塑成的時空情境時，我人彷彿覺著，在如此寂寒的天地裡，也只有「江楓」和「漁火」見證著詩人的悲「愁」。這該是一種多麼莫可奈何的「交流」！其間固然有某種超然、形上的喜慰，可是隱隱然夾雜著無可宣訴的哀楚。

陳子昂〈登幽州臺歌〉云：

前不見古人，後不見來者。念天地之悠悠，獨愴然而涕下。

是的，只要是有點靈心睿思的人，似乎都無可逃遁這種人類共有的基本悲愁，那是亙古如斯，悠悠永存的悲劇意識使然。同樣的，露重霜寒的秋夜裡，獨自在漠漠江中的客船內無眠的詩人，除了他一己的愁情外，尚絞纏在這層層疊疊的生之困惑中，沉悶窒人的氛圍到達飽和點。忽然——

從目不可及的姑蘇城外，傳來了寒山寺的鐘聲，緩慢而凝重，肅穆而莊嚴，一記記劃破沉寂的天地。同時，彷彿也拂開了困鎖詩人靈思的雲霧。

不過，詩人只寫到「鐘聲到客船」為止，至於鐘聲到底給他帶來何種會悟，並未明言，其實也毋須說破。他在這裡鋪展給讀者一片馳騁的想像天地：也許詩人因此參透了什麼，所以他「得意忘言」；也許，鐘聲的迴盪，讓原本難眠的客船上的詩人，更加地難眠，更陷進寂寞孤獨的漩渦，就好比鐘聲散落迷失在瀰天漫地的霜寒裡。

李益（西元七五〇—八二七）

系出名門的李益，是唐肅宗時宰相李揆的族子，他的字叫君虞，是隴西姑臧（今甘肅武威縣）人。

李益八歲那年，正逢安祿山亂起，曾過了一段飄搖的日子。二十歲就考上進士，他是「大曆十才子」之一，常跟這些人往來唱和。二十二歲和詩人盧綸的族妹結婚，婚後不諧，性情變得多疑而暴躁，成為唐人傳奇《霍小玉傳》的取材來源。

中年時他曾浪跡燕趙，幽州節度使劉濟聘他為從事，因此，在邊地住了十多年，寫下不少邊塞詩歌，很受當時人的傳誦。憲宗知道了他的才華，召他入宮為中書舍人，又升任秘書少監，集賢殿的學士，最後做到很高的禮部尚書。晚年有過一段頗愜意的日子，他在長安蘭陵里有座住宅，門前栽了四棵大樹，掩映著朱紅色的大門，屋後有三畝菜畦，一曲小溪，他給它取了一個詩情畫意的名字，叫「杏溪」，自號為「杏溪叟」，在這麼優裕的環境裡時常和朋友人吟詩作樂，過的日子簡直像神仙了。

李益的詩歌含有濃厚的民歌味道，內容多描寫邊塞的景象，與征夫思婦的心聲，激昂慷慨中又有無限宛曲的情，寫的最好的是五言、七言絕句。

江南曲

【原詩】

嫁得瞿塘賈ㄍㄨˇ gǔ，朝朝誤妾期。
早知潮有信，嫁與弄潮兒。

【語譯】

自從那天嫁給瞿塘（長江三峽之一，今四川省奉節縣東南）地方的商人為妻以來，他可是常常誤了歸期，再怎麼跟他約定都沒有用。唉，如果早知道來來去去的潮水是最守信的，還不如嫁給那經常在水波中翻進滾出的年輕人。

【賞析】

這是一首很有名的閨怨小詩，是李益仿照以前江南一帶的民歌所寫的。讀起來令人覺得餘味無窮。

「嫁得瞿塘賈」，不只是一千多年前普遍的婚姻價值之所在，恐怕在今天，仍然是許多人趨之若鶩的目標。詩中的女子在婚後孤獨的包圍下落入回憶的深淵裡，也許當初的選擇或由於父母之命、媒妁之言，也可能是經過自己的首肯，但它總是一個已然決定了的事實。「瞿塘賈」廣義的來說，意味著可預見的物質價值，有否精神的豐美尚難斷言，好比白居易的〈琵琶行〉說：「商人重利輕別離」，商人行跡不定，往往為了經商外地，長年不歸，比較有可能在異地他鄉另起一個「家」，而使妻子秋水望穿，常常滿懷閨怨。因此，很難說這位女子的選擇嫁為「商人婦」一開始就是錯誤的。她一樣有所有普天下的少女所共具的美好憧憬，她的天真可以使她把一切的未來設想成極美麗，她的年輕使她無法在精神與物質上面作一比較，更何況，這兩者價值與意義的高下也不是輕易可以下斷言的。

瞿塘峽是長江三峽之一，當地水勢湍急，奔流而過的水是不會回頭的。用「瞿塘」來指稱「賈」人，可能具有「絕情而去」的意味。無疑的，婚後的女郎也經歷過一段恬適的歲月，不知不覺中就把感情的重心以及生命的意義，都託付在丈夫的身上，與其去嘲弄這種心態，不如來悲憫它無能自覺的無辜，因為傳統的觀念多少要對它的造成負點責任。慢慢的，丈夫的歸期愈來愈不定，間隔也愈來愈久了，到底真是商務纏身？或是新歡另結呢？不管是怎樣的猜測，終成為這位女子的愁悶和煎熬的來源。

古詩有云：「思君令人老」。當一連串的希望破滅後，空閨獨守的花樣年華的少婦，一定是憔悴減容光的，「豈無膏沐，誰適為容？」沉溺在情愛漩渦裡的人確實是這樣的，既痴又傻，走不出自我折損的陰晦。當然，對愛情的拘執和堅貞本身是極可貴的，問題是，所愛的對方已經有變化時，這樣的堅執除了自苦以外，是否還有別的意義呢？長久「朝朝誤妾期」的事實，是很難在充滿閨怨的少婦心中，引起一向的熱望與渴求了。她也許諒解過一百次、一千次甚至於一萬次的毀信背約，但是，一再雷同的諒解，並不能化解心裡積壓已久的陰霾啊！

傳統的愛情觀對一個女子的要求是「從一而終，至死不渝」的，如果是出於自願自足的決定，那是極神聖、極可敬的。但是，突然有一天，她打開心內的窗，往外一望，理性的藩籬不由得被遐想的狂流沖毀了：

早知潮有信，嫁與弄潮兒。

長期的分離與渴盼交織成既沉且重的失望，如今，她才在其中重認物質價值與精神意涵的不同所在。生活經驗裡的委屈殘缺，往往能使人覺今是昨非。然而，不管什麼層次的「覺」和「知」，都含有讓人賈其餘勇，奮力超越不如人意的過去與現在的可能性。

所以，當詩中的少婦在失望的痛苦裡重估以往的價值觀時，她不禁把它一古腦兒推翻掉了。眼前的錦衣玉食除了充滿嘲弄外，又有何意義？在這樣傷心忿怨的情緒下，她想像自己願意嫁與「弄潮兒」，他喜愛玩潮，而潮水是守信的，至少他能帶來最起碼的慰藉。這樣激動的自白，看來是極情緒化，極與世俗規範背道而馳的。她有沒有、能不能訴諸行動去改變她人生的現況，已不在詩作處理的範圍內了。

如果我們不把〈江南曲〉當成一首平凡的閨怨小詩來看的話，那麼，我們應當可以發覺到，李益最大的成功，是在於他不僅洞見人性（包括女人）矛盾掙扎的苦，並且以諒解來替代譴責，以設身處地來代傳那無由達訴的心聲。當我們讀到最後兩句「早知潮有信，嫁與弄潮兒」時，忍不住有一種心酸自心底浮起，因為，其實那是最尋常不過的負氣話，是多麼無奈又多麼值得同情。

【附錄】

（一）夜上受降城聞笛

回樂峰前沙似雪，受降城外月如霜。
不知何處吹蘆管？一夜征人盡望鄉。

（二）喜見外弟又言別

十年離亂後，長大一相逢。
問姓驚初見，稱名憶舊容。
別來滄海事，語罷暮天鐘。
明日巴陵道，秋山又幾重？

韓愈（西元七六八—八二四）

被蘇東坡稱譽為「文起八代之衰，道濟天下之溺」的韓愈，其實他的詩也很有成就，大概是文名太大了，所以掩蓋過詩歌方面的光芒。

韓愈，字退之，是河南河陽人。三歲時父母雙亡，由嫂嫂把他撫育成人。在貧困中成長的韓愈，很知道刻苦向學，他幾乎完全靠自修讀完了六經百家，二十五歲考取進士，便積極提倡古文運動。因為散文到魏晉六朝已為駢文所取代，韓愈的意思是想使散文復興。「復古」的口號並不是韓愈第一個提出的，早在北周即有此自覺，經過隋唐仍有人提倡，到了韓愈、柳宗元時大力展開復古運動，至此方才水到渠成。

韓愈的性情耿直忠厚，又喜歡發表評論，得罪的顯貴可不少。最後竟然連憲宗都受不了他那篇〈諫迎佛骨表〉，一怒之下，把他貶到潮陽去。他到了潮州，還替居民寫了一篇轟動古今的〈祭鱷魚文〉。他雖然兩度被貶，但在任上都很受當地居民的愛戴，當然是他勤理政事，生性率真的緣故。

備嘗仕途的窮通哀樂的韓愈，慢慢的，作品就有了成熟後的悲酸與豪宕。他的文章一向以雄奇嚴謹著稱，詩歌則力走艱險怪奧的路子，顯然不同於當時正走社會寫實路線的元稹和白居易，而獨樹了帶有理知、艱晦氣味的風格。後來有人把他和孟郊、賈島、李賀等人的詩歸為「怪誕派」，其實，歸宗入派總有它的侷限性，並不是很好的。韓愈的詩歌儘管是以這種方式打響他的招牌，但是，並不能因此貶低他不同於此類險怪詩作品的價值。

雖然韓愈由於寫了太多「擲地金石聲」的文章，而使我們有一份錯覺，總以為他老氣橫秋，跡近頑固的衛道，但是，一個人能那樣堅決護持他的理念於至尊的「天子」之前，豈不也是人格上的可愛嗎？他本來是儒家傳統思家的中堅份子，到了晚年竟不免誤食長生藥而死，死的時候五十七歲。

左遷至藍關示姪孫湘

【原詩】

一封朝奏九重天，
夕貶潮陽路八千。
欲為聖朝除弊事，
肯將衰朽惜殘年。
雲橫秦嶺家何在？
雪擁藍關馬不前！
知汝遠來應有意，
好收吾骨瘴江邊。

【語譯】

早晨我上〈諫迎佛骨表〉給如九重天高高在上的皇上，傍晚就接到被貶往八千里外的潮陽的詔書。

我不過想為聖明的天子除去一點弊政，哪裡敢愛惜我衰朽的殘年呢？

一路跋山涉水到這兒，只見雲靄茫茫橫擱在秦嶺上，隔斷了我望鄉的視界。

漫天的雪花擁向藍關，我胯下的馬怎麼鞭策都不肯前行！

我知道韓湘啊，你大老遠跑來看我，一定是有用意的。

不久以後，你可要到瘴氣薰天的江邊收拾我的屍骨了。

【賞析】

雖然號稱一代文壇盟主的韓愈，為文作詩，都力求以奇矯俗、以豪代弱，而有險怪雄奇的詩風，但我們選的這首〈左遷至藍關示姪孫湘〉，卻不是以這個取勝的。它顯露出極沉愴的情緒，在寫實說理中，自有一股千迴萬轉，言止而意不盡的情懷。韓愈在元和十四年，上奏〈諫迎佛骨表〉，觸怒了正沉迷於佛教中的憲宗，被貶為潮州刺史，五十二歲的他，滿懷傷心的寫下了這首詩。

詩一開始，氣勢來得很澎湃：

一封朝奏九重天，夕貶潮陽路八千。

上句是說他原本滿懷誠意直奏君王，「九重天」象徵憲宗無比高上的權威，做為人臣的他從視覺的仰望裡，傳達出一片虔敬與赤誠。可是，這份忠心，不僅沒有被接納，反而使他惹火上身。韓愈容或是保守過分，但在那樣的時空背景下，他是很難了解宗教信仰自由的真諦。而憲宗挾人主之威，不但剝奪韓愈抗辯的機會，甚且迅速加以嚴懲。以至於雙方原本可以因切磋而更趨圓熟的觀點，只好仍然各持壁壘，而成為韓愈生命中一處極深的烙痕了。這樣強鉅的打擊可以從時間的對比顯示出來：「一封朝奏」和「夕貶潮陽」是產生在極短促的剎那間，若說早晨他還是一名朝中的大臣，那麼傍晚卻已成負罪受貶的遊宦了。接著更以空間距離的乖隔來對映：「九重天」比喻朝廷，本來他可以每天出入宮闕，而今，卻得遠離到八千里外的潮陽去。暗示他由極高到極下，極喜到極悲的人生變動過程。

詩人對如此沉重的打擊的反應，卻是極為溫厚的：「欲為聖朝除弊事，肯將衰朽惜殘年？」在興衰起落的突兀變化中，又得重新面臨一個荒涼陌生的環境，韓愈的心情是極悲酸的。傳統儒生的教養使他不能歸咎於君主，既然他自認為已經竭盡了讀書人的良心，那麼對於自己行止的後果，他是具備有承擔的勇氣的。於是，他傷心但不怨恨地扛起行囊，踏上了黯慘的前途：

雲橫秦嶺家何在？雪擁藍關馬不前！

詩人走著走著，發現已身處在風雪呼號的秦嶺。秦嶺——這個一向在地圖上、在想像裡以一個抽象的點存在的地方，現在竟然默默聳峙在天地間，從眼前遮斷了自己望鄉的視野。「鄉關何處是？」是詩人第一層的悲哀，既然回歸不得，那麼只有奮力向前了。可是，綿亙於前的又是千年萬年未曾化過的凍雪，曾幾何時，這漫天漫地的雪，已然匍匐至詩人的馬前，不！已然自腳底簇湧上來，直抵內心深處！「雪」，透過詩人的主觀想像，已不是純然的雪，它代表了外在淩厲、嚴寒的迫壓力量，它不只冰凍了他的心，更阻擋了他不去也得去的未來。詩人第二層的悲哀，乃在於前途的茫茫、死生的未卜。

在這麼孤絕的困境中，突然飄來了一絲親情的溫暖：韓湘遠道來看他，這是韓愈在藍關遇到的一個親人。故鄉裡親友如織，碰上一打親友都沒有在異地漂泊時偶逢一個親人來得歡欣，尤其是在這般冰寒的情境裡。然而，好不容易才出現的人間溫熱，在詩人的感覺裡只如電光石火，因為他太痛苦了、太衰疲了，不能不悲哀地聯想到：你一定是有意來看我的，因為你想或許是見我最後一面了，我怎麼能在荒涼瘴癘的嶺南活下去呢？不多久，你就會到那充滿瘴氣的江邊收拾我的屍骨吧?!

整首詩就戛然而止在一片死亡的陰影裡，我們彷彿見到塵滿面、鬢如霜的詩人，在極度的悲傷中，透視著命運之神漠然的臉。事實上，「心未殘」的韓愈終於昂然踏上他的路途，也終於從絕望中再度燃起希望，也使自己的生命有一個比較完整的、無憾的結果。

【附錄】

山石

山石犖（ㄌㄨㄛˋ luò）确（ㄑㄩㄝˋ què）行徑微，黃昏到寺蝙蝠飛。升堂坐階新雨足，芭蕉葉大梔（ㄓ zhī）子肥。
僧言古壁佛畫好，以火來照所見稀。鋪床拂席置羹飯，疎糲亦足飽我飢。
夜深靜臥百蟲絕，清月出嶺光入扉。天明獨去無道路，出入高下窮煙霏。
山紅澗碧紛爛漫，時見松櫪皆十圍。當流赤足蹋澗石，水聲激激風吹衣。
人生如此自可樂，豈必局束為人鞿（ㄐㄧ jī）？嗟哉吾黨二三子，安得至老不更歸？

劉禹錫（西元七七二—八四二）

他是江蘇彭城（今銅山縣）人，生於代宗大曆七（西元七七二）年，卒於武宗會昌二（西元八四二）年。

二十一歲那年中了進士，不久登博學宏辭科，出任監察御史。他和柳宗元都依附王叔文，後來王被貶死，劉禹錫也被貶為朗州（今湖南常德縣）司馬。元和十年，召還京都，又以詩忤上，受貶連州（今廣東連縣）刺史。後來又作過夔州、和州刺史。十四年後（太和二年）回京，任太子賓客，因此世稱「劉賓客」，死時年七十一。

禹錫精通音律，在居留朗州的十年裡，曾經利用民歌改作新詞，故武陵一帶的民歌，多半經過他的潤色。他的詩風在悲憤中有雄健的氣勢，節奏更是和諧響亮，在當時即有

「詩豪」的美譽。除了古詩作極重分量的民歌小詩（如〈楊柳枝詞〉、〈竹枝詞〉，意味雋永，富於民歌活潑的情調）之外，他的詠史懷古詩寫得很有獨到的風格，像〈烏衣巷〉、〈石頭城〉，在詩歌史上都受到極高的評價，千古傳誦不絕。

烏衣巷

【原詩】

朱雀橋邊野草花，
烏衣巷口夕陽斜。
舊時王謝堂前燕，
飛入尋常百姓家。

【語譯】

那朱雀橋邊長滿了野草，盛開著許多小野花。斜對面的烏衣巷口，一輪殘落的夕陽橫擱在簷角邊。

往昔在王家、謝家富麗的廳堂前巢息的燕子們，如今飛的飛、散的散，倒是尋常百姓人家的住宅，還看見牠們飛進飛出的影子呢！

【賞析】

這是劉禹錫極有名的〈金陵五題〉之一，由於覽跡而生興亡之慨，讀來令人油生盛衰無常的悲感。

〈烏衣巷〉這首詩，由於時空的錯綜，造成情思綿邈，意興盎然的氛圍。首先，詩人以極不經意的筆，淺淺勾出一幅眼前景物：

朱雀橋邊　野草花
烏衣巷口　夕陽斜

在視覺裡，它們都是景象的呈現，但是，如果把它放進歷史的鏡子下去映照，我們可以發現其間所蘊含的矛盾性：「朱雀橋」本是堂皇富麗的建築，如今，聚集在朱雀橋邊的是遍地叢生的荒草野花，一切人事的縟麗繁華已經灰飛煙滅。「烏衣巷」本是東晉時宰相王導和謝安兩大家族居住的所在，一度車馬鼎沸、人物薈萃，如今，所有的風雲變幻都沒入歷史的底層，只見一輪落日，斜照著這條蒼老沉寂的巷道。由於「朱雀橋」與「野草」，「烏衣巷」與「夕陽」不和諧的疊景，使得這二句詩產生了不對稱的矛盾，一種

「昔」、「今」的對比，牽引出濃縮著盛衰興亡的蒼蕪氛圍。

接著，詩人著筆於朱雀橋與烏衣巷的重點所在：

舊時王謝堂前燕，飛入尋常百姓家。

「燕」是自然的產兒，有著親近人煙、銜泥結巢的本能。以前，「王謝堂前」多麼高敞華麗，燕子當然會挑選這樣堅固舒適的地方來託身。可是，盛極而衰與否極泰來同是自然界的定律之一，因此，當王謝侯宅的輝煌，被淒涼、破敗所取代後，所留下的只是令人怵目驚心的景象了。詩人找來了昔今的見證者，也是興衰無常的訴說者：燕子。

既然王謝第宅已經斑駁傾圮，喜歡巢居於高堂華屋、喜歡親炙人煙的燕子，還有什麼理由在這片廢墟裡逗留呢？反觀一些尋常的百姓人家，或由於刻苦勤儉，或由於風水的輪流轉，加上賢智子弟們的克紹箕裘，有的已經從窮苦、敗落的邊緣掙扎過來，甚而起造了高樓美屋。試問：燕子們有什麼理由不往新興氣象的所在遷徙呢？

由於這首詩的視覺意象很豐富，如：「朱雀橋」、「野草花」、「烏衣巷」、「夕陽斜」、「王、謝堂前」、「燕」，以致使它本身染上很濃的繪畫性，正所謂「詩中有畫」，望之欲出。然而，詩中所有的色澤與氣氛，卻是悲愴哀愁的。當詩人來到烏衣巷，目睹傾圮的侯宅，蔓延的野草，以及殘照西下的景致，心中勢必起思古之幽情。

就整首詩來觀照，我們發現詩人藉著客觀的景象，作了三次時空的對立，產生極大的張力，即：

朱雀橋邊↑↓野草花
烏衣巷口↑↓夕陽斜
王謝堂前↑↓尋常百姓家

曾經長在朱雀橋邊的原是奇花異卉，如今則被荒草野花所覆遍；烏衣巷口的歲月曾是日正當中，如今則已是落日西斜；舊時輝煌的王謝堂前，現在已被尋常百姓家所取代。金碧輝煌淪為破落蒼茫固然是令人唏噓的自然鐵律之一，我們在唏噓的慨嘆裡，是不是應該別忘了：死亡的廢墟也可以是再生的基址？

有的詩評家，將「王謝堂」與「百姓家」視為同一空間，只是盛時為王謝的宅第，衰時則為平民百姓的住家。所以，燕子飛進的地方並沒有改變，所改觀的只是人事間的滄桑罷了。從其間的盛與衰、富與貧，當然可以令人體會人世的無常與傷感。就這樣的角度來賞析此詩，也是可以並存的。

石頭城

【原詩】

山圍故國周遭在，
潮打空城寂寞回。
淮水東邊舊時月，
夜深還過女牆來。

【語譯】

這座被群山圍擁的故城，周遭的景物看來沒有什麼大改變，只聽得嘩嘩的潮水不斷地拍打著城牆，打出一聲聲寂寞的迴響。

似乎所有南朝的傷心事都已然成為過去，可是，淮水東邊那吳國時即有的月亮呵，在這個更深夜半的時刻，還一步步、冷肅肅地跨過城垣而來。

【賞析】

這首詩也是劉禹錫〈金陵五題〉中的一首，同屬於撫今追昔，感觸人世滄桑的作品。〈石頭城〉三個字就給人一種牢固的永恆感，它本身也確實如此，以它的持久所見證到的人事變遷，卻不免充滿著盈則虛、滿則虧、盛則衰的無常悲感。這座城市不斷上演著許多翻雲覆雨的歷史鏡頭，是戰國時期楚的金陵城，位於現在江蘇省江寧縣的西邊。東漢末年，東吳的孫權移治建業（今天的南京），曾修築石頭城來貯藏財寶軍器。等到赤壁戰後，天下三分之勢已定，孫皓繼孫權而立，最後投降晉將王濬的所在就是這裡。而南朝一直到滅亡的這段期間，都建都在建康（南京）。石頭城也往往成了建業、建康、金陵、南京的籠統稱呼了。

詩人來到石頭城，不禁聯想到它背後隱藏著的興盛衰亡，從現在順著歷史的河流回溯到遙遠的過去，再從那兒渡向現實來：

山圍故國周遭在，潮打空城寂寞回。

眼前這座躺在群山懷抱中的古城，看起來是那麼沉靜，周遭的景物彷彿鐵證如山地存在著，可是，群山圍得住的只是物象，圍不住的是星流雲散的大千世界。而「在」之一字所能堅執的又是哪些？跑跑龍套，略露一露臉，就算活過了嗎？叱咤風雲、不可一世的豪傑，也許歷史會為他留一席之地，可是，他也無可或免地要行色匆匆地謝幕！那麼整座石頭城在詩人的思潮中，將暫時跌進歷史的真空，這也就是詩用「空」字來形容石頭城的原因了。相對不空的卻是「水」，那永遠傾訴不完的潮水，那流走童年、沖失青春、捲來豪情，又吞蝕殘生的時間之潮呀，它拍打著空蕩蕩的古城，打出了血淚悲辛，更打出了千古如一的——寂寞。

潮水就那樣起伏、奔騰，起先，你的思緒還會跟著它躍動、急喘，把所有紅塵中的鬧熾和冷肅，都給拿來細細咀嚼，嚼得久了，就愈加覺著齒頰間苦澀叢生。直到你的思潮疲倦得像一只癟了氣的破球，癱垮在心靈的深處時——猛然，你又聽見那嘩嘩的潮聲，依舊那麼新鮮，卻也那麼蒼老地訴說著我們的過去，甚至點醒我們當局者迷的現在，以及預告著茫不可知的未來。多少人能聽得來這自然的心聲？

心思細銳如針、胸懷渾厚似海的人們是聽得來的。他們的眼睛不只用來看眼前的現在，他們用精神去跨越時空，用心靈去感知人和天的關聯，用理智與熱情尋找全人類安身立命的所在點。他們的內心填滿了覺醒的悲苦，他們很了解人間的一切歡樂美好、傷心醜惡，都不過是稍縱即逝的景象，只有天地宇宙不朽，以短暫有限的人生與長久無垠的自然相比，難免生出強烈寂寞的悲慨。李白〈把酒問月詩〉云：

今人不見古時月，今月曾經照古人。古人今人若流水，共看明月皆如此。

明月就是天地宇宙的一種象徵，永恆、明亮，但清冷。所以，劉禹錫在感受人的基本寂寞之餘，望著淮水東邊的皓月，忍不住輕聲嘆責：「夜深還過女牆來」，肆照幽人之未眠。這個「月」，詩人認清了，一點不含糊，正是戰國、兩漢的明月，也是魏晉南北朝隋唐的明月，更是當下的明月。

所以，淮水東邊的舊時月，夜半更深跨城而來，它跨過的豈只是詩人筆下的一道短牆？所鋪陳的又豈只是一份善感多情？當人徹底覺醒而縱身宇宙永恆的秩序時，所跨過的當不只是個人的榮辱生死，所欲追求的也不只是生命的涅槃淨域而已，而是奮力扛起了全人類無休無止的苦痛，永恆地燃燒自己。

【附錄】

西塞山懷古

王濬（ㄐㄩㄣˋ jùn）樓船下益州，金陵王氣黯然收。
千尋鐵索沉江底，一片降幡出石頭。
人世幾回傷往事，山形依舊枕寒流。
今逢四海為家日，故壘蕭蕭蘆荻秋。

白居易

（西元七七二—八四六）

生前即享盛名的中唐詩人白居易，生於唐代宗大曆七年，卒於武宗會昌六年。在當時極具影響力，他大部分的作品走的是社會寫實的方向，內容大多取諸時代的現實事態，反映中下階層人民的心聲，表達的方式更力求通俗平易，所以，很受大眾的歡迎。他的作品的不朽，原因不是單一的，除了具有社會價值、通俗易曉外，恐怕最最主要的，還是隱藏在詩歌裡頭那一顆熾烈的愛心吧！

天底下大概沒有僥倖的成功，白居易的寒窗苦讀，據說到了「口舌成瘡，手肘成胝」的地步。十五、六歲時，他曾經帶著自己的作品，獨自跑到京城去求見著作郎顧況。顧況本性恃才傲物，喜歡笑謔同僚，對於晚輩的文章，更少推許。當時，他向居易調侃說：

長安百物皆貴，居大不易。

等他看完〈賦得古原草送別〉一詩後，忍不住讚道：

有詩如此，居天下亦不難。

白居易在三十歲到四十歲之間，對人生充滿了信心和熱望，與元稹大倡「文章合為時而著，歌詩合為事而作」的文學主張。有名的規諷時事的〈長恨歌〉就是這階段的作品。憲宗很賞愛他的才華，曾召他為翰林學士，白居易也以為千里馬遇到了伯樂，於是，竭盡所學努力上疏言事，並創作了許多諷諭詩篇。

樹大招風，四十歲以後他開始走入人生坎坷的境遇。傾其全部生命力極度關心國事的結果，竟是一連串的貶謫。受貶江州司馬的白居易，寫下了千古名作〈琵琶行〉。前後長達六年之久的放逐歲月，磨蝕了居易英銳的氣概和用世的赤忱，也歷練出他抉擇知足常樂、隨遇而安的生命態度。

七十一歲那年他才真正擺脫俗務退休，過著與僧侶往來的清淡生活。他常常是一襲白衣，拄著鳩杖，行吟於香山之間，自稱「香山居士」。

他是一個大掙扎、大痛苦的中國知識份子的典型，也許，他的作品能讓人尋到極深極大的共鳴感吧？

賦得古原草送別

【原詩】

離離原上草，一歲一枯榮。
野火燒不盡，春風吹又生。
遠芳侵古道，晴翠接荒城。
又送王孫去，萋萋滿別情。

【語譯】

原野上長滿了歷歷可見的野草，隨著歲月的流逝，它們每年枯萎了以後，都會再茂盛起來。野火好像永遠燒不盡它們，只要溫暖的春風再度吹起，就又生長得遍地都是。向遠方不斷伸展過去的野草，漸漸地把古老的道路也侵占了。晴天裡，可以望見翠綠的草原連接荒涼的城郭。現在我又要在這兒送你遠行，繁盛的芳草似乎盛載著我們依依不盡的別情。

【賞析】

這首詩是白居易十六歲時的作品，藉著歌詠草生之無間，來抒寫送別的情懷。文字平淺但含意出色。

「草」和「送別」本來是毫不相關的兩件事，但是，在詩人美妙的聯想下，便有了詩意的關聯。江淹〈別賦〉云：

春草碧色，春水綠波；送君南浦，傷如之何！

王維〈送別〉云：

春草明年綠，王孫歸不歸？

都是藉春草寫離緒歸情，由草的滋生觸發了許多美麗的聯想。白居易的〈賦得古原草送別〉，也是著重於「草」與「送別」的類似性，使兩者之間的關聯，更加密切、具體。一如李煜〈清平樂〉所說的：

離恨恰如春草，更行更遠還生。

隨著我們生活經驗的深淺，得到的感受當然也就不盡相同了。詩的第一、二兩句，寫草的生長狀態，一年之間包含著繁盛與枯萎的歷程。第三、四兩句，描述野草頑強的生命力，任野火焚燒，逢春又繁盛。第五、六兩句，寫草的繁盛狀態，侵占了古老的道路，連接著荒城，呈現出草原的遼闊。「古道」和「荒城」開啟下文，是送別的伏筆，也正是臨歧分手的地方。第七、八兩句，直言送別，並以草的萋萋比喻送別的情感。以上是從詩表面的文字所求得的第一層次的了解。

如果我們願意把此詩的意義，落實到「由草的榮枯到人的聚散」這一層相互的關聯上去品味的話，那麼，它的情調旨趣可能將更繁富多姿。

對一個閱盡人間的榮華與滄桑、年事已長的人來說，他的內心很可能已從絢麗歸於平淡。當他讀這首詩的時候，也許自然而然的會往哲理的神思去探索，而悟識到小草一年之間的歷程，正表現了宇宙中循環不已的真理，草的榮枯盛衰，正如同人事剝復否泰的徵兆，那麼人間的聚會離散，也不過尋常視之而已。

然而，當詩中融入比較直接的自我經驗後，詩味便大異其趣矣。「侵」古道、「接」

荒城的「離離原上草」，或者從他內心的省察觀照，便反映成崎嶇的世道人心，永遠去之不盡的小人了。而「王孫」的離去，便影射成君子的正道難行，以及去國的貞決。

至於某些箋釋家以為，此詩「句句說草，都是句句說小人」，則完全從藉物取喻的觀點來看這首詩，倒也失之褊狹，把詩意範圍得太緊了。

俞陛雲的《詩境淺說甲編》曾說：

> 但誦此詩者，皆以為喻小人去之不盡，如草之滋蔓，作者正有此意，亦未可知。然取喻本無確定，以為喻世道，則治亂循環。以為喻天心，則貞元起伏，雖嚴寒盛雪，而春意已萌。見智見仁，無所不可。一篇〈錦瑟〉，在箋者會意耳。

這樣的讀詩態度是很可取的。文學本是獨立存在的有機之美感形構，它既容許讀者作理性的聯想，更容許讀者在它感性的奧秘中尋索新的意義。白居易的這首詩所以能到今天還讓許多人琅琅上口，想來絕不是偶然間的幸運。

望月有感

【原詩】

時難年荒世業空，
弟兄羈旅各西東。
田園寥落干戈後，
骨肉流離道路中。
弔影分為千里雁，
辭根散作九秋蓬。
共看明月應垂淚，
一夜鄉心五處同。

【語譯】

時局艱難裡偏又遇上饑荒，祖先留下來的產業都耗空了。

作客在外的弟兄們，有的在西，有的在東。

經過這麼大的戰亂，田園都已經殘破荒蕪。

到哪兒去尋找骨肉至親呢？想必都流落在異鄉的道路邊吧？

我哀傷的望著自己的影子，覺得像是迷散在千里外的孤雁一般。

親人們各自漂泊，好像深秋裡離了根的蓬草，隨風流浪。

大家在看明月的時候一定會忍不住潸潸淚下，彼此雖然散處在五個地方，但思鄉念親的心情卻是一樣的啊！

【賞析】

這首詩原來的題目是「自河南經亂，關內阻饑，兄弟離散，各在一處。因望月有感，聊書所懷，寄上浮梁（今江西省景德鎮東北）大兄，於潛（今浙江省杭州市西）七兄，烏江（今安徽省和縣東北）十五兄，兼示符離（今安徽省宿縣北）及下邽（今陝西省渭南縣）弟妹」。從白居易的生命史來看，唐憲宗九（西元八一四）年，他四十三歲，授為太子左贊善大夫。這年，憲宗開始用兵淮、蔡，征伐吳元濟。次年六月，李師道因為上表請求赦免吳元濟沒有成功，便秘密派遣刺客在京城刺殺了宰相武元衡。白居易聽到這個消息，非常熱心，首先上疏請捕盜賊。宰相討厭他越職言事，便找了一個藉口，說白居易的母親因為看花墮井溺死，而他還有心情作〈賞花〉及〈新井〉詩，實在浮華無行、甚傷名教。白居易因此受貶為江州刺史，接著再貶為江州司馬，這時他四十四歲，對這次打擊曾經自白云：

面瘦頭斑四十四，遠謫江州為郡吏。
逢時棄置從不才，未老衰羸為何事？

火燒寒澗松為燼，霜降春林花委地。
遭時榮枯一時間，豈是昭昭上天意。（〈謫居〉）

在這樣的情境下，他感觸滿懷，寫出了造詞尋常但含義深摯，結構緊湊一如環鉤相扣的〈望月有感〉詩。我們先來看首聯：

時難年荒世業空
弟兄羈旅各西東

如果「時難年荒」是因，那麼「世業空」就是果；如果「弟兄羈旅」是因，那麼「各西東」就是果。當然，我們也可以把整個第一句看成是因，第二句就是果了。多難的時局又逢上饑荒，使祖先遺留下來的產業都沒有了。「空」字說明了當下悽慘的情境，同時也展示出昔（有）今（無）對比下的悲涼。對於時難、年荒、世業空，這一連串的打擊，他是無可如何的，只有認命罷了。要是弟兄們能共同生活在家鄉，彼此扶持，也許尚能慰藉離亂時代的情懷於萬一。可是，連這渺小的希望也給時運的魔手捏碎了。「各西東」既點明兄弟流散的方向，更拓延、增厚了羈旅的思情與離鄉的悲愁。詩人從自己的顛沛流離想及自己家鄉和親人的景況。

田園寥落　干戈後
骨肉流離　道路中

這兩句都是倒裝句法，上句承「時難年荒世業空」，下句接「弟兄羈旅各西東」而來，和盤托出一幅戰後離亂圖。「田園」、「骨肉」兩意象被提到上面，除了加強語氣外，也迫切道出他內心的意願：多麼渴望皈依故鄉，與弟兄們共聚一堂。但是，眼前的情勢——干戈後寥落的田園、道路中流離的骨肉——卻把這個期待徹底否決掉了。

由於故園的破滅和親人的離散，使得詩人獨自默默咀嚼亂世加上不遇的悲辛：

弔影　分為　千里雁
辭根　散作　九秋蓬

「弔影」、「辭根」既譬喻自己，也暗示他的諸兄和弟妹。同樣的「千里雁」、「九秋蓬」既指自己，也譬喻他的諸兄和弟妹的處境：看看自己的影子，就像隻失群在千里外的孤雁；離鄉（根）各自流浪，就像秋天裡離了根的蓬草，隨風飄零。「分為」、「散作」

語氣激切，把「我」與「物」，主觀與客觀的情景疊合了。於是「千里雁」的孤獨，與

「九秋蓬」的漂泊，便等同於詩人與他的諸兄和弟妹的化身。白居易曾說：

我身何所似？似彼孤生蓬。秋霜翦根斷，浩浩隨長風。（〈我身〉）

也就是這種心情的感喟。從詞義的結構來看，第五、六句仍然與前面的脈絡互相呼應。

詩人的情緒到此已經是行到水窮處了，一首詩作如果就這樣結束，那就陷入了永恆的黑暗中。可是，我們知道宇宙的消息是更替的，黑暗的盡頭總有天光。詩人在一片沉黯憂傷裡，並沒有忘卻坐看雲起的精神力量，所以，他說：

共看明月應垂淚，一夜鄉心五處同。

他不以否定或蔑視悲哀來鼓勵自己，悲哀還是存在的，家國和一己的困阨都不是一下子能夠雲開見日，承認它並不被它擊倒，在殘破裡找尋新的力量就是詩人的意旨所在。大

家同時看到明月，應該都會掉淚吧！那麼，就像淚水盡情地流瀉出來。雖然彼此離散在五個地方，但思鄉的情愫卻是一樣的，彼此想望的心境也沒有不同才是。

有了這樣的感受與認知，有了這樣的體貼與支持，就算陰暗再濃、再重，怎能沒有一股溫暖自心底升起呢？

錢塘湖春行

【原詩】

孤山寺北賈亭西，
水面初平雲腳低。
幾處早鶯爭暖樹，
誰家新燕啄春泥。

【語譯】

杭州西湖中有一座孤山寺，孤山寺的北邊有一座賈亭，我從賈亭的西邊望過去，只見斑斕的雲朵俯向新春初平的水面。

耳旁傳來一陣陣清亮的鳥啼，原來是溫暖的樹林裡，幾隻早醒的乳鶯正相互追逐著。

忽然又聽見一起一落的剝啄聲，呀！不曉得是哪戶人家新生的燕子在啄著春泥哩！

亂花漸欲迷人眼，
淺草才能沒馬蹄。
最愛湖東行不足，
綠楊陰裡白沙堤。

一大片的繁花漸漸迷亂了我的眼睛，
嫩絨般的青草似乎把馬蹄都要掩沒了。
我最愛在錢塘湖的東邊遊逛了，逛著逛著總覺得意猶未盡。
才一抬眼，又瞥見綠楊的柔陰裡，橫躺著一帶美麗的白沙堤。

【賞析】

白居易在他自編的詩集裡，把作品分為諷諭、感傷、閒適、雜律四類，似乎也可以反映出他一生心路歷程的轉變。這首〈錢塘湖春行〉頗具閒適的風格，是他五十二歲時在杭州刺史的任上作的。這時的白居易，已經飽受過宦海浮沉的滄桑，原先的英銳氣概被磨蝕得差不多了，他開始索尋知足常樂、隨遇而安的生活態度。流現在詩篇的，無形中也充滿了這樣的情調。

起首兩句，寫景物的靜態存在。第一句點出空間的具體位置，「孤山寺北賈亭西」似平成了詩人獨擁的天地了；接著視野往外擴張，呈現一片極安寧寂靜的畫面：「水面初平雲腳低」。間接說明了時序是春天，初平的水，象徵初春平和的氛圍；「雲腳低」將物擬人化，設想奇突可愛，令人在親切的感覺下，想見雲影天光倒映在波平如鏡的水面（雲因為低俯，造影必很繁富、柔美）的景致。

第三、四句糅雜感覺、聽覺、嗅覺多重意象，形成頗具動態的美感。「鶯」和「燕」都是春天的使者，帶有活潑、靈柔的氣息，牠們的湊泊無疑觸響了春天悅耳的音韻。幾處「早」和誰家「新」，加強了牠的新鮮味道，而「爭暖樹」與「啄春泥」更以靈躍之姿來誇示牠的忙碌和熱鬧。「暖」字明示春寒漸祛的舒適，「春泥」更使人聯想到大地解凍後的芬芳。這兩句詩，使整個原本靜止的場面，陡然跳動起來、溫馨起來、可愛起來。

慢慢的，詩人從一名旁觀的賞玩者，融入充滿生命契機的宇宙裡去了：

亂花　漸欲　迷人眼
淺草　才能　沒馬蹄

我們彷彿看見在亂花淺草中踏青的詩人，瞇著眼兒跨著瘦馬，是那樣一派天真、滿懷得意。「亂」字和「淺」字本極尋常，但「花」稱之為「亂」，「草」謂之為「淺」，可就韻味超俗了。我們平常頂多會說眼睛被亂花所迷，馬蹄被淺草掩沒；可是，白居易不肯這麼寫，他故意把主體（人）和客體（物）互相調動位置，這麼一來，亂花、淺草都從靜止的存在轉變成靈活的動作者了——亂花「欲迷」人眼，淺草「能沒」馬蹄——而人，反成為被作用的個體了。詩人就是能化無情為有情，所以，才有許多所謂「反常合道」的作品創生出來，「理」和「情」又何必固守在狹隘的範疇內呢？

以有情之心來觀照人生世界，最能凸顯出詩人性情的率真可愛。「最愛湖東行不足」，稚氣而坦率，道出詩人與自然交融的愉快心聲。「愛」之不足，尚且要加上一「最」字，是何等的多情！這股「情」又是何等的灑逸不沾滯！末了又將「情」轉折入婉柔不盡的「景」裡——「綠楊陰裡白沙堤」，正呼應了整首詩的精神意境。「綠」、「陰」、「白」是多種美麗柔和的色澤，「楊」和「沙堤」又是極婉約的物景，整座白沙堤躺落在綠楊的柔陰中，其間又隱約現出蹓馬尋春、相看兩不厭的詩人。

截情入景也好，截景入情也罷，詩之所以為詩，就是希望情景交融、餘味不盡。白居易這首詩，就在一片綠楊白沙的尾景中，迴盪著耐人尋味的情韻。

【附錄】

閑居春盡

閑泊池舟靜掩扉，老身慵出客來稀。
愁因暮雨留教住，春被殘鶯喚遣歸。
揭甕偷嘗新熟酒，開箱試著舊生衣。
冬裘夏葛相催逐，垂老光陰速似飛。

問劉十九

綠螘ㄧˇ yǐ新醅ㄆㄟ pēi酒，紅泥小火爐。
晚來天欲雪，能飲一杯無？

柳宗元（西元七七三—八一九）

他是河東解縣（今山西永濟縣附近）人，字子厚。生於代宗大曆八（西元七七三）年，卒於憲宗元和十四（西元八一九）年，死的時候才四十七歲。

宗元二十一歲考上進士，二十四歲中博學宏辭科，才名轟動一時。三十歲任監察御史。順宗立，王叔文當政，舉薦他為禮部員外郎。才八個月，順宗病重傳位憲宗，政局立刻大變，王叔文被貶死，宗元也被連累了。

元和元年九月，被貶為邵州刺史；赴任途中，又追貶為永州（今湖南零陵縣）司馬。永州地理荒僻，但是周圍環境山明水秀，柳宗元從三十四歲到四十一歲這段時間都住在永州，以讀書著述及遊山玩水自遣，文名益盛。

元和九年被召回京都長安，第二年又出任柳州（今廣西柳城縣西）刺史。在這兒他一共住了四年，眼看毫無回歸的希望，病得很嚴重時，他曾寫信給好友劉禹錫說：

我不幸卒以謫死，以遺艸累故人。

最後終於死在柳州，大家習慣稱他為「柳柳州」。他死後當地的居民很懷念他，還特地蓋了廟宇來祭祀他。

宗元的性情原屬於剛強正直、好大喜功的類型，年輕時更是鋒芒畢露，嫉妬他的人就罵他「狂疏輕薄」。可是，等到被貶謫後，身心挫傷劇烈，終於改變了他整個的人生觀，性情也內斂謙和多了。

除了在文壇上占著極重地位的山水遊記和寓言小品之外，他的詩歌也相當有特色，大部分歌詠田園山水的景物，兼有陶淵明、謝靈運兩家的詩風，意境極為悠遠沖澹（如〈江雪〉、〈漁翁〉等），往往富於禪味；然而，這種怡然自得有時候卻是勉強造作出來的，他曾經剖訴自己最內在的心聲說：

嘻笑之怒甚乎裂眥，長歌之哀過乎慟哭。庸詎知吾之浩浩非戚戚之尤者乎？

因此，在寄贈給至親好友的某些作品中，他往往表現出另一番面目，不再強顏曠達，盡情把內心的憂憤鬱結傾洩出去（如〈別舍弟宗一〉、〈衡陽與夢得分路贈別〉），這類真情流露的作品實在動人。

金朝有一位論詩大家叫做元好問，他那極有名的《論詩絕句》曾經這樣評述柳宗元：

謝客風容映古今，發源誰似柳州深？朱絃一拂遺音在，卻是當年寂寞心。

是的，元好問不僅論觸到宗元詩風的來龍去脈，並且把他內心受創的痛苦，也一併勾索了出來。

江雪

【原詩】

千山鳥飛絕，萬徑人蹤滅。

【語譯】

峰峰相連直到天邊的山脈呵，鳥兒都絕跡了。曲

孤舟蓑笠翁。獨釣寒江雪。

折的山林小徑，更是看不見半點人蹤。

這當兒，遠處有艘孤零零的小舟，小舟上有個穿蓑衣、戴笠帽的漁翁，只見他獨自在雪花漫天的江面上，默默垂釣著。

【賞析】

這首〈江雪〉稱得上是柳宗元的代表作。從他整個生命的轉折變化來看，類似〈江雪〉的田園山水詩，大多是他三十三歲受貶謫以後的作品。由於宗元性愛佛理，對世事風雲頗有一份深致的觀照省察，因此，這類陶鑄性靈的詩作，往往已經濾淨頹廢悲觀的色彩，而呈現出極清澹怡適的情味。

下面我們慢慢緣著文字滑入詩心裡去玩索它吧！〈江雪〉開始兩句是：

千山鳥飛絕
萬徑人蹤滅

乍讀之下，就是一片窒人的無邊無涯的沉寂；其實，我們先看它的源頭：「千山鳥飛」、「萬徑人蹤」，那該是多麼鬧意紛生的活潑潑的世界！這種當下即臨的景象，怎能不喚起人過去經驗的醒覺？加上幾乎是本能的移情作用，認同物我，他可能憶起往昔多采多姿，追名逐利的宦海生涯，豈不如同千山裡眾鳥紛飛，萬徑中人跡雜遝?!這一切富華，感覺上竟恰似那一現的夜半曇花，徒然留給詩人蒼莽的悵惘。所以，雖然千山曾經鳥飛，萬徑也曾有人蹤，到了此刻，卻是徹徹底底「絕」了、「滅」了。

詩裡面的景致是逐漸轉換的，空間由大而小，再從小轉大。好比電影上的鏡頭，幕剛一拉開時是一望連天，重巒疊翠的山脈，接著是濃蔭蔽天的森林裡，此起彼落著鳴叫的禽鳥；接著，鏡頭下俯，我們看見林間小徑，正往來著三三兩兩的尋幽者，倒也點綴著一片生意。可是，不知從什麼時候開始，鳥鳴一聲聲隱沒了，人跡一點點消失了，終於鏡頭跌入無垠的死寂中。——詩人就是用了兩個斬截的字眼：「絕」和「滅」，把原來鬧紛紛的「有」推向無邊的空「無」，使得一度喧譁熱鬧的世界，彷彿慢慢化為空茫寂靜的雪景。筆力何等千鈞！造意又是何等的突兀！

所以，當外在的景觀已經絕滅，已經煙消雲散，詩人以心眼望出去再望回來，正是雨雪霏霏，迷濛一片，透過佛理的空觀，詩人豈不是正處於走出絢麗，步入淡泊的境界？

當「千山」、「萬徑」（乃至「鳥飛」、「人蹤」）都已沒入白茫茫的大雪中，原來偌大的空間就更加拓展，氛圍也更加的默寂，彷彿天地已然靜止，無聲無息了。這時候觀（讀）者在定靜的表殼底下卻潛伏著一顆蹦躍的、企待的「活」心。詩人終於解開困境，寫出一線生機：

孤舟蓑笠翁

遠遠的、模糊的，依稀泊息著一艘世界遺忘了的孤零零的小舟！再定睛凝神一看，咦，舟上還有個披蓑戴笠的老翁，在這樣冷寒的雪天裡，他自己一個人不怕冷嗎？獨自跑到這蒼茫的地方來做什麼呢？呀，有了，細得幾幾乎看不出來的一條釣線，正從他握著的釣竿垂向江面去，呵，他原來在：

獨釣寒江雪

駕著一葉小舟的漁翁，在偌大的雪天空茫裡，獨自以微細的釣絲，垂釣一天迷濛的江雪，多麼渺小，又是多麼孤絕。眼前的江面隨著漁翁細微釣絲的指向，而展示出萬頃江雪，使人覺受到其間人物有置身雪連天、天連雪的上下壓迫感，但是，這種看似困絕、孤寒的情境，將由於「獨釣」的動作（當然也包括心靈意緒）而逐漸減輕或解除，從而揭發一種怡然自得的知趣。

〈江雪〉中的漁翁可以說象徵了詩人內在的堅執，他正視自己現實的遭遇——貶謫以及謫居的深重孤寂——進一步靜觀萬物，入乎其中，又出乎其外，掌握了適性的寄託。至少，在這一段心路歷程裡，他是不斷地追求這個的。

漁隱這類題材，在中國古典詩歌裡極為常見。清朝蘅塘退士的《唐詩三百首》共收錄柳宗元的詩五首，其中兩首就是屬於寫「漁隱」的，一首是前面提到過的〈江雪〉；另一首則是被蘇東坡譽為「熟味此詩有奇趣」的七古〈漁翁〉，我們把它引錄下來參考：

漁翁夜傍西巖宿，曉汲清湘燃楚竹。
煙銷日出不見人，欸乃一聲山水綠。
迴看天際下中流，巖上無心雲相逐。

柳宗元的漁隱詩是別有一番況味的，他能「吐胸中之造化」、「寫胸中之丘壑」，使得氣韻暗藏在筆墨間，所以，他一下筆，所到之處盡是撼人的氣韻了。而且，讀呀讀的，我們眼前竟像似出現了一幅絕妙的山水畫哩！看來詩中有畫，畫中有詩也不是王維獨擅其場的。

別舍弟宗一

【原詩】

零落殘魂倍黯然，
雙垂別淚越江邊，
一身去國六千里，
萬死投荒十二年。
桂嶺瘴來雲似墨，
洞庭春盡水如天。
欲知此後相思夢，
長在荊門郢樹煙。

【語譯】

被貶謫以來，我的魂魄就七零八落的，有說不出的傷悲。眼前依稀是那天和你在柳州江邊別淚縱橫的情景。

此回遠離家國足有六千里路之遙，我這投荒的逐臣，在生死糾纏的邊緣也掙扎了十二年。

僻陋的桂嶺瘴氣瀰漫，經常不見天日，連雲朵看來也是陰慘的墨色。如今你即將遠遊春光柔媚、水色如天的洞庭湖，以後我懷念你的夢境，該會長留在荊門邊的樹影雲煙間吧？

【賞析】

宗元被貶謫前後達十一年之久，後來獲召回京，僅僅三個月，又再出為柳州刺史。這首詩就是在他希望復燃後再度幻滅的絕望心情下所寫的。他到柳州四年就去世了，死的時候才四十七歲。

經過一貶再貶的身心打擊，使得詩人的心魂支離破碎，所以說：「零落殘魂」。「零」、「落」和「殘」本來意思相近，在這裡三字疊用來形容「魂」，無非是強調受創之鉅且深。第二句，同樣以「變」、「垂」和「別」三字連用來形容「淚」，尤見其雙眼淒然、涕淚縱橫的慘致。上句純寫情，下句以景襯情。此詩劈頭就忍不住奔瀉出滿腔的悲辛——受貶蠻荒十一年之後，滿以為雲開見日，從此告別陰鬱，哪裡料得到，惡上加惡、苦中增苦，接著還得再貶僻地柳州呢！詩人空負滿懷用世的才情，不僅不受諒解，甚且被誤認為朋比為奸，因而注定大半生的顛沛流離，這個就是他最大的痛苦的根由。

第三、四句寫的是空間與時間的雙重阻遏。從遼遙六千里的去國跋涉，穿織著生死血淚的十二年投荒歲月。「一身」之與「六千里」，強烈的對比正道出坎坷前途的孤獨與無助；「萬死」之與「十二年」更說盡了謫居生涯的奇險與漫長。

從過去種種的坎坷災厄，詩人進而聯想到即將遠赴的謫地——桂嶺，竟也是個「瘴來雲似墨」的人間獄境。昔日的崎嶇詩人尚且刻骨銘心，往後的路長人困更難以言宣了。「瘴」是山林沼澤中的癘氣，最容易讓人害病，加上雲霧如墨，一旦置身其間，舉目敻遼，前無古人，後無來者，此種憂戚豈是「愴然涕下」可解其萬一？

浸淫在悲鬱憤懣的深淵裡終究不是人生的究竟，詩人慢慢將痛楚的視照轉移開去，是的，眼前固然蹇困萬分，可是，還有一些令人喜悅的訊息在跳躍著呀！那就是春盡水如天的洞庭湖，不久就召喚弟弟前去。那個地方風和景秀，人情暖馨，與桂嶺的陰鬱幽寂相比，不啻天堂地獄呵！

第七、八兩句在濃密的離愁裡更梭織著詩人的一片親情，深入一點去看，它也沉痛地暗示著他的夢魂對現實逆境的排拒與衝越，以虛渺的夢幻企圖超越執固的現實，無論如何只會惹來更嚴重的挫傷。「煙」與「夢」的對用，隱喻著濃厚的迷離恍惚，而詩人竟也只能在這樣渺茫無定的希冀裡，找尋些微支撐生命存活的力量。

「文章憎命達」，似乎頗有道理。以左手寫詩的柳宗元，如果我們殘忍一點來識知：要是沒有那樣慘痛的人生閱歷，也許，他的詩作將很難千古共傳吧？天才的火種，若沒有外在世界的激刺引發，恐怕也難以迸裂出閃耀宇宙人間的火花來。

登柳州城樓寄漳汀封連四州刺史

【原詩】

城上高樓接大荒，
海天愁思ㄙˋ sì 正茫茫。
驚風亂颭ㄓㄢˇ zhǎn 芙蓉水，
密雨斜侵薜ㄅㄧˋ bì 荔ㄌㄧˋ lì 牆。
嶺樹重遮千里目，
江流曲似九迴腸。
共來百粵文身地，
猶自音書滯一鄉。

【語譯】

我登上柳州高大的城樓，極目遠眺，外面連接著一大片荒漠的原野。

想著幾位好友都遠謫異地，茫茫的愁思就像海連天、天連海般地無窮無盡。

一陣陣急風猛吹過去，驚動長滿荷花的湖水；緊密的雨點不斷撲打在爬滿薜荔的牆垣上。

山嶺的樹林重重疊疊，擋住了千里以外的視界。

江流曲折委宛，好似九轉的迴腸一般。

諸位和我同被貶謫到百越蠻荒之地（這兒的土著還在身上刺繪紋采呢）！

可是彼此阻遏在一鄉，音書也很難互通，豈不令人滿懷惆悵？

（按：漳州、汀州、封州、連州四位刺史分別是韓泰、韓曄、陳謙、劉禹錫。他們和柳宗元同坐王叔文黨，一貶再貶，備嘗悲辛。）

【賞析】

這首詩是柳宗元二度受貶至柳州，初到任時登柳州城樓，觸目傷懷，繫念幾個謫處南荒各地的好友而寫成的作品。

詩人為了自我安慰，常喜歡說些「登高可以望遠，遠望可以當歸」的痴話。果真如此，鄉愁又哪成其為鄉愁呢！當詩人不得不接受命運的安排而萬里投荒時，他到了所謂的目的地後，勢無可免的會去登城樓（好比王粲寫〈登樓賦〉，他的心情也是極為愀愴的），本是為了遠望，遠望似乎又為了當歸，——可是，觸目所及，盡是廣漠無垠的荒野，如果平蕪盡處是青山的話，那麼，家就是青山以外的以外了。詩人置身在如此遼敻蒼茫的空間裡，內心忍不住悲愁滾滾。從自身的被隔絕、被困阨，進而聯想到跟自己遭遇相仿的四位好友，同在受苦受難中，但這份關懷又無從寄訴，所以說「海天愁思正茫茫」。「海」、「天」都是無盡無涯的浩瀚象徵，這兩個意象相粘接，正足以構成極寬廣、極深致的況味，用它來形容「茫茫的愁思」，一則貼景（百越諸地近海），一則入情。

接著，詩人以「驚風」、「密雨」狀當前景物，正引述他驚魂未定、愁思密集的心息。「風」和「雨」都給人摧折之感，記得白居易〈與元微之書〉裡提到微之聞悉居易受貶的消息，大為悲慟，賦詩云：

殘燈無焰影幢幢，此夕聞君謫九江。垂死病中驚坐起，暗風吹雨入寒窗。

也是以「風」和「雨」來襯托和象徵人的情境。「驚」風和「密」雨更使風雨狂厲達到極點，而它們凌逼的對象又是那柔弱的芙蓉和卑渺的薜荔，這裡可不正隱隱然控訴著詩人飽受折辱的哀楚？

第五、六句把詩的鏡頭從近景拉開，投向更遼遠的遠景。「嶺樹」跟一般的樹木不同，它密生在崇山峻嶺、層巒疊嶂之中，恰好阻斷了遙遙難及的鄉關，也凝痛了詩人目極千里的鄉愁，而鄉愁中又包含了對至友的關切之情。「江流曲似九迴腸」乃是以具體的物象來比喻抽象的情懷。那逶迤宛轉、盤桓不盡的江流，就如同躊躇煩亂的心思，錯綜複雜，無由覓其端緒。「江」和「流」所涵的「水」意象，又令人有「淚」的聯想，而這股情淚是婉曲難宣，迂迴不盡，既無始又無終的。

末了兩句，粗看似乎也有一份無可奈何的豁然之意。既然大家的命運大同小異，都受貶至如此蠻荒僻陋的地區，理應互通音書，彼此相濡慰藉，在知命的體認中，困苦但堅毅地走完人生的路程，——可是，事實上，連這內在情思的淨化、提升，都因著外在情境的阻遏而告止息。「猶自」一如「兀自」，這兩個字飽蘊了多少詩人內心的悲憤，和多少對慘澹命運的抗議。

打擊、摧毀一位知識份子，尤其是徹底覺醒了的，恐怕身心兼俱的貶謫放逐是最苛酷的一種了。在裡外煎迫的環境下，這位滿心憂苦的曠世文人，終於以四十七歲的英年飲恨柳州，告別了人間永無休止的生衰住滅。

元稹

（西元七七九－八三一）

誇張一點來說，《鶯鶯傳》的不朽也就是元稹（微之）的不朽。當然，除了這篇傳奇作品之外，元稹還有不少詩文都是響噹噹的，他的留名並不是非靠《鶯鶯傳》不可。我們之可以劈頭這樣介紹他，一來順水推舟，二來也是為了強調他多才多情的形象。

元稹生於唐代宗大曆十四年，卒於文宗太和五年。他是河南（今河南省洛陽）人，排行第九，朋友們常常喚他「元九」。他十五歲考上明經，不過當時讀書人黃金屋顏如玉的目標在於「進士」，明經算不了什麼。傳說他曾興沖沖跑去結交鼎鼎大名的詩人李賀，被李賀輕蔑地損了一句：

明經及第，何事來看李賀？

元稹又羞又氣，等到後來得意時，並沒忘記回報一枝暗箭過去。貧寒出身復具文才的元稹，和大多數的年輕讀書人一樣，雖也有用世的熱誠，但畢竟是功名第一。他的宦途起起落落，曾被貶外地達十年之久，由於不斷攀權附貴的結果，終於當上宰相。不到三月，便和裴度不和，同時罷相。一生功名的顛峰，至此成昨日黃花。五十三歲那年，突然死在武昌節度使的任上。

他和白居易是好朋友，從貞元到太和三十年間，共同提倡大眾化、通俗化的詩歌，在社會上引起極廣泛的支持。他們從事的這種反映當時民眾心聲與現實生活，介乎雅俗之間的作品，稱為「元和體」。不但民間流傳，即連宮廷裡的嬪妃也喜歡吟唱他的詩，大家都稱他為「元才子」。

元稹的三首〈遣悲懷〉，是古今共傳的悼亡詩，寫他對元配韋氏的情深，極其纏綿悱惻。使普天下多情的人們在同情共感之餘，忍不住一掬辛酸之淚。後來元稹雖然兩度再娶，但再也沒有為她們寫下像這樣哀惋的情詩了。

遣悲懷

【原詩】

閒坐悲君亦自悲，

百年多是幾多時？

鄧攸無子尋知命，

潘岳悼亡猶費詞。

同穴窅（ㄧㄠˇ yǎo）冥何所望？

他生緣會更難期。

【語譯】

公餘之暇我獨坐冥思，想來想去都是你哀傷的影像，自己也覺得悲鬱起來。

百年算是不短的歲月，可是生年不滿百，人活著到底又有多少光陰呢？

晉朝的鄧攸在逃難時，為了保全弟弟的兒子而忍痛丟棄自己的兒子，他很認命地接受老天的安排。

還有一位美容儀富文采的潘岳，心愛的妻子死了，他悲痛不已，為她寫了三首悼亡詩，想想其實也沒有什麼用。

我們死後就算同一處墳穴，但是杳茫無知，又能有什麼指望呢？

要是寄託願望在來生，因緣湊泊更是難以期待的了。

唯將終夜長開眼，
報答平生未展眉。

現在，你是永永遠遠離開我了，我唯一能做的，只有整夜不闔眼思念你，但願它能多少報答你一生未能開展的眉頭。

【賞析】

元稹和妻子韋氏情深愛重，以三首〈遣悲懷〉見證人間最可貴的情愛，生與死，時與空不僅沒有障礙、減損它分毫，反而，鑄塑了它的普遍與永恆性。

也許，真如某些心理學者所認為的，人類男女之間的愛情原本不是絕對「一對一」的，如果我們能在這個寬容的基點上去看這首作品，大概能有比較深廣的體受。《鶯鶯傳》大致是元稹自身的一次感情經歷，這種說法已為大多數人所接納。正像無數折騰在欲海情天的俗眾一樣，元稹在告別他悱惻的戀情不久後，就走進了婚姻的世界。使他在婚姻的情愛裡刻骨銘心的伴侶就是韋蕙叢——一位安於貧賤的賢慧妻子。現在我們就從這個了解出發，來品析它成為千古絕唱的所以然吧！

閒坐悲君亦自悲，百年多是幾多時？

死亡像一把利刃，劃開了陰陽兩界。平常公忙時往往個人的哀愁會退隱到心靈的角落去，等到空暇下來，所有的悲怨就如同日暮時分蒼茫的天色，漸聚漸濃，讓人無所逃遁。元稹在任何一個可以自騁情思的時刻，都想起結婚才五年多就去世的妻子韋氏。從眼前的情境回溯到與她生前的百年之約，百年固多，可是又能有多少如意的時光？更何況彼此相聚不過百年的二十分之一，即無以為繼了。這便是詩人所以「悲君」亦「自悲」的緣由，感嘆著人間無可避免的命運捉弄。

鄧攸無子尋知命，潘岳悼亡猶費詞。

元稹和韋氏育有五子一女，可惜都夭折了。他以鄧攸棄子絕嗣的典故一方面隱喻韋氏的賢慧如鄧妻，一方面象徵自己極端的悲酸與認命。又用了潘岳悼亡妻的故實，加強他的喪偶之痛。無子的「尋知命」和悼亡的「猶費詞」都是詩人故作達觀自慰的話，以字面的正面意義翻折出更深刻的反面意義，往往具有一正一反順逆相激的波盪感，不僅僅使詩意豐繁，並且更刺激了讀者的感受。

詩人因自苦自慰而愈悲愴的心情，由第五、六句詩凸顯出來：

同穴窅冥何所望，他生緣會更難期。

「同穴」和「他生緣會」都是他所深深企盼的，這個企盼實現的可能性愈大，或許愈能減輕眼前的愁憂。可是，當詩人自己開拓了一線心靈的曙光後，卻又馬上墮入理性的醒覺意識中：同穴何其窅冥，怎能肯定去希望？縱然同穴了，有知還是無知？至於來生的會聚，更是渺茫難料，即使再會了，能否再續前緣，補償今世的憾恨呢？

此際，詩人的悲戚已面臨絕壁，但對於亡妻的戀眷於懷，則有增無已。於是，當他徹悟死後未知的不可期許、生死遙隔的無可踰越，便轉求取生前可知的努力：

唯將終夜長開眼，報答平生未展眉。

「終」、「長」和「平生」都表示了詩人在時間觀念上的固持。「終夜」意味著漫漫的孤寂，詩人獨處於其中是靜默的「長開眼」，是情性的徹底奉獻，雙眼所以不闔，是因為緣盡情未了。詩人透過有形有限的肉眼來觀照、綿戀無形無限的愛情餘韻，豈止讓人感到心動而已！在對於韋氏聲情態貌的憶念裡，最最觸痛詩人內心的，便是她的「未展眉」。她所以未展眉並不是天生的（韋氏系出名門，姿容殊麗），而是因為嫁了元稹以後，窮愁的現實生活有以致之；因此，詩人用「平生」兩字來形容她的「未展眉」，適足以映襯他沉重的內疚。詩人在感情的困境裡不斷磨蝕自己，他對於過去只有懊疚，對於不可知的未來復無能為力，唯一能以自我意識支配的，只有現在——唯有長夜不眠的刻骨相思，才能報答她未展眉的平生於萬一。而以有限的「長夜」，比起她的一生又是何其渺微與不足為道啊！詩人的痛苦至此再度捲入更深更不盡的漩渦裡。

元稹這首〈遣悲懷〉大約寫在三十歲到三十二歲這段期間，韋氏是在他三十歲時去世的，相當年輕。後來，元稹再娶兩次，也許是為了「無後為大」或其他什麼原因，我們並不清楚，但是，從此再也沒有留下這樣淒楚哀絕的作品了。是曾經滄海難為水呢？還是像晏小山所寫的：「自古悲涼是情事，輕如雲雨」呢？

【附錄】

遣悲懷　另二首

謝公最小偏憐女，自嫁黔婁百事乖。

顧我無衣搜藎ㄐㄧㄣˋ jìn篋ㄑㄧㄝˋ qiè，泥他沽酒拔金釵。
野蔬充膳甘長藿，落葉添薪仰古槐。
今日俸錢過十萬，與君營奠復營齋。

昔日戲言身後事，今朝都到眼前來。
衣裳已施行看盡，針線猶存未忍開。
尚想舊情憐婢僕，也曾因夢送錢財。
誠知此恨人人有，貧賤夫妻百事哀。

賈島（西元七七九—八四三）

韓愈大力提拔的後進中，有一名性情古怪的苦吟詩人賈島，他生於代宗大曆十四年，卒於武宗會昌三年，字浪仙，是范陽（今河北涿縣）人。

賈島年輕時當過和尚，法名叫「無本」。三十三歲那年，他到洛陽去看韓愈，韓愈一向反對佛門，就力勸他還俗求取功名，並且教他作文。賈島終於在四十四歲時考上進士，文宗時曾任長江主簿，所以世人稱他為「賈長江」。後來又做過普州司倉參軍，一直沒有什麼發達。賈島的一生非常清苦，據說死後只剩一頭病驢和一張古琴。

賈島身世特殊，生活清寒，他極愛作詩，多取日常事物入詩，作詩的態度，很受杜甫「語不驚人死不休」的影響，加上他來往的大多是僧道之流，所以他的詩清真幽細，裡面常帶山林之氣。孟郊〈戲贈無本〉說：「瘦僧臥冰凌。」蘇東坡乾脆拿一個「瘦」字來評斷他的詩。賈島自己也說：「新題驚我瘦，窺鏡見醜顏。」這些話，一方面形容他的人，一方面也譬喻他的詩風奇峭幽僻。

賈島工於五言律詩，在格律、技巧與創新方面都很苦心經營。一般的詩評大致上都認為他的詩「雖乏佳篇，卻時有警句」，如「秋風吹渭水，落葉滿長安」（〈憶江上吳處士〉）、「鳥宿池邊樹，僧敲月下門」（〈題李凝幽居〉）、「共君今夜不須睡，未到曉鐘猶是春」（〈三月晦日贈劉評事〉）等；但是，賈島實在也有意象俱佳的全篇傑作，如膾炙人口的〈尋隱者不遇〉就是一首相當超逸絕塵的好詩。

欣賞詩本是「境自隨人，各有會心」，也許有人嫌賈島詩歌的氣象不大，而賈島自道吟詩的苦況是：「兩句三年得，一吟雙淚流！」我們難道不覺得像他這樣傾注所有的生命力於詩歌的創作，是多麼令人佩服嗎？他所譜出的生命樂章，豈不也使我們產生黯然低迴的衷心感觸嗎？

原東居喜唐溫琪頻至

【原詩】

曲江春草生，紫閣雪分明。
汲水嘗泉味，聽鐘問寺名。
墨研秋日雨，茶試老僧鐺。
地近勞頻訪，烏紗出送迎。

【語譯】

長安樂遊原附近的曲江池，春天一到就綠草叢生。遙望陝西的紫閣峰，積雪未融，在陽光下閃著銀白的光芒。

我汲些春水，想嘗嘗新泉的滋味。這時，遠方傳來鐘鼓的聲音，忍不住想問問：到底是哪家寺廟呢？

興致來了，不妨接點去年秋天貯下的雨水來研墨。戲墨吟詠，怎能無茶佐興？等等，待我找個老僧用的三足鐺，好好烹些茶來細品。

由於我倆住得相近，勞你常常過訪。雖說你經常來，可是我也會戴上那幾乎遺忘了的烏紗帽來迎接你哩！

【賞析】

雖然賈島的詩歌，以奇僻、冷苦而自成一格，但這首作品顯然不屬於此種作風，從詩題〈原東居喜唐溫琪頻至〉來看，我們不難了解這首詩的喜甘多於悲苦，而詩的喜味又帶有一股山嵐霧氣，有墨香有茶溫，有泉味有鐘聲。

唐溫琪是賈島住在原東居所（長安的昇道坊）時，過往甚密的一位朋友。他的來臨使得詩人雅興大發，原來苦澀的情思都被友誼的溫暖淡化了去。某一天，唐溫琪正在春光爛漫的時分來了，一路踏著曲江邊恣意滋長的春草，一下子彷彿為賈島攜來無垠的綠意。由於紫閣峰厚厚的積雪未消，更顯得此地春天的溫煦可人。賈島曾經嘆息說：「知余素心者，惟終南紫閣諸峰隱者耳！」所以，他一方面既為曲江春草生時唐溫琪的來訪而喜，一方面忍不住聯想起紫閣峰上白雪深處的知友來。

客人來了，他很殷勤地汲取新春的井泉，與客共嘗一心清涼。突然間傳來一陣陣的鐘聲，他們之間的話題便轉到鐘聲上頭。也許是唐溫琪在打聽，也許是詩人自問，總之，它暗示了這個地方不是凡煙俗障之處（定有不少的廟宇寺剎），他們談述的當然也不是意氣鷹揚的功名……

談啊談的，想起去年秋天特地貯存的一缸雨水，何不拿來研墨吟詠呢？於是，詩人研出了墨香，也研出了詩意。猛又想起自己保存的一個老僧鐺，正好可以試試新買來的茶葉，於是，他又興致勃勃烹起茶來。這一切，看在解意的唐溫琪的眼裡，感受在內心裡處，彼此是多麼會心啊！

由於住得不遠，所以當投機的朋友要告辭時，詩人也不用「浮雲遊子意，落日故人情」那般的悲涼不已。他們之間的友情就像行雲流水一般，自自然然，毋須叮嚀再叮嚀，也不用感傷再感傷，喜歡的話，隨時都可以互相探望，探望之前之後，彼此都不必有什麼感情上沉重的負擔。——或許，就是所謂的君子之交淡如水吧？

最後一句：「烏紗出送迎」，最耐人玩味了。有人也許覺得這麼一首不沾俗塵的詩，怎麼末了會冒出一頂「烏紗」帽來煞盡風景呢？其實，不過是詩人溫厚地對自己嘲弄一下罷了。賈島還俗後仕途並不如意，雖然戴過烏紗帽，但都不是什麼了不起的官職。他住到長安的昇道坊，是四十八歲以後的事，大概對自己的一生也很了然。在清寒病苦的日子裡，烏紗帽所代表的就再也不能是繁華富貴了，它毋寧是熄滅的功名熱望。賈島是很難在實際的人生舞臺上，再戴上烏紗帽去扮演企待中的自己了。縱然有機會，也少得可憐，而角色也卑微得叫自己不忍。所以，他就說：唐兄，沒想到我的烏紗帽還可以用來迎送你呢！

我們想，唐溫琪一定很了解賈島的心，賈島也一定知道唐溫琪很知他。而朋友，不就貴在一點相知，一點相惜嗎？它總能在人們心靈的凍原上，孕燃一朵春光。

【附錄】

尋隱者不遇

松下問童子，言師採藥去。
只在此山中，雲深不知處。

三月晦日贈劉評事

三月正當三十日，風光別我苦吟身。
共君今夜不須睡，未到曉鐘猶是春。

憶江上吳處士

閩國揚帆去，蟾蜍缺復團。秋風吹渭水，落葉滿長安。
此地際會夕，當時雷雨寒。蘭橈ㄋㄠˊ náo殊未返，消息海雲端。

張祜（中唐時人）

和孟郊、賈島一樣，張祜也是個任情率真的苦吟詩人。有關他的生平事，我們知道的很少。他的字叫承吉，是清河（今河北鉅鹿附近）人。穆宗長慶年間，有些達貴的人曾經上表推薦他，他根本不放在心上。也曾在諸侯王府作過事，總是跟人家合不來；後來，他就自己求去，跑到丹陽曲阿去隱居起來，一直到逝世。

他的詩作以宮怨見長，也因此得名。其中最著名的便是〈何滿子〉、〈贈內人〉和〈集靈臺〉三首，常在精巧細緻的表層下，隱含著深沉的悲酸和諷諫之音。他的七絕〈題金陵渡〉，寫旅次異地的鄉愁，極盡蒼茫淒美之感，是一首難得的傑作。

題金陵渡

【原詩】

金陵津渡小山樓，
一宿行人自可愁。
潮落夜江斜月裡，
兩三星火是瓜洲。

【語譯】

金陵津渡（可能指江蘇鎮江之西津渡）有一座小山樓，羈旅作客的行人要是有機會在這兒住上一夜，一定會滿懷惆悵。

當夜晚來臨，潮水慢慢退落了，江水裡浮映起一彎殘月。

遠處閃爍著三三兩兩的燈火，我心裡想：該是對面的瓜洲城（江蘇江都縣南）吧？

【賞析】

這首融鄉愁於旅情的〈題金陵渡〉，雖沒有激昂的怨悱，卻鋪滿了淡淡的哀愁。

首句點明詩人所處的地點，是在繁華綺麗的金陵渡江的小樓上，眼前宜人的景致不但沒有讓他產生怡樂之情，相反地，卻惹起詩人「雖信美而非吾土兮」的戀鄉情懷，這股鄉愁緣著一夜的羈宿而拓展開來。「愁」字用得直接、厚重，像一個鏡頭的焦點，凝聚了所有的感情氣氛，復從此散發出千絲萬縷，纏綿不絕的愁緒。

接下來的兩句，更融合了空間與時間的蒼茫感。異地的旅次使詩人愁腸百結，由於惆悵而徹夜難眠，更由於不寐而極目四望。望的結果，徒然加深身處他鄉的自覺，這份自覺使詩人敏感於周遭的情境——白天裡滿漲的潮水已然退去，深夜的長江籠罩在一片靜謐裡，只見一彎斜月默默掛在天涯。「潮落」、「夜江」、「斜月」構成一幅淒迷的畫面，為什麼會這樣呢？當然是透過了詩人憂傷的心靈去感受才如此。他可能由潮水的起落想及世途的浮沉；由深夜的長江想到孤獨漂泊的自己，由斜月想到自古難全的人事……。詩人常常以外界景物的變化來影射自己內心情懷的波盪。

自然界裡到處充滿著一觸即發的哲理，可不是嗎？

當詩人寫到「潮落夜江斜月裡」時，已捲入極端沉悶的低潮。我們試想，時間是更深夜闌，空間從他鄉異地的遼遠，縮小至潮落月微的長江畔，兩者自然時空的穿梭交錯，使得詩情落進沉重的孤絕、閉塞中。

於是，詩人試圖突越這一層情域的困境，他終於在無盡的黑暗裡，瞥見了微弱的點點火光：

兩三星火是瓜洲

猛然間，他為自己捕捉了一線希望，雖然不過像三三兩兩的星火，如果在明月如霜、繁星似網的時分，這兩三星火只是微乎其微的陪襯罷了。可是，此際，這寥落淒清的星火，卻成詩人從內在視界望向外在宇宙的重心——它代表了憂傷孤獨中燃起的希望，雖然清幽渺小，卻導引詩人的情思，奔向眼前的一處目標——瓜洲，這個目標因著兩三星火的襯映，而告明確的肯定。

我們注意到，詩人不寫「兩三星火似瓜洲」，而用了一個肯定的字眼「是」，用意不難想像，因為如果用了「似」字，那麼，整首詩就仍然停滯在濃厚的感傷氣氛中，從開始到結束，沒有造成什麼奇突之感，只像一股汩汩不停的愁流，撼人的力量就比較小；反之，他用了「是」字，則不僅使詩景透過細膩的轉接（兩三星火）呈現出迥然不同的躍升力量，似乎也暗示著他對未來人生肯定的悟識吧？我們不妨認為張祜這首作品隱含著某種超拔的精神，儘管，它或許在詩人的心路歷程裡只如曇花之一現。我們再拿他的另一首〈胡渭州〉來對照看看：

亭亭孤月照行舟，寂寂長江萬里流。鄉國不知何處是？雲山漫漫使人愁。

就可以發現兩首詩作的心態不盡相同，同樣寫鄉愁旅思，〈題金陵渡〉顯然比〈胡渭州〉來得深致宛曲多了。

張祜在現實人生中不甚得意，但在詩的天地裡，他確實是不容忽視的。才情兼具的杜牧曾經這樣誇過他：

睫在眼前人不見，道超身後更何求？誰人得似張公子，千首詩輕萬戶侯。

這也許是人間另一種角度的評價。誠然，古往今來又有幾個宦場得意的絕代詩才？

【附錄】

何滿子

故國三千里，深宮二十年。

一聲何滿子，雙淚落君前。

集靈臺 其一

虢國夫人承主恩，平明騎馬入宮門。
卻嫌脂粉汙顏色，淡掃蛾眉朝至尊。

李賀（西元七九一—八一七）

像幽深的蒼穹裡，一道突然閃落的光弧——李賀，他在中唐詩壇上的崛起與殞逝，就是這樣的充滿了悲劇性的美。注意到這顆流星的人們，深深為他詭奇、寒豔的光芒所驚動；沒有注意到他的，將永遠無法走進一個有別於人間表象的蒼深、淒楚的心靈世界。

李賀字長吉，是河南洛陽昌谷人。生於唐德宗貞元七年，死在唐憲宗元和十二年。算算，他也經歷了生命裡二十七回的春天，可是，從他留下來的二百多首詩歌來看，好像春天也化成了冬天……早熟、悲觀，加上不偶的時運，終於使他匆匆結束生命之旅，奔赴其所魂牽夢縈的永恆之域。

李賀相當狂熱於詩歌的創作，他常常大清晨騎著一匹瘦驢出門，旁邊跟著一名小書僮，背著一只「古錦囊」，隨時隨地構思，一有佳句，立刻寫下來投入囊中。回家後，就把錦囊內的詩句倒出來，再加綴理，就成了一首詩。最疼惜他的母親說他寫詩，就好像非要把心血嘔出來不可。

不過，這樣充滿才情及創作慾的詩人，並沒能為自己的前途開闢什麼路徑來，反倒是挫折連連，功名的加上身心的，逼得他把年輕的自己放逐到一片陰森、哀慘的想像世界裡去，也因而造就了他那迥異於其他詩人的奇特風格。李白被稱為「詩仙」，杜甫稱為「詩聖（史）」、王維是「詩佛（禪）」，那麼，被一般人認為是鬼才的李賀呢？大概只能稱之為「詩鬼」了。——他們之間雖然各有千秋，同為詩傑則是不易之論。因為，在藝術的領域裡，不管是仙、是聖、是佛、是禪或是鬼，總是不屬於俗世凡夫的「人」啊！

感諷 五首之三

【原詩】

南山何其悲！鬼雨灑空草。

【語譯】

南山看起來多麼黯慘啊！飄忽的鬼雨撲灑著凋殘將盡的草野。

長安夜半秋，風前幾人老？
低迷黃昏徑，裊裊青櫟道。
月午樹立影，一山惟白曉。
漆炬迎新人，幽壙螢擾擾。

長安城裡遍地秋風，更深夜半的時候，將有多少人老盡他們的年華，走向生命的終點呢？暮色昏黃中，一縷縷的幽魂低迷其間，恍惚的夜風搖撼著路旁的青櫟，樹葉發出一陣陣的哀吟。月光慢慢從樹頂直瀉下來，原先鋪展在地上的樹影，都直立起來與樹身合而為一了。晚秋的荒郊曠野，在月光下默默閃著一片陰森森的白。墳場間閃動著一幢幢的鬼火，大概是在歡迎新來的鬼魂罷？原來深幽的曠野裡，並不如想像中的死寂，竟也熙來攘往地自成一個紛擾的世界。

【賞析】

一顆愁鬱沉愴的心靈，是很難感受到人間五彩繽紛的華麗的。即使從初生嬰兒燦亮的微笑裡，他亦可以窺見死亡的陰影游移其間，即使身歷榮興之境，他亦不免預感曲終人散的衰落與哀傷。

李賀，好像天生來承擔這一份人類共有的悲苦似的，透過他曲奧幽深的心眼所望見的人生，竟然是生死牢接、興衰接替、現實與夢幻界線不清的森寒境象。我們很難想像這麼年輕的軀體，竟負載了如許悲觀悒鬱的心神，二十七歲的人生究竟能使他從緣生察死、見盛觀衰的過程裡，超越出什麼來呢？他也畢竟是跨過去了，也許他到達「彼岸」後另有會心，但在這紛擾的塵世裡，他曾為自己生命煎熬的痛苦，以文字作了不朽的見證，或者也給了許許多多陷落苦悶中而掙拔不出的年輕的心靈，一面照現自我的鏡子吧？

這首詩表面上看起來是描寫荒山墳野的雨夜景象，最特殊的地方是作者出生入死的「全知」觀點的運用。由於對人世種種的拘意執情，才使得他那麼在乎大部分人都不在乎的身後冥界，他愈在意，便愈發揮自己豐沛的想像力來構築這樣的一個陰慘世界，來映襯自己現實今生的失意，和格格不入俗情的冷僻。「南山何其悲！鬼雨灑空草」，詩人遙望一般人心目中的「終南捷徑」——南山，所引發的聯想，既不是富貴的遠景，也不是隱士的清幽，反倒是繁華事散的煙塵，人生尾站的冥域。南山的「悲」當然是出自詩人悲情的觀照，南山想也曾經綠草如茵、碧樹參天，但是詩人眼看它如今蕭瑟的表象，再也興不起它往日鮮活的印象了。那麼，這兀自哭個不休的雨像什麼呢？——「鬼雨」。那樣無可慰勉的哀傷的雨，那樣恍如隔斷今生與來世的雨，跟詩人完全落入孤絕、淒絕的心情打成一片了。

長安，這個冠蓋雲集、歌舞鼎沸之地，似乎是人生永無休止的競爭場所，當夜半的秋風淒淒吹起時，可知道有多少人心滿意足地告別人生？多少人含恨以終？多少人不願走也得走？又有多少尚未圓熟即已凋謝的青澀生命？在風雨的磨折下逐漸老去的生命，終究要剪斷人間所有的依戀，投赴另一個天地去的。不管詩人是作為一名生命結束後的旁觀者，或是設想自己告別肉體後，精神飄盪游離的狀態，他所感受到四周的氛圍是這樣的：

低迷黃昏徑，裊裊青櫟道。

暮色昏黃裡，送葬的人再悲戚、再流連，也必得回歸生命活動的人間去，繼續走自己未走完的路，他們的心情可想而知是極盡低迴與蒼茫的。此時，漫天風起，吹動道旁枯索的青櫟樹，怎不叫人覺得生死兩隔那無可言喻的傷感呢？如果死者能把這一切看在不滅的魂靈深處，他該又是多麼的愴痛——生與死之間的鴻溝看上去是那麼輕易就跨過去了，可是卻再也沒有人有能力跨回來。也許，死者是徹底的無知了、解脫了，留下許多他們扛不起來或未扛完的責任給活著的人……可是，這一切誰又尋得出答案呢？唯一我們能千真萬確肯定的，那就是不管你的一生是血淚交迸也好，是富貴溫馨也罷，甚或是平淡得像一陣不起眼的風也罷，最後，都無可避免地要踏上這千古同一的「低迷黃昏徑，裊裊青櫟道」。

好了，在這兒已然分道揚鑣，可是，我們的詩人卻徬徨不能去。人間的世界對他而言，已經沒有所謂的溫暖、光明、希望，如果他回去了，充其量也是一副尚能行起坐臥的軀殼而已，殘破的精神再也受不起世態炎涼的摧損，內在生命的火種已被現實的雪泥埋熄了。那麼，留下來吧，留在這荒郊曠野，看看這被活著的人類所遺忘的黯曲無聲息的天地吧：

月午樹無影，一山惟白曉。

靜極了，當月亮移到中天時，滿山遍野只有如霜的月光，樹影都站起來緊貼著樹身，疏落的衰草泛出一片陰森冷漠的白，一種破曉前沉寂淒清的白。詩人的心如此的寒慄嗎？要不然怎麼能寫出這麼叫人震顫的氛圍？他似乎不僅僅把自己凝立成一尊冰冷的石像而已，他竟然脫卸了自己的皮相，竟然捨卻了血和肉，竟然只要存著自己單薄如煙的靈魂，所以，他現在沒有俗軀的掛礙了，像恍洋悠忽的莊子，瞥見一幕新奇的景象劈面而來：

漆炬迎新人，幽壙螢擾擾。

此起彼落的鬼火，熱絡地來迎接新來的客人，一下子原本幽黯的墳場竟突然熙熙攘攘起來，所有的前塵往事重新被提起、被溫習、被詛咒、被惋嘆……只有一個話題不必擔心恐懼，也毋須被再提起的，那就是：「死亡」。

李賀的想像力太曲奧、太豐沛了，散發出飄忽、陰晦的魅力來。當然，從詩的題目〈感諷〉來看，我們不難知道詩人透過高度的想像與敏銳的觸鬚，他所要諷弄的，其實是鬼界的對立面——人界。他一再描繪的「死亡」情境，也許是在提醒縱情食色、拘意名利的芸芸眾生，不妨偶爾把襟懷敞開一下，望一望人生盡頭處的悲哀，想到「人生雖多途，趨死惟一軌」時，也就不必太斤斤然於得失成敗了。盡量坦蕩蕩地把人生之旅走完，大概不失為迎接死亡最好的人生態度吧？

不過，也可能是李賀個人對「死亡」懷著極大的困擾，而「鬼」就成了他心靈世界最常登場的角色了。他的內心深處蟄伏著太多太重的傷愁，他是一個命定快樂不起來的人。別的詩人儘管多愁善感，儘管憂國傷民，但總還能感受到春天的花香、秋末的豐熟，甚至在冬雪中想望春天，但是，李賀呢？所有的外物似乎都搖撼不了他性格中根深柢固的悲鬱，他不僅用文字，甚且用血、用淚、用生命去詮釋整個人生的內裡。不論他所析釋出來的究竟是什麼，他那無與倫比的創作狂熱，以及那冷睿、犀銳的靈思，是深深悸動所有略具悲觀素質的心靈的。

【附錄】

秋來

桐風驚心壯士苦，衰燈絡緯啼寒素。
誰看青簡一編書，不遣花蟲粉空蠹。
思牽今夜腸應直，雨冷香魂弔書客。
秋墳鬼唱鮑家詩，恨血千年土中碧。

杜牧

（西元八〇三－八五二）

杜牧，字牧之，是京兆萬年（今陝西長安縣）人，生於唐德宗貞元十九年，卒於唐宣宗大中六年，是晚唐數一數二的大詩人。

他的家世很不錯，祖父是曾經編撰《通典》的名相杜佑。這樣的環境當然使杜牧懷抱滿腔問政的熱忱，他其實也很用心充實自己軍政財賦各方面的才能，可是，或許由於當時藩鎮跋扈，朝廷正值多事之秋，或許由於他天生浪漫多情的性格，杜牧始終沒有達到自我期許的遠大目標。

杜牧的宦海浮沉與他的豪宕不羈，及到處留情的行徑多少是互為因果的。他長得俊秀，為人又倜儻風流，總有太多的豔事跟隨著他。有一首膾炙人口的〈遣懷〉：

落魄江湖載酒行，楚腰纖細掌中輕。十年一覺揚州夢，贏得青樓薄倖名。

正是他在繁華的揚州，縱情詩酒、留戀女色的寫照。

後來，他當了監察御史，以「敢論列大事，指陳病利」而見稱於時。曾外放為黃州、池州、睦州、湖州的刺史，最後死在中書舍人的任上，才五十歲。

他做池州刺史時，曾訪湖州，遇見一位十幾歲的美麗少女，心裡極愛，便和她母親約定，十年後再來迎娶，並且預付聘禮。可是這一去，卻隔了十四年，杜牧才到湖州當刺史，那位可人的少女以為他食言爽約，早已出嫁生子了。杜牧滿懷惆悵之餘，吟就一首流誦古今的〈嘆花〉七絕：

自恨尋芳到已遲，往年曾見未開時。如今風擺花狼藉，綠葉成蔭子滿枝。

這位浪情的才子，處在那種日薄西山的朝代裡，仍有極沉痛的悲慨，他那首〈泊秦淮〉真是觸動了太多太多苦悶時局下悲愴的心靈。他與李商隱同為晚唐唯美詩風的大家，但他並不蓄意堆砌麗辭華句，不因襲古人，不囿於時尚，透過高度的藝術技巧，表現出清華綺秀的風貌，而自成一家。他擅長七言律絕，七律酷似杜甫晚年的詩風，所以，世稱「小杜」。

赤壁

【原詩】

折戟（ㄐㄧˇ jǐ）沉沙鐵未銷，
自將磨洗認前朝。
東風不與周郎便，
銅雀春深鎖二喬。

【語譯】

有一根折斷的戟沉埋在沙底下，現在碰巧挖掘出來了，雖然年代久遠，但由於是鐵鑄的，所以沒有銷毀。

我把它拿來磨洗一番，才認出原來是前朝的兵器。

想當年吳蜀聯軍，火燒赤壁，大破曹操八十萬大軍，真是何等功業！要不是借得東風，使周瑜（郎）因勢乘便，恐怕東吳那兩位叫大喬、小喬的絕世美人，都會被曹操擄了去，把她們的青春容色，深鎖在銅雀臺裡呢！

【賞析】

這是一首詠史詩。主要是以三國時魏軍被吳、蜀聯軍打敗在赤壁的史實為背景，雖然主題嚴肅，但杜牧卻以相當趣味性的手筆來抒述。原本充滿悲感的一頁史跡，經由「二喬」風情的點染，遂使整首詩活潑靈動起來。令人陶情於其幽默諷弄之餘，不覺猛識世變興衰的傷感。

第一、二句是藉著詩人一偶逢的經驗而起興。一根折斷的戟沉埋在沙中，詩人不意間得到它，上面斑駁的鐵鏽觸動他的古思。這古老的兵器，經由詩人殷勤的磨洗，才恍然認出是六百年前的三國遺物。「戟」本是堅利的，它的折斷該是歷經了極慘烈的戰況，如今成了這段滄桑史實的見證者。多少的英雄豪傑、王侯將相，都已被浪沙淘盡，沉寂黃泉，而眼前這鏽蝕但仍存在的物證，卻兀自訴說著那段由壯烈終趨荒涼的往事。從古到今，幾回的風雲際會，多少番人事的興衰，末了終究沉澱在歷史的扉頁裡，黯淡著往昔的光華與蒼茫。——而歷史所沒有留下來的總比留下來的多得多，大部分的生命軌跡都被吞蝕進無聲無垠的宇宙中。

我們知道，杜牧處在藩鎮跋扈、國運式微的晚唐，以他敏銳的觸鬚，所探測得到的即是怵目驚心的情勢，他彷彿從一再不停翻演的歷史模塑裡，感受到晚唐氣息奄奄的命脈，他有連天戰火即將再起的憂慮。當他面臨著可預知的時代轉捩點，卻無能為力扭轉它時，內心的悲愴是極深極重的。這樣的哀憤只好訴諸感情的假想，一如我們常常說的，如果拿破崙不進攻俄國，歷史即將改寫——但是，我們都相當了解，歷史是無法改寫的，除非是竄改，即使是竄改，真相也有大白的一天。

詩人把這樣無可奈何的心情投射到歷史的假想上去，藉蒼古的酒杯，澆當下的塊壘：

東風不與周郎便，銅雀春深鎖二喬。

正曲折地暗示了他想要改變而無能改變，極欲展翅而無從展翅的大痛苦。

據《三國志》說，曹操曾向手下的將領們訴說他的願望：

吾今年五十四歲矣，如得江南，竊有所喜。昔日喬公為吾至契，吾知其二女皆有國色，後不料為孫策、周瑜所娶。吾今新搆銅雀臺于漳水之上，如得江南，當取二喬，置之臺上，以娛暮年。吾願足矣！

沒有讓曹操滿足心願的阻礙，表面上看來是歷史性的赤壁之戰，如果再逼近一點說，那麼，周瑜沒有東風是成不了這次的勝利的，「東風」在此似乎成了決定性的要因了。而「東風」就某種意義言，豈不就是天意的化身？——是的，詩人那樣迂迴地道出他的史觀：出師未捷身先死的遺恨，叱咤風雲不可一世的得意，背後可都操持著一隻命運的巨掌啊！

所以，詩人嘲弄了周瑜這位英雄：要是你得不到東風（天意），那麼東吳必亡無疑，而大喬、小喬這兩個姿容絕代的麗人，也將為曹操劫去，深鎖在他銅雀臺的深宮中了。事實上，詩人的嘲弄不止於此，周瑜也罷、曹操也罷，你們的風流、你們的雄姿，不是都被雨打風吹去嗎？人類的過去，確是如煙如塵了；然而，就某個角度來觀照，它卻又是血淚斑斑、亙古常在的。當詩人撫著眼前鏽鐵未銷的「折戟」，當我們巡禮於古代的文物時，不都同樣升起一股蒼涼的悲感嗎？所有人類往昔的血淚，早已化成曠古的沉默了，而它的沉默卻常常是讓人深思內省的。

我們繞了一個大圈子來了解這首詩的心靈所在，就會覺得詩人的嘲弄是善意而悲涼的。

泊秦淮

【原詩】

煙籠寒水月籠沙，
夜泊秦淮近酒家。
商女不知亡國恨，
隔江猶唱後庭花。

【語譯】

煙霧瀰漫在寒冷的江水上，月光鋪滿了岸邊的沙灘。

今夜，我把船停泊在秦淮河畔，和許多不夜的酒家相鄰著。

隔著遼闊的江水，不斷傳來一陣陣嬉鬧的聲音，仔細一聽，原來是一些不知亡國恨的歌女們，正在唱著〈玉樹後庭花〉之類的靡靡之音。

（按：〈玉樹後庭花〉本是陳後主所作的歌曲名，因為他以荒淫亡國，所以後世就以它代稱靡靡之樂、亡國之音。）

【賞析】

這首詩極富時代意識，在浪漫綺麗的表殼底下，含蘊著一股憂國傷時的悲感。生性狂蕩不羈，多才復多情的杜牧，在他多采多姿的靈慾生涯裡，不知翻騰了多少雲雨韻事，我們彷彿感受到他的託足青樓、流連酒色，其實是一種最清醒的沉迷。正因為如此，當他把敏感的觸鬚朝周遭的環境伸展出去的時候，他就碰觸了最美麗也最汙濁、最快樂也最痛苦的生命質素，而〈泊秦淮〉一詩，就是懺情之後的明智識照。他能夠那樣徹底的冷眼旁觀，正由於他曾經那樣徹底的狂熱投入。

「煙籠寒水月籠沙」寫出眼前如夢似真的景致，也許暗示人生的恍惚迷離，也許影射晚唐陵替的國運。在這樣煙波浩渺、月意如霜的夜裡，詩人的思潮起伏洶湧，難以成眠。於是他索性藉泛舟來放逐久困愁城的自己。以往使他陶情沉緬的酒家，已然近在咫尺，此刻，詩人不但沒有投赴的衝動，反而從麻木的邊緣醒轉過來。他清冷地看著一些沒有靈魂、沒有意識的肉身，正在喧譁的酒肆中焚毀自己，感官的娛享已經取代了國運式微的驚心。雖然「夜泊秦淮近酒家」，其實，詩人的心神再也無能縱入其間了。

滿心亡國憂惶的詩人，正渴求覺醒的心靈與他共鳴，然而，目之所見竟然是無數不夜的酒家，耳之所聞竟然是一片毀人心志的靡靡之音。——「商女不知亡國恨，隔江猶唱後庭花」，表面上，他惋嘆之不足，繼之以譴責的對象是不知亡國悲苦的歌女，事實上，她們只是一個直接的媒體，透過對她們無知無識、浮淺鄙陋的指摘，詩人真正要喚醒的是有知有感，卻故意沉淪於紙醉金迷中的知識份子。

「不知」很深重地刻描了商女，卻也隱喻許多不關心國家前途、唯名利是瞻的人的心態。從這樣曲迴、幽微的控訴裡，我們可以多少體會到詩人那份焦急、無奈的憂時情懷。曾經縱情於歌樓酒肆的詩人，從自己的親身體驗中，或許想要作一名力挽狂瀾的勇者，而在他一葉知秋的敏銳識照下，似乎同時也洞見了「知其不可而為之」的困難。他也許寬容了無知無感的俗眾，但是，我們知道，不論在任何的時空背景底下，那些比別人多一分能力、多一分才華的人，是該永遠責無旁貸地把自己生命的火花引燃，來照亮崎嶇的人道類路的。

【附錄】

（一）登樂遊原

長空澹澹孤鳥沒，萬古銷沉向此中。
看取漢家何事業？五陵無樹起秋風。

（二）題宣州開元寺水閣閣下宛溪夾溪居人

六朝文物草連空，天澹雲閒今古同。
鳥去鳥來山色裡，人歌人哭水聲中。
深秋簾幕千家雨，落日樓臺一笛風。
惆悵無因見范蠡，參差煙樹五湖東。

（三）江南春

千里鶯啼綠映紅，水村山郭酒旗風。
南朝四百八十寺，多少樓臺煙雨中？

李商隱（西元八一二—八五八）

喜歡中國古典詩歌的人，沒有一個人不喜歡李商隱。他那倏明忽暗的政治生涯和淒豔幽渺的愛情世界，使他的詩歌散發出任何詩人都難以企及的謎般色彩、花般幽香、夢般意境來。

李商隱，字義山，生於唐憲宗元和七年，卒於宣宗大中十二年。他是河南懷州河內（今河南沁陽縣附近）人，長在一個已經沒落了的貴族家庭，環境的艱困，使他立志苦讀，想要重振家道。

十八歲那年，他受到鎮守河陽的令狐楚的賞愛，提攜他和自己的孩子交遊。後來，朝廷發生「甘露之變」的政爭，極度震驚了這位時代意識很強烈的年輕人，他因此寫下許多抨擊宦官和藩鎮割據的詩篇，力圖喚醒沉睡中的眾人。

他還曾經跑到河南濟源的玉陽山、王屋山隱居學道。求仙學道在當時是一種風尚，李商隱倒是由此深悟它的荒誕虛妄。據說這段期間，他和一名女道士叫做宋華陽的，陷入極纏綿的熱戀，愛情的苦悶與狂痴，透過宗教氛圍的烘襯，使他這方面的詩歌，帶上很淒美、縹緲的特質，不得不讓深情的人讀了神授魂與。

受了令狐楚的兒子令狐綯的薦舉，李商隱方才登上進士第，踏上並不顯要的仕途。第二年，他二十七歲，娶了令狐楚的政敵王茂元的女兒。這件事使令狐綯大為震怒，以為他有意攀附李黨，而譴責他忘恩負義，甚至公然加以排擠。本性耿直，不善逢迎的詩人，偏偏落進牛李黨爭的夾縫中。政治紛爭的黑暗面徹底打擊了他匡國救民的夙志，他曾經好幾次寫信作詩，想請求已經當了宰相的令狐綯的諒解，最後，才補他為一名太學博士。可惜為時甚短，不多久，他又失業了。

不斷的失業與妻子的亡故相當刺激了李商隱，他這期間的作品，蒼涼沉鬱極了，帶著濃厚的悲觀陰慘的色調。不管是對政治、對愛，乃至於對生命，他都覺得有那樣無可挽回的無力感。如果頹廢悲涼就某層面而言，也是一種藝術美的話，那麼，李商隱的確是達到了它的顛峰。

最後，他從東川柳仲郢的幕下罷官回鄉，不久，受著淒傷苦悶咬嚙的詩人，就帶著一生中所有的美麗和哀愁，告別了這個「才命兩相妨」的人間。他的生命結束在四十七歲，似乎留下了一大段沒有走完的路。

李商隱的詩細密工麗，頗有杜甫的風格，有人還說他受到韓愈、李賀的影響。他寫作的技巧工於比興，妙於象徵，充滿了靈動的想像力。他的詩旨往往寄託深微，多寓忠憤之情，喜歡藉典故豐富詩歌的內涵，通過暗示喚起讀者的聯想，所以他的詩有時很難懂，這個既是缺點也是優點。金元好問《論詩絕句三十首》說得好：

望帝春心託杜鵑，佳人錦瑟怨華年。詩家總愛西崑好，獨恨無人作鄭箋。

是的，李商隱詩歌的世界，就好比我們午夜夢迴時所感受的一種迷離恍惚的意境，即使很美，卻是令人傷感的，即使很真實，卻是讓人難以把捉的。

他的作品收在《李義山集》。

賈生

【原詩】

宣室求賢訪逐臣，
賈生才調更無倫。
可憐夜半虛前席，
不問蒼生問鬼神。

【語譯】

漢文帝曾經在未央宮前殿的正室，訪求賢士，徵詢被流放的臣子。在這些逐臣當中，以賈誼的才氣最為縱橫，沒有人能同他相比。最最讓人惋惜的是：漢文帝雖然跟賈誼談到半夜三更，甚至聽得入了神，不斷往前挪動座位，卻絕口不提芸芸蒼生的事，反而興致勃勃地詢問鬼神的來源。

【賞析】

這首詩一眼看過去，就可以知道是作者在抒發「懷才不遇」的感觸。他顯然是拿賈誼來自喻，不過，他不同於其他詩人的地方，是他不光自慨才高命蹇而已，焦點雖然由此出發，卻擴及於更大、更深、更遠的層面。

賈誼是西漢時一位年輕而有絕頂才華的政論家，他的〈過秦論〉、〈治安策〉充分表現了他卓越的識見，以及關懷民生的情懷。許是樹大招風吧？許多朝廷的元老大臣不遺餘力地，紛紛打擊這名新秀的出頭，文帝不得已貶他為長沙王太傅。過了四年，文帝很想念他，就又徵召他回京，約他在宣室裡討論問題。李商隱這首詩的前兩句深刻地闡述了賈生受知於文帝的事實，當然，一個人要被賞識，最基本的，莫過於本身過人的才華。就賈誼的立場，他對自己確有這樣的認知，更對文帝有極大的期許，期許給他一個充分貢獻才能的機會。——正如詩人內心充滿了淑世的熱忱一般，可是，就算文帝了解、喜愛賈誼的才能，他是否願意撇開「以弄臣視之」的角度，對他極力的信任擢用呢？他的知賈誼，究竟要知到什麼程度？更重要的，皇帝最重視、最關心的問題與最需要批評意見的地方又在哪裡？

結果是，漢文帝雖然虛心討教，雖然凝神諦聽，雖然看起來似乎很尊重很愛惜賈誼，然而他最有興趣的卻是「鬼神」謬渺之謎，對於形而上抽象界的騁思神遊。賈誼以淵博的學問、深邃的思想，滿足了皇帝的要求。同時，他的內心則在絕望的痛苦中翻滾著：為什麼不問問我百姓們的苦處在哪？他們真正想望的是什麼？——很簡單，統治者不關心這個啊！那麼，所謂「求賢愛才」的真義又何在？

也許，有人讀完整首詩的時候，以為賈誼的痛苦就是李商隱的痛苦，感嘆賈生就是悲慨詩人自己。如果我們曉得晚唐的皇帝們多愛服藥求仙，一個比一個更漠視民間的疾苦，一個比一個更摧殘真正的賢才，比起西漢文帝實有過之而無不及的話，那麼我們才算真的了解李商隱的悲愴哀涼，才算徹底讀出了這首詩的內裡。因為詩人的苦已經超越他個人的挫傷，走入哀哀無告的生民中了。

嫦娥

【原詩】

雲母屏風燭影深，
長河漸落曉星沉。
嫦娥應悔偷靈藥，

【語譯】

昏黃的燭影投映在雲母鑲成的屏風上，使房間裡顯得幽深而靜寂。閃爍的天河漸漸斜移到天邊，曙色微明中，一顆顆的星子也慢慢隱沒了。嫦娥啊，你該會後悔當年從后羿那兒偷走了不死的靈藥吧？

碧海青天夜夜心。

如今，你獨守月宮，空對著無涯碧海一般的青天，一夜又一夜，咀嚼那永無止盡的淒清寂寞。

【賞析】

「嫦娥奔月」的神話故事極通俗易解，李商隱這首詩表面上看來，似乎在描寫嫦娥置身的環境，並幻想嫦娥的心理變化。神話，就文學的素材而言，往往只是一個象徵的外殼，一個不具備內容的符號，它的內容可由作者的意念所驅加以豐實。在這首詩中，詩人將他的思想、意念與情感，注入此一神話外殼，使詩的蘊涵繁複豐美、意義曖昧多重。我們先看前兩句：

雲母屏風燭影深，長河漸落曉星沉。

由透明晶體的雲母鑲嵌成的屏風玲瓏精美，昏黃搖曳的燭光復把詩人孤單的影子投映其上，形成一幅極沉靜的圖面。而「深」字，更加強此景象的幽黯與持久。就文字表層而言，並未明確指出其中的主角是誰，所以，它可以被認為是在描述嫦娥的當時環境、時間、地點；也可以說是深宵不寐的詩人，獨坐面對一朵殘燭時，沉陷入回憶的深淵中，所突起的有關自己、有關嫦娥，以及其他的遐思，而這樣的思維活動，竟持續了一整夜，直到長河漸落曉星沉。

在時間與思維的長河中浮游的詩人，不禁聯想起那美麗的嫦娥，更幻想嫦娥千百年後的處境與心情：

嫦娥應悔偷靈藥，碧海青天夜夜心。

這時，由於詩人感情的轉化挪移，遂使內在的「詩人」與「嫦娥」打成一片，密不可分。所以，「嫦娥應悔偷靈藥」帶有詩人極強烈的主觀意識，是感情化了的內心獨白。「偷靈藥」表面上像是寫嫦娥成仙的欲念：這欲念是經過她花了極大的氣力，絞盡腦汁、付諸行動之後方才完成的。可是，當我們深入一層去看時，它又象徵著詩人高舉遠慕的理想之追求。「應悔」兩字，出於真摯，表現沉痛深厚的情感，是詩人移情作用的結果。

「碧海青天夜夜心」總寫嫦娥寂寞悲苦的心境。她固然得到靈藥，奔赴長生不死的仙界，但最後卻成了時間的俘虜，永遠要面對碧海一般浩渺的青天，夜夜去熬受無盡的淒清寂寞。如果我們願意把「嫦娥」與不死的「靈藥」當成人與事物的一種象徵，那麼，「靈藥」正是一般人所追求的，也是詩人所嚮往的對象，它已成為理想的化身；而「嫦娥」，則是理想的追求者之象徵。李商隱也許有這樣的認識：當一個人追求到他一向所謂的「理想」之後，換得的往往是無涯的空虛和寂寞，一如嫦娥的偷取靈藥，最後的收穫是去忍受碧海青天夜夜心的永恆孤寂。不是嗎？急於攀登人生頂峰，而無暇深思自省的人，常常在抵達顛峰時，方才四顧茫茫，深感愀愴蒼涼。

李商隱的〈嫦娥〉一詩，引起紛紛的臆測，有人以為是悼亡之作（因為天人永隔），有人以為是追憶昔日與宋華陽姊妹的戀情（因為情海難填），有人認為是他「依違黨局，放利偷合」的追悔，也有人以為是他「自比有才調，翻致流落不偶也」的傷情之作。在這兒一併提出來，供大家參考。

夜雨寄北

【原詩】

君問歸期未有期，
巴山夜雨漲秋池。
何當共翦西窗燭，
卻話巴山夜雨時？

【語譯】

如果你要問我，什麼時候才能回來？我只能告訴你，歸期是無法確定的。

今晚巴山（四川附近）一帶下起淅瀝淅瀝的雨，該會漲滿了屋前的池塘吧？

幾時才能跟你共坐在西窗下翦燭談心，細細同你說我在巴山聽雨的情懷呢？

【賞析】

有人說，這首詩是李商隱在四川時寄給一個北方的好朋友，又有人以為是寫給他在河內的妻子。在李義山的集子裡頭，有不少寄給他妻子的作品，雖然沒有明確的標題，但那種語淺意濃的情思卻是一致的。由於各人會心之處不盡相同，所以，後來有些人就拿「西窗翦燭」當成思念朋友的成語。

字詞的重複使用是本詩的特色之一，一處是「期」，另一處是「巴山夜雨」。翻疊的字和詞，往往能把許多正反明暗的意思濃縮其中，有時使情感交錯迴環，層層相生，造成語意密重的效果，表現特殊的詩味，令人低迴不已。我們先看第一句：

君問歸期未有期

如果由詩人直截了當說出「歸期未卜」的話，那就是散文而不是詩了。這裡，先設想對方急於獲知自己歸期的問話，顯示彼此相知相念之深，而後，再由自己來回答。（「換我心，為你心，始知相憶深！」可不是嗎？）當然，從這樣相知的基點出發，「歸期」即成了雙方意願的共同目標，可是橫擱在眼前的事實，卻不僅和妻或友人的意願相反，更和詩人自我渴盼的情感相衝突。外在環境的力量由這樣的對立扞格，愈加顯其龐大突出了。詩人處於心靈逼壓的困境下，便藉著秋天夜雨的氛圍，來烘托自己寥落的情懷：

巴山夜雨漲秋池

此際，巴山的夜雨正自滂沱不已，使得暮秋的池塘達到飽和——這很可能只是詩人的設想，但他所以如此設想，一方面是來自聽覺、視覺的經驗（雨聲），主要的或許緣於他愁思不斷暴漲的心情。此處的「漲」字，語意雙關，音感濃稠，正是以具象的外景「雨漲」來映襯詩人內心的「愁漲」。深夜的雨要下到「漲秋池」的程度，勢必持續相當久的一段時間，而雨絲的持續不斷，豈不也象徵了詩人纏綿無盡的情思嗎？

第三、四句，是詩人在現實世界裡企圖作一想像的慰藉：

何當共翦西窗燭，卻話巴山夜雨時？

詩人身處極悲極愁的情態下，有意設想最歡悅的事，來提拯自己和對方深沉的哀感，一如杜甫的「何時倚虛幌，雙照淚眼乾」，透過詩人主觀想像的重塑，即使和當下現實的常情常理不符，然而，卻因兩者之間的差距，使得詩情更加的曲迴迷恍起來。

「巴山夜雨」兩處的重複極為突越，第二句的巴山夜雨寫的是當前的實景，指詩人正被包含吞融的自然境；第四句的巴山夜雨，完全變實寫為虛寫了，它滿含對未來重逢的期許之情，呈示了詩人想像痛苦的現在已然成為過去的喜樂：他要翦燭西窗，與故人深夜中娓娓清談，訴盡別離時的點點滴滴，還有以前在巴山聽夜雨的孤獨淒清，——似乎，對未來的想像愈是美好，也就愈反襯出詩人今夜的苦痛更深重，有時候我們不也這樣嗎？在極繁重的困境裡，偶爾遐思一下掙脫後的輕鬆愉快，但，我們卻很知道，假象的喜悅之後，更大的壓力即將讓我們去面臨。

「何當」是兩種矛盾情感之間的橋梁，它雖然提供了重逢的可能性，卻也有意無意減輕了這份喜悅，甚至於作一種很委婉的懷疑——「哪」一天呢？原先從痛苦中設想出來的歡悅，一下子又被拋入迷離難覓的浩渺雲煙中，——於是，到最後詩心又扣緊了千情萬緒、難以言宣的「君問歸期未有期」了。

然而，當詩人融合現實與想像，極致地表現自我提升的努力時，正猶如一盞雨夜裡的寒燭，雖然充滿淒楚，卻也散發出美麗的溫熱來。

錦瑟

【原詩】

錦瑟無端五十絃，

【語譯】

綺美的瑟啊，沒來由地有五十根絃。

一絃一柱思華年。
莊生曉夢迷蝴蝶，
望帝春心託杜鵑。
滄海月明珠有淚，
藍田日暖玉生煙。
此情可待成追憶？
只是當時已惘然。

我撥弄著上面的一絃一柱，忍不住想起過去似水的年華。

沉思自己如幻似真的一生，就像是莊周破曉前作的夢境，迷離恍惚，竟不知化蝶的是莊周，或化莊周的是蝴蝶？

有時候，我就如同那位滿懷傷感的望帝，把美好憂愁的心事，都寄託在杜鵑鳥的悲鳴中。

明月照在蒼茫的大海上，傳說鮫人的淚水，都化成千萬顆的明珠，我深深體會到那種哀痛的心情。

溫暖的日光照射在藍田上，使得溫潤的美玉升起淡淡的煙霧，一切令人迷醉的往事不也如此嗎？

難道再深厚再細緻的感情終究只能追憶嗎？

只是每當追憶時，總讓人覺得無限迷惘，無限惆悵啊！

【賞析】

這首詩的內容很廣闊，大抵上是詩人晚年回首前塵舊事的作品，當然含括了愛情的綺麗與沉創、個人身世的悲感，以及人生旅程中理想破滅的挫傷……我們可以從各個不同的角度，配合自己的感觸去理解它，這首詩自然就會靈動起來。

「錦瑟無端五十絃，一絃一柱思華年。」是詩人獨自沉浸於音樂中的冥思。傳說五十絃的瑟音悲苦異常，詩人由撫撥瑟絃而聯想起自己以往虛擲的韶華。錦瑟擺在眼前沒來由的五十根絃，竟像是沒來由的生之旅，一曲終了，也將是人散的時刻了。

莊子〈齊物論〉說，有一天莊周睡著了，作夢自己化成了一隻蹁躚的蝴蝶，飛呀飛的，自在極了。夢醒後他卻陷入深深的困惑裡：到底是蝴蝶夢自己成了莊周呢？還是莊周夢自己成了蝴蝶呢？詩人藉著這裡頭「相對懷疑」的觀念，糅雜了自己生活中的真實與夢幻——可不是嗎？回想起遙遠的過去，如煙若霧，模糊中卻帶點明晰，陌生裡又有著幾分熟稔。會不會我們走到生命終點剎那，猛然發現自己在另一個世界悠然醒轉？到底哪一個世界才是真實、恆久的呢？

當詩人的情思奔馳起來，它就自由穿梭於時光的隧道，甚或流連其間。於是，他想起一則古老的愛情故事，相傳西蜀的望帝曾派臣子鱉靈出外治水，他卻和鱉靈美麗的妻子私通，以至內心陷入極痛楚迷亂的掙扎。終於毅然把國事託給鱉靈，自己跑到天涯海角去漂泊。當望帝離去時，到處的子規鳥（杜鵑）都哀哀鳴叫著。據說他死後，魂魄就化成杜鵑，每逢暮春，就悲啼：「不如歸去，不如歸去。」常常啼到泣血，令人不忍卒聞。也許，詩人在情愛的波折裡，也有難言的隱痛，就像望帝，經過一番愴痛的掙扎後，把那一份無以言告的黯然「春心」寄託於魂魄的執著，使精神的繾眷超越軀體、擺落時空而奔向永恆。

不知道是誰說的：在真正的淚海裡浸潤過的愛情，方才持久。想它的永恆該不一定指形體的相守罷？毋寧說是魂魄的相纏相綿。詩人每一想起當時為愛情所流下的清淚，就心愴神迷，竟然沒有辦法在時間巨流的沖刷下平復過來。他聯想傳說中泣淚成珠的鮫人，其淒美蒼涼豈不正如自己奮擲生命熱力的執著？

「藍田日暖玉生煙」，迷恍而縹緲。詩義很難確指，也許是詩人感懷青澀年代的熱望和追尋，中年時候的奮鬥與打擊，到頭來都只如煙靄之嬝嬝，隨風飄散。即便如此，但它畢竟已在天地間刻鏤下一道生命的軌跡，好比晴光俯照下的藍田，它也會把內在含玉的溫潤引發出來。生命之所以能成其為生命，豈不也是透過內在活力的激發而證明嗎？詩人思想的翅膀翺翔得太累了，他已經慢慢飛入沉默的軀殼，每一回的懷想最後都是這樣的尾聲：

此情可待成追憶，只是當時已惘然。

天地間有不盡的四時，但人生則只有一個大回合的春、夏、秋、冬。已經處於生命尾聲裡的詩人，他站在遍地霜雪的嚴冬中，「春天」是只能在記憶的深處去追憶了。他再也望不見寒冬過後的暖春，即使回憶裡出現了溫馨，那也不再是當年的溫馨，而是灑上一層霜雪的微弱溫馨了。追憶容或帶來往日的歡樂，卻也能將詩人推入更幽黯的心靈深淵中。

最後，我們附帶引一些李商隱極出色的作品給大家欣賞：

【附錄】

（一）隋宮

乘輿南遊不戒嚴，九重誰省諫書函？春風舉國裁宮錦，半作障泥半作帆。

（二）無題

昨夜星辰昨夜風，畫樓西畔桂堂東。身無綵鳳雙飛翼，心有靈犀一點通。

隔座送鉤春酒暖，分曹射覆蠟燈紅。嗟余聽鼓應官去，走馬蘭臺類轉蓬。

（三）無題

相見時難別易難，東風無力百花殘。春蠶到死絲方盡，蠟炬成灰淚始乾。
曉鏡但愁雲鬢改，夜吟應覺月光寒。蓬萊此去無多路，青鳥殷勤為探看。

（四）無題

重帷深下莫愁堂，臥後清宵細細長。神女生涯原是夢，小姑居處本無郎。
風波不信菱枝弱，月露誰教桂葉香？直道相思了無益，未妨惆悵是清狂。

（五）暮秋獨遊曲江

荷葉生時春恨生，荷葉枯時秋恨成。
深知身在情長在，悵望江頭江水聲。

（六）登樂遊原

向晚意不適，驅車登古原。
夕陽無限好，只是近黃昏。

中國歷代經典寶庫④

唐代詩選——大唐文化的奇葩

編撰者—賴芳伶
編　輯—康逸藍
執行企劃—洪小偉、張燕宜
校　對—吳美滿
總編輯—余宜芳
董事長—趙政岷
出版者—時報文化出版企業股份有限公司
108019台北市和平西路三段二四〇號三樓
發行專線—（〇二）二三〇六—六八四二
讀者服務專線—〇八〇〇—二三一—七〇五
（〇二）二三〇四—七一〇三
讀者服務傳真—（〇二）二三〇四—六八五八
郵撥—一九三四四七二四時報文化出版公司
信箱—一〇八九九臺北華江橋郵局第九九信箱
時報悅讀網—http://www.readingtimes.com.tw
法律顧問—理律法律事務所　陳長文律師、李念祖律師
印　刷—絃億印刷有限公司
五版一刷—二〇一二年八月十七日
五版三刷—二〇二一年九月二十二日
定　價—新台幣二百五十元

時報文化出版公司成立於一九七五年，
並於一九九九年股票上櫃公開發行，於二〇〇八年脫離中時集團非屬旺中，
以「尊重智慧與創意的文化事業」為信念。

唐代詩選：大唐文化的奇葩 / 賴芳伶編撰. -- 五版. -- 臺北市：時報文化, 2012.01
面；　公分. --（中國歷代經典寶庫；4）

ISBN 978-957-13-5471-2（平裝）

831.4　　100022955

ISBN 978-957-13-5471-2
Printed in Taiwan